KB232257

그들만의 어드벤처

그들만의 어드벤처 4

김성희 판타지 장편 소설

초판 1쇄 찍은 날 § 2003년 3월 13일
초판 1쇄 펴낸 날 § 2003년 3월 23일

지은이 § 김성희
펴낸이 § 서경석

편집장 § 문혜영
편집 책임 § 권민정
편집 § 장상수 · 이종민 · 유경화
마케팅 § 정필 · 강양원 · 이선구 · 김규진 · 홍현경

펴낸곳 § 도서출판 청어람
등록번호 § 제1081-1-89호
등록일자 § 1999. 5. 31
어람번호 § 제1-0363호

주소 § 경기도 부천시 원미구 심곡1동 350-1 남성B/D 3F (우) 420-011
전화 § 032-656-4452 팩스 § 032-656-4453
http://www.chungeoram.com
E-mail § eoram99@chollian.net

ⓒ 김성희, 2003

값 7,500원

ISBN 89-5505-599-4 (SET)
ISBN 89-5505-637-0 04810

김성희 판타지 장편 소설

그들만의

어드벤처

4 인내심

김성희 판타지 장편 소설

도서출판
청람

목차

7장

모든 일에는 인내심이 필요하다

*

*   *

관점의 차이

*

'정말 고약하군.'

과다 출혈 덕분에 어지러운 것은 둘째 치고 출처를 알 수 없는 악취 덕분에 피란트는 최악의 기분을 맛보며 정신을 차릴 수 있었다.

"으음… 여기가 어디지?"

간신히 몸을 일으킨 피란트는 힘겹게 눈을 뜨며 주위를 살펴보았다.

윙윙거리는 시끄러운 파리들의 날갯짓 소리와 죽은 건지 살아 있는 건지 구분조차 되지 않는 몇몇의 사람들, 두껍고 튼튼해 보이는 것이 마치 영원히 열리지 않을 것만 같은 철문 등이 피란트의 시야에 들어왔다.

"정신이 들었나 보군?"

'끼익ー' 하는 소리와 함께 사람 얼굴 하나만 간신히 들어갈 수 있을 정도로 작은 문이 열리더니 무엇인가를 내려놓고 닫혀 버렸다.

"기운이 있을 때 먹어둬라."

척 보기에도 오래된 듯 갈색 빛의 돌덩어리마냥 딱딱한 빵은 흰 가루를 뿌려놓은 것 같은 곰팡이가 피어 있었다. 내용물을 찾아볼 수 없는 수프 역시 딱딱하게 굳어져 덩어리진 것이 도저히 사람이 먹을 수 있는 상태가 아니었지만 죽은 것처럼 쓰러져 있던 사람들이 하나둘 일어나는 것으로 보아 이것들이 이곳의 귀중한 식량인 듯했다.

"정말 기분 나쁜 곳이군. 그런데 내가 왜 이런 곳에 있는 거지?"

이곳 사람들은 눅눅하다 못해 끈적거리는 공기와 숨을 쉴 때마다 코와 입에 와 닿는 먼지에 익숙해진 듯했다. 아무런 불평 하나 없이 그 음식 같지 않은 것들을 눈 깜짝할 사이에 먹어치워 버렸다.

"이봐, 내가 왜 이런 곳에 있는 거지?"

피란트는 철문 밖에 있을 보초병을 향해 질문을 던졌다.

"그야 죄를 지었으니까."

무뚝뚝한 그의 대답에 피란트는 의아한 표정을 지었다.

"죄?"

"여기가 어디라고 생각하는 거냐?"

"그걸 알면 내가 왜 물어보겠어?"

피란트의 대답에 그는 한심하다는 듯한 목소리로 반문했다.

"죄를 지은 놈이 갇히는 곳이 어디라고 생각하는 거냐?"

"감옥이겠지."

피란트의 말에 그는 비웃음이 섞인 목소리로 말을 이었다.

"그래, 여긴 감옥이라구. 네 녀석이 여기 있다는 건 죄를 지었다는 소리란 말이다. 알겠냐?"

"그런 뜻이었군."

피란트는 생긋 미소를 지으며 문밖에 있을 보초병을 향해 또다시 질문을 던졌다.

"그런데 여긴 어디고, 내가 왜 이곳에 있는 거냐?"

"…너 바보냐?"

기가 막힌다는 듯한 그의 목소리에 피란트는 코웃음을 쳤다.

"당신 바보로군. 난 지은 죄가 없으니까 여기에 있을 이유가 없고, 여기가 감옥이라고 해도 소유주가 누구라는 것 정도는 알 수 있을 텐데?"

"열이면 열, 백이면 백 감옥에서는 누구나 자기가 억울하다고 떠들어대지. 너도 여기서 일주일만 지내보면 이곳 사정을 알게 될 거다."

그의 말에 피란트는 자리에서 벌떡 일어나 철문을 향해 천천히 걸음을 옮겼다.

자신에게는 관심도 없는 시체 같은 사람들 속에서 얻어낼 수 있는 정보는 하나도 없을 테니 보초병을 닦달하는 쪽이 보다 많은 도움이 될 것이라고 판단한 피란트는 천천히 입을 열었다.

"쓴맛을 보고 싶지 않다면 열을 셀 동안 내가 묻는 질문에 대답해라."

손잡이도 없는 문에 손을 가져다 댄 피란트는 양손에 힘을 주기 시작했다.

"그렇게 건방 떨 수 있는 것도 잠시뿐, 그 기세가 며칠이나 갈진 모르겠지만 내가 너라면 기운이 있을 때 좀 더 아껴둘 거다."

안됐다는 투로 가볍게 혀까지 차고 있는 그에게 피란트는 목소리를 낮게 깔았다.

"하나."

"애송이가 입만 살았군."

비웃는 것이 역력한 그의 말투에도 피란트는 신경조차 쓰지 않는 듯
했다.

"둘."

그는 또다시 비아냥거리기 시작했다.

"그 안에 갇힌 네가 도대체 뭘 할 수 있다는 거지?"

"셋."

피란트의 무뚝뚝한 말투에 그는 이젠 마음대로 하라는 듯 입을 굳게
다물어 버렸다.

"…열!"

피란트의 단호한 외침과 동시에 두텁던 철문이 마치 진흙으로 만들
어진 문처럼 그의 두 주먹을 통과시켜 버리고 말았다.

"이래 봬도 인내심이 부족해서 말이지. 뭘 하든 열만 세면 되는 거
잖아?"

그는 중간은 다 생략해 버리고 숫자 열을 세어버린 자신의 인내심에
말도 안 되는 설명을 붙이고는 문을 뚫고 지나가 버렸다.

"히엑!"

문은 피란트가 뚫고 지나간 형체를 남긴 채 자신의 기능을 잃어버렸
지만 감옥 안에 갇힌 사람들 중 어느 누구도 문밖으로 나올 생각을 하
지 못했다.

"쓴맛을 보기 전에 순순히 불라고 했잖아. 말로 해서 못 알아들으면
그건 오크지 인간이 아니라고. 알아듣겠나?"

피란트는 너무나 놀란 나머지 뒷걸음질치고 있는 그를 향해 의기양
양하게 웃어주고는 그의 대답을 기다렸다.

"으으……."

자세를 바로잡을 생각조차 하지 못하고 트라이던트를 앞으로 향하는 보초병을 보며 피란트는 실망한 기색으로 한숨을 내쉬었다.

"오크 같은 녀석은 맞아도 할 말 없을 거다."

그리고는 눈에 보이지도 않을 정도의 빠른 속도로 그를 향해 주먹을 뻗었다.

타다닥— 타다닥—

경쾌하게 우든 메일을 두들기는 소리와 함께 보초병은 털썩 쓰러져버렸다. 피란트는 그에게서 빼앗은 트라이던트를 그의 목 앞에 가져다 대며 살기를 내뿜었다. 우든 메일은 박살이 나버린 듯 조각조각 바닥으로 떨어져 내렸다.

"이번에도 실망시킬 텐가? 인간이여, 너는 좀 더 현명하게 구는 것이 자신의 신상에 이롭다는 걸 깨달아야 할 것 같군."

상대를 깔보는 듯한 피란트의 말투에도 그는 아무런 대답을 하지 못하고 식은땀만 흘릴 뿐이었다.

"이곳은 크리스티아 백작님의 성입니다."

정적을 깨고 피란트가 원하는 대답을 들려준 사람은 의외로 시체처럼 누워 있던 감옥 안의 사람이었다.

"누가 대답한 거지?"

모두 똑같이 누워 있는 인간들 틈에서 자신에게 원하는 대답을 들려준 사람을 찾기란 그리 쉬운 일은 아니었지만 피란트는 이내 자신을 바라보고 있는 청년을 찾아낼 수 있었다.

"네가 대답한 거냐?"

초점없는 눈동자들 속에서 오직 그만이 정상적인 표정을 가지고 있었기에 피란트는 아주 자연스럽게 그에게 관심을 갖게 되었다.

"그렇습니다."

"안내해."

피란트는 그에게 다가가고자 다시 감옥 안으로 걸어 들어가고는 그가 자리에서 일어날 때까지 기다렸다.

"뭐라고 하셨습니까?"

"크리스티아인지 크리스탈인지 그 망할 자식 앞으로 안내하라고."

묵묵히 그를 바라보던 청년은 힘겹게 일어나 앉으며 피란트를 향해 정중하게 항의했다.

"말씀이 심하시군요. 그래도 명색이 백작님이신데……."

"그래서?"

피란트의 '그게 뭘 어쨌는데?' 라는 듯한 눈빛에 청년은 가벼운 한숨을 내쉬었다.

"당신은 백작님보다 높은 지위에 계신 분입니까?"

"지위라… 그 망할 놈보다 고귀하신 몸이긴 하지."

피란트의 말에도 그는 정색을 해 보였다.

"그렇다고 해도 제 앞에선 그렇게 부르지 않으셨으면 좋겠습니다만……."

"……?"

피란트의 '내가 왜 그래야만 하지?' 라고 묻는 듯한 눈빛에 그는 또다시 가벼운 한숨을 내쉬었다.

"당신이 '망할 놈' 이라고 부르신 분은 바로 저의 아버님이십니다."

"뭐?!"

피란트의 눈이 커다랗게 변하자 그는 다시 한 번 입을 열었다.

“크리스티아 백작님께선 저의 아버님이십니다.”

*   *   *

“날씨 좋다~”

햇빛은 쨍쨍~ 모래알은 반짝~

보이는 건 온통 모래뿐⋯⋯.

“허어~ 사막이로세.”

설아는 꽁꽁 묶인 채로 사막 한가운데 버려진 자신의 신세에 걸맞지 않게 생글생글 미소까지 지어가며 여유를 부렸다.

“어째 지나가는 개미 한 마리 없냐⋯⋯.”

뭐, 여유를 부린다고는 해도 깨어나고 삼십 분째였지만 도움을 요청할 수도, 그렇다고 자력으로 이 상황에서 벗어날 수도 없는지라 어쩔 수 없이 얌전히 있을 수밖에 없었다.

다행히도 그녀는 사막의 지독한 더위를 느끼지 못했다.

“그래도 죽일 생각은 아니었나 봐.”

비록 사막의 한가운데에 버려지긴 했지만 죽지는 않을 테니 그게 어디냐며 스스로를 위안하던 설아는 누군가가 자신을 향해 다가오고 있음을 느꼈다.

“이봐요―”

설아는 어렴풋이 보이고 있는 검은 실루엣을 바라보며 있는 힘껏 소리를 질렀다.

“이봐요오―!”

검은 실루엣은 사람의 형체는 아니었지만 설아의 목소리를 들은 것인지 그녀를 향해 빠르게 다가오고 있었다.

"내키시면 밧줄 좀 풀어주세요─!"

누군가가 자신을 향해 다가오고 있다는 사실에 신이 난 설아는 30분 만에 처음 만난 생명체에게 또다시 소리를 질렀다.

그러나 잠시 후…….

"으아아! 오지 마! 취소다─! 저리 가버렷!!"

설아의 시야에 검은 실루엣의 정체가 또렷하게 들어왔던 것이다.

'타다닥! 타닥!' 하는 소리와 함께 그녀의 곁으로 다가온 것은…

"으아! 살충제!!"

길쭉한 더듬이, 윤기나는 검은 날개, 늘씬한 다리.

바로 소녀들의 자지러지는 비명 소리가 나는 곳에 주로 출몰하는 종족이 이놈의 바퀴벌레였다.

타다닥! 타닥!

날갯짓도 요란한 거대 바퀴벌레를 보며 설아는 차라리 기절이라도 해버리고 싶었지만 너무나 튼튼한 자신의 신경이 원망스러웠다. 아무리 봐도 저놈의 바퀴벌레는 자신보다 훨씬 커 보였다.

"흐에에~ 저리 가앗!"

발길질까지 해 보였지만 이놈의 바퀴벌레는 거머리 사촌이라도 되는 건지 설아로부터 떨어질 줄을 몰랐다.

뮤우~

"으아아─ 저리 가!"

뮤뮤?

통통거리는 소리와 함께 설아의 다리에 말랑말랑한 감촉이 와 닿자 그녀는 온몸에 소름이 쫙 끼쳤다.

뮤우?

"이젠 눈앞에 헛것까지 보인다―! 으아아!"

거의 반쯤은 울상을 짓던 설아는 갑자기 몸을 흠칫하더니 그 헛것을 뚫어져라 바라보았다.

뮤~ 뮤!

"에엑?! 뮤~?"

설아는 기가 막힌다는 표정으로 거대 바퀴벌레를 바라보았다.

"뮤가 여기에 있다면 저 바퀴벌레가 서, 설마 라드니르는 아니겠지?"

바퀴벌레는 그녀의 말이 맞다는 듯 타다닥 날갯짓을 하며 그녀 주변을 날았다.

"에라이~!"

설아는 바퀴벌레를 발로 차려는 듯 다리를 뻗었지만 그는 재빠르게 설아의 발길질을 피해냈다.

"폴리모프할 게 없어서 하필이면 바퀴벌레냐? 응?!"

설아는 잔뜩 미간을 찡그리며 그를 노려보았다.

"차라리 얌전하게 말로만 있지 갑자기 웬 바퀴벌레냐고."

'타닥― 타다닥―' 거리는 날갯짓으로 대답을 대신하는 그에게 설아는 버럭 소리를 질렀다.

"이번엔 내가 바퀴벌레 말까지 알아들어야 하는 거야?!"

타닥― 타닥― 타다닥―!

"으아아! 몰라! 모른다고!"

타닥― 타다닥―!

뮤우― 뮤!

뮤까지 가세해서 통통거리기 시작하자 설아는 밧줄에 묶여 있는 그대로 몸을 틀어 그들로부터 등을 돌렸다.

"으으! 시끄러운 축생들 같으니라고."

"괜찮으십니까?"

"괜찮을 리가 없잖아! 바퀴벌레한테 잡아먹히는 줄 알았다구! 으으… 그런 걸로 죽으면 얼마나 쪽팔리는 줄 알아?"

"살아 있는 사람을 바퀴벌레가 잡아먹으려 들겠습니까?"

"꼬박꼬박 말대꾸할 거야?!"

짜증스러운 목소리로 버럭 소리를 지르던 설아는 뭔가 이상하다는 것을 느꼈는지 다시 힘겹게 몸을 돌렸다.

"저는 그저 대답을 해드린 것뿐입니다만……?"

약간은 허스키하다 싶을 정도의 낮은 목소리 톤이었지만 차분한 분위기가 꽤 듣기 좋은 미성이었다.

"누구세요?"

설아는 눈을 동그랗게 뜨고는 눈앞의 이방인을 바라보았다.

루비 빛 눈동자는 아무런 감정도 실려 있지 않아 조금은 냉정해 보였지만 설아에게는 상당히 친숙한 느낌의 사람이었다. 허리까지 내려오는 윤기있는 검은 머리카락은 여자인 설아조차 부러워할 정도로 부드러워 보였지만, 그의 새하얀 피부는 검은 머리카락과 대비되어 그의 안색을 조금은 창백하게 보이도록 만들었다.

병약해 보이면서도 우아한, 쿨하면서도 아름다운 상반된 이미지를 동시에 갖춘 듯한 그의 모습에 설아는 할 말을 잃었다.

"저를 모르시겠습니까?"

그는 설아에게 다가가 여전히 무표정한 얼굴로 밧줄을 풀어주었다.

"전 처음 뵙는 분 같은데 절 아세요?"

"아… 그렇군요. 처음 뵙는 것인만큼 절 못 알아보시는 것도 당연하군요."

당연한 사실을 설아가 지적하기 전까지는 미처 깨닫지 못했었다는 말투로 고개까지 끄덕거리던 그는 정중한 목소리로 자신의 말을 이었다.

"이 모습으로 뵙는 것은 처음이지만 당신께선 이미 저를 알고 계십니다."

"네? 제가 당신을 알고 있다니요?"

설아가 무슨 말인지 못 알아듣겠다는 표정으로 반문하자 그는 가벼운 한숨을 내쉬었다.

"이해하기 쉽게 설명해 드리도록 하겠습니다. 딱 한 번뿐이니 한눈팔지 말고 봐주십시오."

설명을 듣는 게 아니라 본다고?

그녀는 호기심으로 반짝거리는 두 눈을 그에게로 고정시키고는 군침을 꿀꺽 삼켰다.

푸르륵!

늘씬하게 뻗은 다리, 루비 빛의 눈동자, 그리고 휘날리는 검은 갈기의 친숙한 야생마는 어이없어하는 그녀의 표정을 보고는 긴 울음소리를 냈다.

크르르릉—

이런 목소리로 우는 소는 단 한 마리밖에 없을 것이라는 생각을 하면서도 설아의 입 밖으로는 그의 이름이 나오지 않았다.

타닥— 타닥— 타다닥.

조금 전까지 설아의 발길질세례를 받았던 거대 바퀴벌레의 등장으로 설아는 마침내 굳게 다물었던 입을 열었다.

"라… 라니?"

뮤—!

뮤가 고개를 절레절레 흔들며 틀렸다는 듯 긴 울음소리를 내자 설아는 자신의 이마를 탁탁 소리가 나도록 치더니 가볍게 손뼉을 쳤다.

"라니르."

뮤우~ 뮤!

뮤가 다시 한 번 고개를 흔들자 설아는 생긋 미소를 지었다.

"라디니르."

이번에는 틀림없다는 듯한 표정으로 입을 열자 뮤는 고개를 저었다.

"라드니르입니다만……."

안 되겠다 싶었던지 청년이 자신을 라드니르라고 밝히자 설아는 눈을 크게 떴다.

"아! 맞다. 라드니르."

설아는 다시 한 번 손뼉을 치며 잘생긴 미청년을 향해 생긋 미소를 지었다.

"그런데 당신은 누구세요?"

"네?"

"아까 그 세 마리는 라드니르지만… 당신은 누구시죠?"

"믿지 못하시겠지만 제가 라드니르입니다."

설아는 그의 말에 식은땀을 삐질삐질 흘렸다.

검은 장발에 루비 빛 눈동자, 새하얀 피부, 그의 외모는 분명 자신이 생각했던 라드니르의 특징을 고스란히 갖추고 있었지만…….

설아는 다시 한 번 자신을 라드니르라고 밝힌 그를 뚫어져라 바라보았다. 어딘지 모르게 풍겨져 나오는 카리스마까지도 그녀가 생각했던 것 이상이었다.

'호오— 생각했던 것보다 잘 나왔다는 건 이런 걸 두고 하는 말이겠지?'

설아에게 있어 라드니르는 자신의 상상을 뛰어넘은 존재였다.

"평상시는 인간의 모습을 즐겨 하지 않지만 이렇게 해두지 않으면 당신께서 위험하실 때 별 도움이 되지 않을 것 같아서 어쩔 수 없었습니다."

설아의 반짝거리는 눈동자가 부담스러웠던지 그는 시키지도 않은 변명을 늘어놓으며 은근슬쩍 그녀의 시선을 회피했다.

'확실히 내가 좋아하는 캐릭터라 다르긴 다르지만…….'

설아는 어린아이처럼 입술을 삐죽 내밀고는 라드니르에게 말을 걸었다.

"계속 그렇게 하고 있을 건가요?"

"이런 모습이 도움이 된다면……."

라드니르의 무표정한 얼굴을 보며 설아는 살짝 미간을 찡그렸다.

'마음에 안 들어.'

"이젠 어디로 가실 겁니까?"

라드니르의 질문에 설아는 가벼운 한숨을 내쉬었다.

"우선은 그늘이 있는 곳으로 가서 생각 좀 해보죠."

*　　　*　　　*

"앗! 작은 인간이다."

"작은 인간이 아니라 아기라고 하는 겁니다."

라이더가 엄마 등에 업힌 아기를 보며 신기하다는 듯 눈을 동그랗게 뜨자 한스는 사람 좋은 얼굴로 생긋 미소를 지었다.

"엄마, 저 형아 귀가 이상하게 생겼어."

"그건 사람이 아니라 알프라서 그래."

아주머니가 상냥한 미소를 지으며 아이를 데리고 사람들로 북적거리는 곳으로 사라지자 라이더는 어이없다는 표정으로 한스를 바라보았다.

"알프?"

"…이곳은 엘프들과의 교류가 없는 곳인가 보군요. 엘프들의 존재를 전혀 모르는 사람들도 있다는 것에 비하면 좀 낫기 하지만……."

한스가 난처한 듯한 표정으로 변명하자 라이더는 살짝 눈살을 찌푸렸다.

"우리 엘프들도 인간과의 교류가 뜸하긴 하지만 인간을 알간이라고 부르진 않아."

"인간과 엘프 사이에 교류가 뜸해진 것은 언제부터입니까?"

"백 년 정도?"

"백 년이라… 엘프의 평균 수명이 어떻게 되는지는 잘 모르겠지만 저희들 인간의 평균 수명은 칠십 년 정도입니다."

한스의 말에 라이더의 눈꼬리가 올라갔다.

"그래서?"

"뭐, 상대적이라는 거죠. 하루살이의 하루와 드래곤의 하루를 같은 시간이라고 볼 수 없듯이 엘프와 인간의 시간은 다른 것입니다."

한스는 여전히 곤란한 미소를 지으며 자신의 말을 마무리 지었다.

"그게 뭘 어쨌다는 거야?"

라이더는 약간 짜증이 묻어나는 말투로 한스에게 다시 한 번 질문했다.

"도대체 그게 뭐 어떻다는 거야? 시간이 같지 않으니 잊은 자들은 잘못이 없다는 거야? 그게 정당한 이유가 된다고 생각해?"

그의 말에 한스는 얼굴에서 웃음기를 지우고는 라이더를 바라보았다. 사람 좋아 보이는 그의 실눈이 자신을 노려보고 있다는 것을 깨달은 라이더는 지지 않겠다는 듯 눈에 힘을 주었다.

"그러면 이번에는 제가 한 가지 묻겠습니다."

라이더가 아무런 대답도 하지 않자 한스는 진지한 표정으로 다시 입을 열었다.

"잊는 자와 잊혀진 자가 있습니다. 잊는 자는 물론 잊었다는 것에 대해 잊혀진 자에게 사과를 해야겠지만 잊혀진 자는 잘못이 없다고 말할 수 있는 겁니까?"

한스의 말에 라이더의 눈동자는 더욱더 날카롭게 빛났다.

"잊혀진 자들에게 잘못이 있다는 거야? 자기들이 멋대로 잊어놓고 잊혀진 자들을 탓하겠다고? 아주 편리한 사고방식을 지녔군 그래."

그의 비아냥거리는 말투에 한스는 가벼운 한숨을 내쉬었다.

"인간은 그렇게 대단한 존재가 아닙니다."

"뭐?"

"인간은 말입니다, 같은 인간끼리라도 서로를 잊지 않기 위해 안부를 주고받습니다. 편지를 하거나 직접 만나는 방법 같은 걸로 서로의 소식을 알 수 있죠. 인간들이 오크를 기억하는 건 그들과의 끊임없는 전투 때문입니다. 그들은 인간을 죽이고, 식량을 빼앗으며, 인간들을 괴롭히는 것으로 그 존재를 잊을 수 없게 만듭니다."

라이더는 기가 막힌다는 표정으로 라이더를 향해 코웃음을 쳤다.

"허! 그래서 우리보고 인간을 괴롭히라는 거야?"

"생각하는 게 참 단순하시군요. 전 지금 엘프들이 인간들에게 기억되기 위해 어떤 행동을 하고 있는지에 대해 묻고 있는 겁니다."

한스의 목소리에는 아무런 감정도 실려 있지 않았지만 라이더에게는 인간인 한스가 엘프인 자신을 비난하고 있는 것처럼 느껴졌다.

"어째서 우리가 인간에게 기억되기 위해 무엇인가를 해야 한다는 거야?"

예전 같았으면 '인간 따위에게' 라고 이야기했을 법한 상황이기에 한스는 라이더가 조금이나마 변한 것 같아 조금은 불쾌했던 기분이 차분하게 가라앉았다.

"그런 노력조차 하지 않는다는 것은 기억되기를 포기했다고 봐야겠죠. 잘 생각해 보십시오. 라이더님께서 말씀하셨던 그 백 년이라는 시간 동안 엘프들은 인간을 피해 숲으로 가버렸고 외부와의 교류를 끊었습니다. 엘프들을 잊은 인간들의 잘못도 있겠지만, 숨어 있는 엘프를 기억하라고 하시는 것도 조금은 무리라고 봅니다."

"그 말은 꼭 우리가 인간을 피해 달아나기라도 했다는 것처럼 들리는걸? 인간에게 잊혀지지 않으려면 인간과 교류하라고 이야기하고 싶은 거라면 네가 한번 대답해 봐. 한스 너라면 집안을 엉망진창으로 망쳐 버린 불한당을 자신의 이웃으로 받아들이겠어?"

엘프들에게 있어 숲이란 인간에게 있어 마을이자 집에 해당한다.

숲과 친하게 지내는 법을 알고 있는 인간보다 그렇지 못한 인간들이 훨씬 많았다.

소수의 인간들보다 다수의 인간이 인간을 대표하는 것이다 보니 라이더의 생각을 비난하지 못하는 한스였다.

"그렇지 않은 인간들도 있습니다. 유이님 같은 분들도 계신다는 걸 라이더님께서도 잘 아시지 않습니까?"

"엘프들의 손에 커서 엘프들과 함께 자란 유이님께서 숲을 아끼시는 건 당연한 일이야. 아무렴 그분이 다른 인간들과 똑같을 거라고 생각해?"

약간의 냉소적인 미소를 지으며 한스의 말을 반박하던 라이더는 가벼운 한숨을 내쉬었다. 한스가 싫은 것은 아니었다. 마음에 드느냐, 들지 않느냐라고 묻는다면 싫기는커녕 매우 마음에 드는 편이라고 할 수 있었다.

그와 다툴 이유는 하나도 존재하지 않았다.

그런데 어째서 입만 열었다 하면 서로 다투게 되는 건지 라이더 자신도 알 수 없었다.

"친한 친구가 투정을 부리는 거라고 생각하게나, 젊은 친구."

난데없이 날아든 낯선 목소리에 라이더는 잔뜩 경계하는 표정으로 그를 바라보았다.

"당신은 누구십니까?"

"지나가는 평범한 노인일세."

언뜻 보기에도 그다지 평범할 것 같지 않은 노인이 자신들을 향해 생긋 미소를 지어 보이자 한스는 사람 좋은 미소를 지으며 정중하게 말을 걸었다.

"쉴드의 가호가 어르신과 함께하시길……. 제 이름은 한스라고 합니다만, 어르신의 존함을 여쭈어봐도 되겠습니까?"

그는 한스의 공손한 태도가 마음에 든 듯 흡족한 미소를 지어 보이며 고개를 끄덕거렸다.

"티먼트일세. 자넨 요즘 보기 드물게 아주 예의 바른 청년이로군."

"과찬이십니다. 실례가 되지 않는다면 친한 친구가 투정을 부린다는 말씀이 무슨 의미인지 여쭤봐도 되겠습니까?"

"말 그대로일세. 별 뜻은 없네. 자네들 사이가 좋아 보이기에 몇 마디 거들어준 것뿐일세. 뭐, 지금이야 이렇게 늙어버렸지만 나도 한때는 엘프와 친분이 있었거든."

그래서 엘프에 대해 어느 정도의 지식은 있다는 듯한 표정으로 한스를 바라보던 노인은 가벼운 한숨을 내쉬었다.

"하아— 친구란 그런 것이지. 투정을 받아줄 수도 있고 가볍게 투정을 부릴 수도 있지만, 그것이 너무 오래가면 어느 한쪽이 지치기 마련일세. 친구를 잃고 싶지 않다면 마냥 짜증만 부리는 일은 삼가게나."

노인은 온화한 미소를 지으며 라이더를 바라보았지만 그는 경계를 풀지 않았다.

"당신과 친분있다는 그 엘프가 누구지?"

"엘프답지 않게 건방진 엘프라… 그것도 상당히 드물긴 하지만 마음에 들지 않는군."

살짝 미간을 찡그리는 노인에게 라이더는 눈을 치켜떴다.

"그건 내 질문에 대답이 되지 않아."

한스는 라이더의 옆구리를 쿡 찌르며 그의 행동에 주의를 주었다.

"어르신에게 너무 무례한 거 아닙니까?"

"나이는 내가 더 많아."

"그런 문제가 아닐 텐데요?!"

한스가 화를 내자 라이더는 어이없다는 듯한 표정으로 그를 보았다.

"넌 저자를 인간이라고 생각하는 거야?"

"네?"

한스가 멍한 얼굴로 반문하자 라이더는 미간을 찡그렸다.

"인간으로 보이냐고."

눈 두 개, 코 하나, 입 하나, 귀 두 개, 두 손, 두 발…….

"도대체 어디가 어떻다는 겁니까?"

평범한 노인이 아니라는 것은 눈치 채고 있었지만…….

"난 이렇게 주름살이 많은 인간을 본 적이 없어."

'빠직—!' 하는 소리와 함께 이성의 끈이 끊어진 한스는 자신도 모르게 라이더의 뒤통수를 '퍽!' 소리가 나도록 쥐어박아 버렸다.

"사람이 나이를 많이 먹으면 주름살이 생기는 건 당연한 겁니다. 엘프는 늙지도 않습니까?"

그의 말에 노인은 유쾌하다는 듯 폭소를 터뜨렸다.

"하하하! 자네들 참 재밌군 그래. 한스라고 했던가?"

"네, 어르신."

"자네가 이해하게. 라이더라는 저 엘프는 나만큼이나 늙은 외모를 지닌 엘프를 본 적이 없을 것일세."

노인의 말에 이번에는 한스가 멍한 표정을 지었다.

"네?"

"엘프들은 인간의 관점으로 볼 때 아주아주 느린 속도로 늙어가네. 마치 영원한 젊음을 지닌 존재라고 생각될 정도로 말일세."

난데없는 그의 말에 한스는 고개를 갸웃거렸다.

"라이더님께서 연로한 엘프를 본 적이 없으시다는 것과 그들이 천천히 늙는 것이 어떤 연관성이라도 있다는 겁니까?"

"그것보다는 사람들과 관련이 있다고 보면 된다네. 지금으로부터 이, 삼백 년 정도 전에 엘프 사냥이라는 것이 대유행이었고 많은 엘프들이 사라졌지. 지금 남아 있는 엘프들은 그때 소수였던 아이들일세. 서로 뿔뿔이 흩어졌으니 라이더라는 저 엘프가 늙은 엘프를 본 적이 없다고 해도… 어쩔 수 없는 일이라네."

노인의 말에 한스의 안색이 창백해졌다.

엘프 사냥이라니…….

라이더가 인간이라면 치를 떠는 이유를 알 수 있을 것만 같았다.

"그럼 저분이 인간이라는 거야?"

지금까지 쭉 한스와 노인의 이야기를 듣고 있었던 라이더는 조금 전보다 훨씬 정중해진 말투로 노인에 대해 질문했다.

"그렇습니다."

노인은 흥미롭다는 표정으로 라이더와 한스를 번갈아 바라보았다.

"그런데 자네들은 여행자인가?"

"잠깐. 인간이 엘프들의 일을 어떻게 그렇게 잘 알고 있는 겁니까? 그 일이 있었던 것은 당신이 태어나기 훨씬 전의 이야기일 텐데."

라이더가 의심이 채 가시지 않은 목소리로 질문하자 노인은 온화한 미소를 지어 보였다.

"내게도 한때 엘프 친구가 있었다고 하지 않았나."

"그 엘프의 이름을 기억하고 계십니까?"

여전히 의심이 지워지지 않은 듯한 라이더의 말투에 노인은 추억 속의 이름을 떠올렸다.

“샤베르일세. 자네와는 달리 상당히 예의 바른 친구였다네.”

“샤베르라면 라이더님의……?”

한스의 말에 라이더는 고개를 갸웃거렸다.

“동명이인이겠지. 형은 요 근래에 마을에서 나온 적이 없어. 샤베르라는 이름이 그렇게 흔한 이름은 아닌데… 이노르의 엘프는 아니라는 말인가?”

라이더의 말에 노인은 어깨를 으쓱해 보이고는 한스에게로 시선을 돌렸다.

“자네들의 궁금증이 풀렸다면 이젠 내 궁금증도 풀어주지 않겠나?”

“……?”

무슨 말인지 모르겠다는 표정으로 자신을 바라보는 한스에게 노인은 가벼운 한숨을 내쉬었다.

“자네들이 여행자냐고 물었네.”

“아, 죄송합니다.”

한스가 머리를 숙여 사과하자 노인은 온화한 미소를 지어 보였다.

“사과를 받고자 하는 것이 아니라 대답을 듣고 싶은 걸세.”

“저희는 이노르 출신의 여행자입니다.”

“오! 이노르?”

노인은 대단하다는 듯한 표정으로 라이더와 한스를 번갈아 바라보았다.

“그 정도의 거리에서 여기까지 왔다면 분명히 많은 이야기들을 가지고 있을 테지? 이 나이쯤 되면 삶이 무료해진다네. 어떤가? 나는 자네들에게 그리 대단하진 않지만 잠잘 곳과 음식을 제공해 줄 테니 자네들은 나의 귀를 즐겁게 해주지 않겠는가?”

노인의 말에 한스는 난감한 표정이 되어 라이더를 바라보았다.

"네?"

"이곳은 이방인에게 그리 우호적인 곳은 아니라네. 자네들이 쉴 만한 곳을 찾기가 그리 쉽지 않을 걸세. 그러니 우리 집에서 묵는 것이 어떻겠나? 나쁜 제안은 아니라고 생각하는데?"

어깨를 으쓱거리는 노인을 보며 라이더는 한스에게로 시선을 돌렸다.

"전 좋은 생각 같습니다만……?"

한스의 말에 라이더는 순순히 고개를 끄덕거렸다.

"그렇다면 나도 좋아."

"자, 그렇게 결정했으면 다들 따라오게. 미리 말해 두지만 우리 집은 여기서 꽤 멀다네. 한눈팔지 말고 잘 따라오게나."

"그럼 신세지겠습니다."

한스가 예의 바르게 고개를 숙여 인사를 하는 순간 노인은 노인의 속도라고는 믿어지지 않을 정도의 빠른 속도로 걷기 시작하더니 어느새 저만큼이나 멀어져 버렸다.

"뭐 하고 있는 건가? 설마 젊은이들이 늙은이의 걸음 하나를 쫓아오지 못하는 건 아니겠지?"

그의 말에 발끈한 라이더가 한껏 속도를 올렸지만 그들에게 뒤처지지 않으려고 안간힘을 쓰는 한스를 보고는 이내 속도를 늦췄다.

노인이 무슨 생각을 하고 있는 것인지 알 수 없지만 자신의 예민한 감각이라면 노인이 시야에서 사라진다 해도 어느 정도는 추적이 가능하기에 굳이 한스의 체력을 낭비할 필요가 없다고 생각한 것이다.

"헉… 헉… 어르신께서는……?"

간신히 라이더가 있는 곳까지 달려왔지만 노인은 이미 사라져 버린 뒤였다.

"숨이나 돌려. 추적하는 일이라면 엘프만큼 적임자도 없어. 그 영감님 쫓는 건 나한테 맡겨."

약간 으쓱거리는 듯한 그의 말투에 한스는 예의 사람 좋은 미소를 지으며 가볍게 고개를 끄덕거렸다.

"그럼… 부탁드리겠습니다."

*　　　　*　　　　*

"여보, 나 왔소."

촌장이 문을 열며 들어서자 고소한 수프 냄새와 함께 갓 구운 듯한 빵에서 하얀 김이 모락모락 올라와 레번과 유이의 식욕을 자극시켰다.

"오셨어요. 피터 일로 마을이 떠들썩하던데 소문 들으셨어요? 마법사라니…… 어떻게 생긴 사람인지 한 번만 봤으면 좋겠네요."

식사 준비를 하고 있는 중인지 달그락거리는 소리와 함께 쾌활한 목소리로 수다를 떨어대는 그녀에게 촌장은 너털웃음을 터뜨렸다.

"하하, 그럴 것 같아서 내가 마법사 양반을 모셔왔지."

"네에―? 정말이요?"

호기심 어린 목소리로 질문을 던진 그녀는 양손에 요리가 담긴 접시를 들고는 쪼르르 현관 쪽으로 달려나왔다.

"와아, 마법사는 이렇게 생겼군요~"

마치 눈이라도 하나 더 달려 있는 진귀한 생물을 발견한 듯한 그녀의 말투에 촌장은 피식 미소를 지었다.

"손님께 그런 말투는 실례잖아. 소개부터 하도록 하지. 이쪽은 이미 마을에 소문이 파다하게 퍼진 마법사와 하이 프리티스트이시고, 이 사람은 내 부인일세."

촌장의 간단한 소개에 부인은 가벼운 한숨을 내쉬었다.

"여보, 그런 소개라면 굳이 하지 않아도 다 알고 있다구요. 제대로 소개를 해주셔야죠. 전 제니라고 합니다. 당신들은?"

당당하게 악수를 청하는 그녀의 모습에 레번은 잠시 망설이다 내민 손을 마주 잡았다. 그녀에게선 중년 부인답지 않은 힘이 느껴졌다.

"레번이라고 합니다."

레번과 제니는 잠시 무엇에 홀린 듯한 시선으로 서로를 바라보았다. 한순간 두 사람의 시선이 매서워졌지만 이내 제니 쪽에서 생긋 미소를 지어 보였다.

"거기 이름없는 아가씨께선 자신을 소개하고 싶은 생각이 없으신가 보군요."

"아, 실례했습니다. 유이라고 해요."

유이는 생긋 미소를 지으며 제니에게 악수를 청했다.

그리고는 흠칫 놀란 표정으로 레번을 바라보았다.

마치 돌덩이를 만진 듯 그녀의 손바닥은 굳은살이 딱딱하게 박혀 있었던 것이다.

"놀라셨나요? 농사꾼이라 손도 그렇지만 피부도 좀 까만 편이에요. 외모에 그렇게 신경을 쓸 수 있는 편은 아니죠."

귀엽게 미소를 지어 보이던 그녀는 어깨를 한번 으쓱해 보이고는 그들을 식탁으로 안내했다.

"어쨌거나 저희 집에 오신 것을 환영합니다. 식사들하셔야죠?"

제니는 네 사람 몫의 식기를 챙겨오면서 자신의 남편을 바라보았다.

"그런데 당신… 마을에 드윈 영주 놈이 온다는 사실을 잊으신 건 가요?"

"아아, 잊지 않았어."

촌장의 대답에 그녀는 눈을 매섭게 치켜뜨고는 언성을 높였다.

"아시는 분이 지금 마을에 이방인을 데려오신 건가요? 게다가 저렇게 젊고 미인인 아가씨를?"

따지듯이 묻는 아내에게 그는 다 생각이 있다는 표정으로 자신의 계획을 설명하기 시작했다.

"걱정할 것 없어. 마법사님께서 저 아가씨와 우리를 지켜줄 테니. 그 빌어먹을 부자를 다시는 우리 마을에 발도 못 붙이게 해버려야겠어. 내 계획은 아주 간단해. 여기 계신 마법사님과 프리티스트 아가씨의 힘을 빌려야겠지만……."

촌장은 의미심장한 미소를 지으며 레번과 유이를 바라보았지만 두 사람은 아무런 대답 없이 음식을 없애는 것에 열중하고 있었다.

"그 빌어먹을 부자가 나타나면 마을에 한바탕 소란이 일어날 테니 프리티스트님께서 그걸 중재해 주시면……."

"그 빌어먹을 부자가 유이님께 수작을 걸 테고 그땐 제가 나설 차례라는 말씀이십니까?"

레번이 그의 말을 가로채자 촌장은 고개를 끄덕이며 생긋 미소를 지었다.

"역시 이해가 빠르군."

"뭐, 그런 편입니다만 그 제의는 거절하겠습니다."

레번의 말에 촌장은 실망한 기색을 보였지만 자신이 생각해도 저 험상긋게 생긴 청년이 아무런 이득도 되지 않는 일에 끼어들 것 같진 않았다.

"일만 잘 해결된다면 사례금도 두둑하게 챙겨주겠네."

"여자를 도대체 뭐라고 생각하시는 거예요?"

날카로운 목소리로 자신을 책망하는 부인에게 촌장은 눈살을 찌푸렸다.

"그런 문제가 아니야."

"싸움을 말리기만 하면 되는 거죠?"

묵묵하게 식사를 하던 유이가 스푼을 내려놓으며 무표정하게 묻자 촌장은 반색을 하며 고개를 끄덕거렸다.

"그렇다네."

"그런 거라면 프리티스트답게 지나칠 수 없는 문제니까 굳이 부탁하지 않으셔도 제가 잘 알아서 하겠습니다."

차분한 목소리로 말을 마친 유이는 흘깃 레번을 바라보았다.

아크레 대신이긴 하지만 어쨌거나 그는 자신의 신변 보호를 책임지고 있었다. 이런 제안을 선뜻 받아들이는 자신이 분명 달갑지는 않을 것이다.

"진심입니까?"

살짝 눈살을 찌푸리는 레번을 보며 유이는 고개를 끄덕거렸다.

"고생을 사서 한다고 생각하셔도 이게 제가 해야 할 일인걸요."

그녀의 말에 레번은 피식 미소를 지었다.

'피식?'

의아한 표정으로 자신을 바라보는 유이에게 레번은 웃음기 가득한 얼굴로 고개를 흔들었다.

“무리입니다. 이런 말은 좀 그렇지만… 스스로가 미인이라고 생각하십니까?”

레번은 다시 한 번 피식 웃더니 자신의 말을 이어 나갔다.

“누군가를 꼬시기엔 5년도 빠른 것 같은데……. 이 계획은 미인이 아니면 실현 불가능이라는 거 알고 계신 겁니까?”

다시 한 번 피식거리는 그를 보며 유이는 온통 새빨개진 얼굴로 고개를 휙 돌려 버렸다.

“식사 다 하셨으면 2층 왼쪽 방을 사용하세요. 거기가 손님용 방이랍니다.”

제니의 말에 그녀는 가볍게 목례를 해 보이고는 도망치듯 계단으로 올라가 버렸다.

“솔직하게 걱정되면 걱정된다고 말을 하지……. 요즘 젊은이들은 솔직하지 못하군요.”

제니의 말에 레번은 피식 미소를 지으며 어깨를 으쓱거렸다.

“좋을 대로 상상하십시오. 그리고 촌장님, 맛있는 식사와 편안한 침대에 대한 대가는 꼭 갚아드릴 테니 그 일은 너무 걱정하지 않으셔도 될 겁니다.”

그의 말에 촌장은 그다지 미덥지 않다는 표정으로 레번을 바라보았다.

“뭐, 좋은 생각이라도 있는 건가?”

“그렇다고 해두죠.”

어쩐지 너무나도 무덤덤한 그의 말투에 촌장은 가벼운 한숨을 내쉬었다.

“어쨌거나 잘 부탁하네.”

레번이 듬직하게 '맡겨주십시오' 라고 말하는 대신 피식 미소를 지어 보이는 순간 '쾅! 쾅!' 하는 소리와 함께 촌장님을 부르는 소리가 들려왔다.

"촌장님, 큰일 났습니다!"

"놈들이 왔어요! 어서 나와보세요!"

다급한 사람들의 목소리에 촌장은 약간 긴장한 듯한 표정으로 자리에서 일어났다.

제니 역시 중년 부인다운 차분한 태도로 그의 뒤를 따라 자리에서 일어나자 레번은 잠시 유이가 올라갔던 계단을 흘깃 바라보고는 그들의 뒤를 따랐다.

"당신은⋯⋯?!"

마을 사람 중 누군가가 레번을 향해 놀란 듯이 소리를 지르자 레번은 살짝 미간을 찡그리며 목소리를 깔았다.

"영주가 도착한 겁니까?"

"아⋯ 그, 그렇습니다만 당신이 왜?"

촌장을 의식해서인지, 그렇지 않으면 레번의 무서운 힘을 떠올린 건지 마을 사람들 중 어느 누구도 감히 레번 앞으로 나설 생각을 하지 못하는 듯했다.

"어디요, 그 사람들이 왔다는 데가?"

촌장의 질문에 사람들은 마치 마법에서 깨어난 것처럼 너도나도 떠들어대기 시작했다.

"입구예요! 마을 입구!"

"함부로 들어오지 못하도록 사람들이 막고 있어요."

"그렇지만 그다지 오래 버틸 수 있진 않을 거예요. 그 망할 놈의 영주가 사병들을 이끌고 왔다지 뭐예요."

저마다 걱정스런 얼굴로 촌장을 바라보았지만 촌장이라고 별 뾰족한 수가 있는 것은 아니었다.

"비켜주십시오."

사병이 올 것이라는 걸 짐작하고 있었는지 레번은 아무런 동요 없이 그가 기다리고 있을 마을 입구 쪽으로 빠르게 걸었다.

"이것들이 단체로 죽고 싶어 환장을 했나?!"

레번 일행이 이곳에 도착했을 때는 이미 영주의 사병으로 보이는 덩치 좋은 사내가 마을 청년의 멱살을 붙잡고는 으름장을 늘어놓기 시작했다.

"여기 계신 분이 누구시라고 고개를 뻣뻣이 들고 있느냔 말이다!"

말이 좋아 사병이지 그들에게서 풍겨오는 분위기란 뒷골목 건달 수준이었다.

"사병이란 주인의 품위를 그대로 반영한다더니 그 말이 딱이군. 오합지졸 영주에겐 오합지졸 사병이 가장 어울리는 법이지."

레번은 작은 돌멩이 몇 개를 주워 들고는 공중에 던졌다 받기를 반복했다.

"지금 뭐라고 지껄인 거냐?"

척 보기에도 귀하신 몸이라는 것을 강조하는 듯한 차림의 청년이 레번을 매섭게 쏘아보았다. 혈통 좋은 백마에 하얀 망토를 펄럭거리며 앉아 있는 청년의 입에서는 이내 비웃음 섞인 목소리가 튀어나왔다.

"어디서 난쟁이 똥자루 같은 게 기어와서는 깝죽거리고 있는 거냐? 이 몸이 너그러운 아량으로 봐줄 때 썩 꺼져."

그의 말에 마을 청년들은 살짝 뒤로 물러섰다. 그들의 얼굴은 하나같이 정체 모를 불안한 마음을 담고 있었다. 청년은 우쭐한 마음에 레번을 내려다보며 또다시 비웃음 섞인 목소리로 말을 이었다.

"뭉쳐 있어봤자 아무것도 못하는 쥐새끼 같은 것들이 찍찍거리기는!"

조금만 더 주의해서 봤더라면 그들의 눈동자가 향해 있던 곳이 자신이 아니라 레번이었음을 눈치 챌 수 있었겠지만 그에게는 신중함이라는 것이 결여되어 있었다.

"어이! 그 바보 영주 놈의 바보 아들이란 놈이 바로 너냐?"

피식하는 웃음소리와 함께 듣는 사람을 움찔하게 만드는 레번의 서늘한 목소리가 튀어나왔다.

"뭐, 뭐라고 지껄이는 거냐?!"

한순간이지만 레번에게 쫄아버린 것을 부인하려는 듯 검까지 꺼내 들어 보이는 그를 레번은 한심하다는 표정을 지어 보였다.

"내가 충고 몇 가지 할까?"

자신을 중심으로 원을 그리듯이 서 있는 사병들 따위는 전혀 신경 쓰지 않는다는 듯 레번은 자신이 들고 있던 돌을 영주 아들의 목을 향해 집어 던졌다.

"윽!"

'퍽' 하고 정확하게 명중한 돌과 함께 레번의 묵직한 목소리가 이어졌다.

"어른하고 대화할 땐 목을 뻣뻣하게 드는 것이 아니지."

이번에는 말의 엉덩이를 향해 돌을 던진 그는 자신을 향해 날아드는 사병들의 검을 가볍게 피해내며 피식 미소를 지었다.

히이잉—!

"으아아악!"

놀라 날뛰는 말에서 멋지게 낙마해 버린 그를 보며 레번은 자신의 말을 이었다.

"게다가 어른을 내려다보다간 혼나는 수가 있다고. 새겨듣는 게 신상에 이로울 거야. 알아듣겠냐?"

영주는 자신의 귀한 아들이 바닥에서 구르는 것을 보고는 분노에 찬 고함을 질렀다.

"뭘 멍청하게 보고 있는 거냐?! 어서 해치우지 않고!"

영주의 목소리에 사병들은 검을 쥔 손에 더욱 힘을 실었지만 레번을 상대하기엔 역부족이었다.

"어이! 보면 모르냐? 네 부하가 내 상대로는 터무니없이 부족하다는 거다. 이 몸이 너그럽게 봐줄 때 썩 꺼져."

레번은 칼등으로 차례차례 사병들을 내려치고는 비웃음 섞인 목소리로 영주와 그의 아들을 향해 소리쳤다.

"영주면 영주답게 영지 관리나 잘하시지. 이런 작은 마을에 눈독 들일 정도로 무능하다면 국왕 폐하께 폐가 되지 않도록 알아서 물러나야지. 버티고 싶냐?!"

"닥쳐! 어디서 감히 평민 주제에 귀족을 우롱하러 드느냐!"

"귀족을 욕보인 자는 사형이다!"

버럭 소리를 지르는 그들에게 레번은 피식 미소를 지었다.

"이 마을에 소드 마스터가 있다는 소문은 듣지 못한 모양이지?"

어느새 예리한 레번의 검은 섬뜩한 빛을 뿜어내며 영주의 코앞에 멈춰 섰다.

“이 검이 가까운지 네가 말하는 알량한 법이 가까운지 실험해 볼까?”

“으힉! 무, 무슨 짓이야?!”

기절한 사병과 자리에서 일어나지 못하는 자신의 아들…….

영주는 등골이 오싹해졌다. 자신을 베면 귀족을 죽인 죄로 그의 가족 모두가 사형에 처해진다. 이것은 평민이 일으킨 폭동이나 반란으로부터 소수의 귀족을 보호하기 위한 제도이지만 권력만 믿고 설치는 귀족들을 만들어낸 결과를 가져오기도 했다.

“네가 뭘 착각한 모양인데… 난 이 마을 사람이 아니라 피닉스 단의 기사 레번이다. 폐하께서 너같이 뺀질뺀질거리는 귀족들을 가볍게 손 좀 봐주라고 보내셨지.”

피식―

그의 말에 영주를 비롯한 모든 사람들의 눈이 커다랗게 변했다.

기사는 신분 여하를 막론하고 즉결 처분의 권한을 가진다. 즉 왕이 영 바보는 아니라는 소리다. 귀족은 평민에게 봉사를 요구하는 대신 그들을 보호할 의무를 지닌다.

기사는 그런 귀족을 감시하며, 기사들의 서열은 계급으로 이어진다.

왕은 계급의 가장 우위에 서 있다. 실제로 검을 쥘 수조차 없는 어린아이라 해도 왕의 자리에 앉는다면 나라 안의 제1기사가 되는 것이다.

왕이라는 자리는 그렇게나 영악하고 밉살맞은 놈이 차지하는 자리인만큼 그리 호락호락한 상대가 차지할 일은 없지만 불공평한 것은 불공평하다고 생각하는 레번이었다.

“그, 그럼 폐하께서 제가 해온 일을…….”

처음과는 달리 비굴할 정도로 정중해진 그의 말투에 레번의 눈에 불꽃이 튀었다.

"알고 계실지도 모르지. 어쨌거나 아직은 증거가 부족하니 내 밑에 있는 부하를 두고 갈 것이다. 피터!"

엉망이 된 몰골의 피터는 자신이 호명되자 흠칫 몸을 떨었다.

"네!"

"마을에 다시 한 번 이런 일이 생긴다면 그땐 이 정도로 끝내진 않을 거다. 멍청하게 나까지 나서게 만들다니……."

레번의 눈에서 다시 한 번 불꽃이 튀자 영주는 몸을 움츠렸다.

자기 부하를 이 정도로 두들겨 패놨으니 이제 자기들은 끝이라는 생각이 든 것이다.

"이봐."

레번은 자신의 검을 치우며 귀찮다는 표정으로 영주를 불러 세웠다.

"네……."

반쯤 기어들어 가는 목소리로 대답하는 영주에게 그는 가벼운 한숨을 내쉬었다.

"내 인내심은 길지 않다고. 어서 네 아들 녀석이나 챙겨서 돌아가도록 해."

등을 돌리고 서 있는 그를 향해 영주는 몇 번이나 고개를 숙이고는 자신의 말에 움직이지도 못하는 아들을 태웠지만 누구 하나 그를 도와주지 않았다.

올 때는 기세 좋게 사병들을 이끌고 왔지만 갈 때는 말 한 필에 의존한 채라니…….

"저렇게 보내면 보복해 오지 않을까요?"

걱정스런 얼굴의 피터를 보며 촌장은 어깨를 가볍게 툭툭 쳤다.

"괜찮을 걸세. 자신의 성에 도착하면 뭔가 달라지는 게 있겠지."

"무사히 도착하기만 한다면 말이죠."

제니가 생긋 웃으며 한마디를 덧붙이자 피터는 영문을 모르겠다는 표정을 지어 보였다.

"이런 변두리일수록 산적이 많은 법일세. 그자가 이곳에 올 때까지 거쳐 간 곳도 단신으로 지나간다면 눈 뒤집힐 사람이 한둘은 아닐 걸세. 더군다나 자기 몸만 챙기느라 쓰러져 있는 사병들을 버리고 갔으니 저들이 정신을 차린다고 해도 그를 구하러 달려갈 생각은 없을 테니 자업자득일세. 자자, 저기 쓰러져 있는 사병들이나 마을 안으로 데려가세나."

촌장의 말에 피터는 또다시 몸을 움찔거렸다. 그렇다면 레번이라는 저 남자는 모든 걸 알면서도 손을 더럽히기 싫어서 그를 보냈다는 건가?

"운이 좋아서 자신의 성에 무사히 도착한다면 아마도 그는 산적 토벌에 힘을 쓰게 될 거야. 호호호~"

제니는 우아한 표정을 짓곤 손으로 입을 가리며 웃었다.

"그런데 당신이 피닉스 단의 기사라는 게 사실입니까?"

피터의 정중한 질문에 레번은 아무런 대답도 하지 않고 피식 미소만 지었다. 그래서일까? 그곳에 모인 사람들은 하나같이 레번을 연기력 좋은 마법사로 보고 있었다.

"당신은 정말 현명하다고 해야 하나… 아무튼 도와주셔서 고마워요."

제니가 마을 사람 전체를 대변해서 고마움을 표시하자 레번은 가벼운 한숨을 내쉬었다.

그를 베지 않은 것은 단순히 그럴 가치가 없어 보였기 때문이다.

정말 영주가 맞는 걸가 싶은 생각이 들 정도로 형편없는 사병들과 아무리 봐도 귀족의 품위라고는 눈 씻고 찾아봐도 보이지 않는 영주와 그의 아들이라니…….

'리프란 같은 대도시의 관리인이 저 정도라니……. 임플란드가 썩어가고 있는 건가?'

단순한 성격이 이번만큼은 큰 도움이 되었다는 생각에 그는 피터를 바라보았다.

"이봐, 피터."

"네!"

자신의 호명에 뻣뻣하게 긴장하는 피터를 보며 레번은 가벼운 한숨을 내쉬었다.

"만일을 대비해서 묻겠다. 자네는 강해지고 싶은가?"

레번의 질문에 그는 한 치의 망설임도 없이 큰 소리로 대답했다.

"그렇습니다!"

"호오~ 그래?"

씩씩한 그의 대답에 레번은 씨익 미소를 지으며 다시 한 번 입을 열었다.

"그럼 죽어라."

＊　　　　＊　　　　＊

"에고, 죽겠다. 죽겠어."

등을 툭툭 두들기며 혜령은 잔뜩 굳어진 몸을 이리저리 비틀어댔다.

뭔가 놓치고 있는 것 같은 기분에 다시 한 번 모니터 쪽을 바라보았지만 그게 무엇인지 아무리 생각해도 알 수가 없었다.

"쥐들이 나오는 장면들은… 연관성이 없는 건가?"

단발을 연상시킬 정도로 가느다랗고 기다란 털로 덮여 있는 하얀 귀, 붉은 코, 희고 말랑말랑한 꼬리, 너무나 작아서 있는지 없는지도 모를 정도의 존재들에게 신경을 집중하기란 여간 피곤한 일이 아니었다.

적어도 설아의 이야기에 이상이 생긴 것 같진 않다는 게 그녀의 생각이었다.

설아의 의도는 뭘까? 독자가 작가의 의도를 100% 눈치 채주기를 바라는 것은 무리다. 독자는 작가가 아니다.

"그렇다고 이야기가 작가만의 것이라고 생각하는 건 아니겠지, 설아야?"

혜령은 이야기 속에 있을 설아를 향해 가벼운 한숨을 내쉬었다.

자신의 마음은 닿지 않는 것일까?

"설아야, 지금 무슨 생각을 하고 있는 거니……."

*　　　*　　　*

"무슨 생각을 하고 계시는 겁니까?"

라드니르의 목소리에 설아는 시큰둥하게 대답했다.

"아무 생각도 안 하고 있는데요?"

"그러면 안 되는 거 아닙니까?"

라드니르의 말에 그녀는 생긋 미소를 지었다.

“당연히 안 되죠.”

대답과는 달리 너무나 여유만만해 보이는 그녀의 표정에 라드니르는 의아한 표정을 지었다.

무엇 때문에 그렇게 멍하게 있는 것인지 설명해 보라는 듯한 그의 눈빛에 설아는 자신의 머리를 검지로 톡톡 두드렸다.

“멈췄어요.”

“……?”

“여기가 멈춰 버렸으니 별수없잖아요.”

그녀는 생긋 미소를 지으며 자신의 말을 이었다.

“일단은 머리를 비워봐야겠어요. 잠시 혼자 있게 해주겠어요?”

설아의 말에 라드니르는 고개를 갸웃거렸다.

가만히 있으면 안 된다면서 머리를 비우겠다는 건 무슨 의미인지…….

라드니르는 한참 동안 설아를 바라보다 이내 자리에서 일어났다.

이내 날은 어두워질 테고 살아 있는 이에게 사막의 밤은 꽤 혹독하다는 것을 알고 있는 라드니르는 가벼운 한숨을 내쉬었다.

설아는 그를 향해 고맙다는 듯 고개를 끄덕이고는 조용히 눈을 감았다.

‘혼자다…’ 라고 느껴질 무렵 누군가가 작은 목소리로 속삭이는 것이 느껴졌다.

“이봐요. 당신은 누구죠?”

작지만 뚜렷한 목소리에 그녀는 두 눈을 뜨고 주변을 두리번거렸다. 목소리는 그녀의 대답을 기다리는 듯했지만 설아는 아무런 대답도 하지 않았다.

“이봐요. 내 말이 들리지 않아요? 당신은 누구예요?”

그다지 달갑지는 않지만 저것은 설아의 목소리였다.

“그러는 너야말로 누구야?”

설아는 잔뜩 긴장한 표정으로 자신의 주변을 살펴보기 시작했다.

“난 설아. 윤설아예요.”

말을 마친 그녀가 모습을 드러내자 설아는 자신도 모르게 입을 크게 벌리고 말았다.

“저건 나잖아!”

“저거… 저거라고 했어? 방금?!”

씩씩거리는 표정으로 자신을 노려보는 소녀는 설아의 눈에 아무 이상이 없는 거라면 분명히 자신과 똑같은 모습을 하고 있었다.

“무슨 일이십니까?”

인기척도 없이 불쑥 자신의 앞에 나타난 라드니르를 향해 설아는 자신과 똑같이 생긴 소녀를 손가락으로 가리켰다.

“저기! 저기! 나랑 똑같은 애가 있잖아요!”

그녀의 말에 라드니르는 걱정스럽다는 듯 설아의 이마에 손을 올렸다.

“열은 없는 것 같은데……. 어지럽지는 않으십니까?”

“뭐?”

“헛것이 보이는 걸 보니 좀 쉬셔야 할 것 같습니다.”

라드니르의 말에 그녀는 미간을 찡그리며 소녀가 있던 자리를 노려보았다.

“헛것이라니… 저 애 안 보여요? 저기 있잖아요, 저기! 어… 라? 어디 간 거지?!”

설아가 당황한 표정으로 소녀가 서 있던 자리로 가자 라드니르는 혹시나 주변에 숨어 있는 적이 있는지 살피기 시작했다. 그러나 이 주변에서 느껴지는 기운이라고는 설아와 자신, 그리고 정체를 알 수 없는 뮤라는 생명체가 전부였다.

"정말이라니까요!"

설아가 다시 한 번 고집스럽게 외치자 라드니르는 가벼운 한숨을 내쉬었다.

"이제 어디로 갈지 정하셨습니까?"

"지금 내 말 안 믿는 거지?"

설아가 미간을 잔뜩 찡그리며 따지듯이 묻자 라드니르는 생긋 미소를 지어 보였다.

"그럼 지금 그 말을 믿으라는 겁니까?"

"응."

단호하게 고개를 끄덕이는 그녀를 보며 라드니르는 피식 미소를 지었다.

"그럼 그렇게 하도록 하겠습니다."

"…안 믿는 거지?"

"…그럼 믿으라는 겁니까?"

설아는 그의 말에 생긋 미소를 지어 보였다.

"그러니까 결국 못 믿겠다는 거네?"

그녀의 말에 라드니르가 아무런 대답을 하지 않자 웃고 있던 설아의 눈이 조금씩 위로 올라가기 시작했다.

"에라이~!"

설아의 발길질을 너무나도 쉽게 피해낸 라드니르는 다시 한 번 그녀를 향해 생긋 미소를 지었다.

"어디로 갈지 정하지 못하셨다면 제가 모시도록 하죠."

설아가 아무런 대답을 하지 않자 라드니르는 그것을 승낙으로 받아들였다.

"내가 가고자 하는 곳으로 시간과 공간의 힘을 빌려……. 워프!"

그가 말을 끝내자마자 설아의 주변으로 눈부신 빛의 기둥들이 생겨났다. 그 기둥들을 중심으로 빛의 벽이 생겨나더니 하나의 건물이 생겨났다.

"제가 문을 열 때까지 눈을 감고 계시는 것이 좋을 겁니다."

라드니르의 말에 설아는 악착같이 눈을 뜨고 있었지만 그녀의 시야에 들어오는 건 아무것도 없었다. 게다가 억지로 빛을 주시하고 있었던 덕분에 쉴 새 없이 눈물이 흘러내려 설아의 눈은 마치 토끼눈처럼 새빨갛게 충혈되어 버렸다.

"이제 눈을 뜨셔도 됩니다."

"눈이라면 아까부터 계속 뜨고 있었어."

아까부터 눈물을 닦느라 두 손으로 눈을 비벼대는 것이 도저히 눈을 뜨고 있는 모습이라고 생각하기 힘든 몰골로 대꾸하는 설아를 보며 그는 가벼운 한숨을 내쉬었다.

"여기라면 당분간 지내기 괜찮으실 겁니다."

스르륵 문이 열리자 주변은 평범한 저택 안으로 바뀌었다.

"꾸익~ 주인님, 꾸익~ 오셨습니까?"

오크가 검은 정장을 갖춰 입은 채 라드니르를 향해 공손히 인사를 하는 것은 그다지 평범하지 않았지만…….

"오랜만이군요, 주인님."

메이드 복장을 하고 있는 트롤이 라드니르를 반기자 저쪽에서 뭔가 쿵쿵거리는 소리가 들려오기 시작했다.

"이봐, 주인님이 오셨는데 언제까지 숨어 있을 셈이야?"

"내버려 둬. 저 녀석은 수줍음이 많잖아."

트롤과 오크가 복도 한 귀퉁이를 바라보며 한심하다는 듯한 대화를 나누자 설아는 자기도 모르게 복도 한 귀퉁이로 시선을 옮겼다.

그리고 차마 못 볼 것을 보고야 말았다.

정말 수줍다는 듯 숨어서—커다란 덩치가 다 가려질 리가 없건만 자신은 숨었다고 굳게 믿고 있는 듯했다—눈을 초롱초롱하게 빛내고 있는 골렘과 눈을 마주치고 말았던 것이다.

"신경 쓰지 마십시오. 원래가 낯가림이 심한 친구라 한동안은 자진해서 모습을 드러내지 않을 겁니다."

라드니르의 말에 설아는 어색한 미소를 지었다.

'골렘이 낯가림한다는 게 말이 돼? 정말 취향도 독특하다니까.'

설아는 라드니르를 흘깃거리며 가볍게 고개를 흔들었다. 이것들이 모두 자신의 머리에서 나왔다는 사실을 잊은 듯했다.

"손님을 안내해 드리도록 하겠습니다."

트롤의 말에 설아가 탐탁지 않은 표정을 짓자 그는 정중한 태도와 말투로 그녀를 안심시켰다.

"걱정하지 마십시오. 이 저택 안에 있는 모든 존재들에게는 이성이 존재합니다. 이 친구들을 보면 아시겠지만 대화도 가능하니 불편한 점이 있다면 언제든지 말씀해 주십시오."

"언제든지… 말이죠?"

설아의 말에 트롤은 상냥한 미소를 지으며—그러나 설아는 그가 자신을 접주고 있는 거라고 생각했다―고개를 끄덕거렸다.

"물론입니다."

"그럼 지금 말씀드릴게요. 불편하다고."

생긋 미소를 지으며 자신을 바라보는 설아를 향해 트롤은 식은땀을 삐질삐질 흘리기 시작했다.

"죄, 죄송합니다! 저택 관리인이 손님께서 불편해하시는 것조차 눈치 채지 못하다니 관리인으로서 실격입니다."

"꾸익~ 저택 관리인은 꾸익~ 나다. 꾸익꾸익~ 오버하지 마."

"어디가 불편하신 겁니까? 그리고 보니 바닥이 반짝거리지 않는군요. 어이! 청소는 네 몫이잖아! 쓸모없는 골렘 같으니! 어서 청소를 시작해!"

트롤은 오크의 말을 가볍게 씹어버리고는 골렘을 향해 버럭 소리를 질렀다.

"아… 아니, 그런 것이 아니라……."

트롤의 태도에 당황한 설아가 황급히 고개를 흔들자 트롤의 얼굴에선 식은땀이 마치 비처럼 쏟아져 내렸다.

"청소가 아니라면 혹시 시장하신 겁니까? 으아아! 그리고 보니 독버섯 전골을 준비하다가 말았군요. 어서 내오도록 하겠습니다."

'그걸 누가 먹어!'

설아는 우왕좌왕하는 그에게 차마 소리를 지르지는 못하고 다시 한 번 고개를 붕붕 흔들어댔다.

"그런 게 아니라……."

"우아아! 그럼 뭡니까? 실내 인테리어? 아니면 자수가 들어간 앞치마?"

패닉 상태가 되어 주절거리는 트롤을 보며 라드니르는 가볍게 고개를 흔들었다.

"자, 가시죠. 제가 안내해 드리겠습니다."

"아아… 트롤 씨는?"

"이대로 두면 잠시 후에 진정될 겁니다. 이쪽으로 오십시오."

라드니르의 말에 설아는 망설이듯 트롤을 바라보다 이내 라드니르를 따라 2층으로 올라갔다. 저택의 복도는 온통 거울로 되어 있어 조금 부담스러운 감은 있었지만 전체적으로 반짝반짝 빛이 난다는 느낌이 들 정도로 깨끗한 곳이었다.

"이곳은 초대받지 않은 자에겐 무서운 곳이지만 손님의 자격을 갖추신 분에게는 편안한 휴식처일 뿐입니다. 긴장하실 필요가 없죠. 불편한 점은 트롤에게 말씀해 주십시오."

라드니르의 무뚝뚝한 말에 그녀는 미간을 찡그렸다. 저렇게나 산만한 트롤에게 불편한 점을 말할 바엔 차라리 참고 말겠다는 생각이 들었던 것이다.

"편히 쉬십시오."

어느새 설아라고 적힌 방 앞에 도착했다. 라드니르가 돌아가려 하자 설아는 그의 옷깃을 붙잡았다.

"어째서 이 방에 제 이름이 있는 거죠?"

"……?"

"이곳에서 제 이름을 알고 있는 분은 아무도 없을 텐데요?"

설아의 말에 라드니르는 의아하다는 듯한 얼굴로 문과 그녀를 번갈아 바라보았다.

"어디에 설아님의 이름이 쓰여져 있다는 겁니까?"

“여기! 안 보여요?”

설아가 까치발을 해 보이면서까지 글자를 가리켰지만 여전히 라드니르의 눈에는 보이지 않는 듯했다.

“많이 피곤하신 것 같은데 이만 물러가도록 하겠습니다. 편히 쉬십시오.”

그 말을 끝으로 라드니르는 순식간에 사라져 버렸다.

“여길 들어가야 하나?”

내키지 않는다는 표정으로 손잡이를 잡는 순간 설아가 서 있던 곳의 풍경이 방 안의 모습으로 바뀌었다.

“헤에— 이거 정말 신기하네.”

그저 손잡이를 잡는 것만으로 문 안과 밖으로 순간 이동이 가능하다는 사실이 마냥 신기했던지 그녀가 다시 한 번 손잡이에 손을 뻗는 순간 방 안에서 인기척이 느껴졌다.

“그쯤 해두지 그래?”

흠칫한 표정으로 뒤를 돌아본 설아의 시야에 곧 익숙한 얼굴이 들어왔다.

“넌……!”

“그래, 설아야. 그런데 넌 누구지?”

침대 위에 걸터앉은 그녀는 설아를 매섭게 노려보고 있었다.

“누구길래 남의 이야기를 망치고 있는 거야?”

＊　　　＊　　　＊

“이런 엽기릴! 자기 아들을 감옥에 집어넣어?”

“그다지 엽기랄 것까지야⋯⋯.”

피란트는 안됐다는 표정으로 청년을 바라보았다.

“너 어쩌다가 아버지에게 버림받은 거냐?”

청년은 피란트의 말에 약간 눈살을 찌푸렸다.

“특별히 버림받은 것이라고는 생각하지 않습니다만⋯⋯.”

“그럼 갇힐 정도로 큰 죄라도 지은 거냐?”

피란트의 질문에 청년은 쓸쓸한 얼굴로 고개를 저었다.

“제가 갇힌 이유는 오해 때문이니 조만간 아버님께서 찾으시리라고 생각했습니다만 제 판단이 틀렸습니까?”

피란트는 ‘그 딴 걸 내가 어떻게 알아?! 시간 잡아먹지 말고 어서 안내나 해!’ 라고 말하고 싶은 걸 간신히 참아내고는 그를 향해 가벼운 한숨을 내쉬었다.

“넌 이름이 뭐냐?”

“알데히드입니다.”

“네 질문에 대한 답은 네 아버지가 알고 계실 거다. 앞장서.”

피란트는 그를 향해 치유 마법을 걸어주고는 그를 일으켜 세웠다.

“제가 아버님께 안내해 드린다면 당신은 아버님을 해치지 않는다고 약속해 주실 수 있습니까?”

알데히드의 질문에 피란트는 생긋 미소를 지었다.

“너는 아버지가 오해를 푸신다고 해서 서운한 게 모두 없어질 거 같냐?”

“당장은 힘들더라도 조금씩 사라지겠지요.”

그의 말에 피란트는 미간을 찡그렸다.

“부자 간에도 해결 안 될 감정을 타인인 나를 상대로 강요하겠다는 거냐? 게다가 넌 시간이 지나가면 조금씩 풀 수 있는 기회가 생길지 모르겠지만 난 아니거든. 이대로 누명 쓰고는 못 살아. 맹세코 날 감옥에 집어넣은 녀석을 죽지 않을 만큼만 가지고 놀아주지.”

뿌드득 이를 가는 소리에 알데히드는 가벼운 한숨을 내쉬었다.

“그럼 아버님께서 당신을 가둔 것이 아니라면…….”

“머리카락 하나 건드리지 않을 거야.”

너무나도 쉽게 대답하는 그의 말에 알데히드는 잠시 고민하는 듯했지만 이내 감옥 밖으로 발을 내디뎠다.

“안내해 드리지요.”

“아, 잠깐만… 가다가 성가신 일에 말려들기는 싫으니까 이리 와 봐.”

손을 까딱까딱거리는 피란트를 보며 알데히드는 자신이 강아지가 된 듯한 기분에 미간을 찡그렸지만 정작 입 밖으로는 뭐라고 불평도 하지 못했다.

“나 피란트 쥬린 블루가 명한다. 모든 이들의 눈동자로부터 해방을! 인비지빌리티!”

“…어디에 계십니까?”

마법이 시전되자 피란트와 알데히드는 사람들의 시야에서 성공적으로 사라졌지만 동시에 서로의 시야에서도 확실히 사라져 버렸다.

“걱정하지 말고 안내해. 보이지 않는다고 해도 네 기운 정도는 느껴지니까.”

마법에 대해서 전혀 아는 바가 없는 그인지라 미심쩍긴 했지만 순순히 걸음을 옮기기 시작했다.

“비상이다! 비상! 모두 집합해!”

누군가의 날카로운 목소리가 울려 퍼지자 어디서 나온 것인지 모를 사병들로 정원은 온통 소란스러워졌다.

"무슨 일이래?"

"나도 모르겠어. 지하 감옥에 일이 생긴 것 같은데……."

"거기! 조용히들 못하나!"

피란트와 알데히드는 병사들과 부딪치지 않게 주의하며 최대한 인기척을 죽였다.

그러나 그것도 잠시…….

여러 명의 사람들이 사납게 훈련된 개들을 이끌고 그들의 곁을 지나가기 시작했고, 낯선 냄새에 개들은 심하게 짖어대기 시작했다. 당황한 알데히드는 자신이 보이지 않는다는 사실도 망각한 채 뒷걸음질치다 이내 자리에 주저앉아 버렸다.

크르르르…….

개들은 순식간에 알데히드와 피란트를 에워싸더니 날카로운 이빨을 드러냈다.

크르르르…….

위협하듯 천천히 다가오고 있는 개들을 보며 피란트는 가벼운 한숨을 내쉬었다.

이만큼 많은 사람들이 모여 있다 보니 살기를 내뿜었다가는 자칫하면 자신의 위치를 알려주는 꼴이 된다. 게다가 자신 혼자라면 몰라도 알데히드라는 짐까지 맡고 있는 상황이었다.

'그냥 슬립으로 모두 재워 버릴까?'

드래곤다운 안일함으로 주변을 둘러보는 동안에도 알데히드의 얼굴은 새파랗게 변해가고 있었다. 사람들도 계속해서 으르렁거리는 개

들이 수상쩍었던지 검과 창을 빼 들고는 그들 곁으로 다가오고 있었
다.

크르르르……

몸집 좋은 개 한 마리가 기세 좋게 뛰어오르자 피란트는 가소롭다는
듯한 표정을 지으며 알데히드의 뒷덜미를 잡았다.

“플라이.”

알데히드를 향해 뛰어올랐던 개는 목표를 잃고 바닥으로 나뒹굴었
고 혹시나 싶었던 병사들의 검과 창은 바닥을 찔렀다.

“귀찮은 건 딱 질색이야.”

“가, 감사합니다.”

뒷덜미를 잡힌 알데히드 역시 위기에서 벗어난 게 다행이라는 듯 가
벼운 한숨을 내쉬었다.

“이대로 저택까지 돌파해 버리자. 우리 앞을 가로막는 것은 없을지
어다. 패스월.”

피란트는 상당히 귀찮은 듯한 태도로 저택으로 날아들었고 알데히
드는 당황한 듯한 얼굴로 피란트를 말렸다.

“멈춰요! 이대로 가다간 벽에 부딪치고 말 겁니다.”

“걱정 마. 이대로 무사 통과니까. 그보다 넌 목소리 좀 낮추는 게 좋
을 거야.”

벽과의 간격이 한 뼘도 남지 않은 곳에서 알데히드는 눈을 감아버렸
다.

마치 유령처럼 벽을 통과하고 있는데도 피란트는 아무런 감흥이 없
는 얼굴이었다.

“이봐, 이제 어디로 가야 하는 거지?”

피란트의 질문에 눈을 뜬 알데히드는 놀라움에 입을 다물지 못했다. 단단한 벽을 마치 아무것도 없다는 듯 통과해 버리다니…….

"이봐, 내 말을 못 들은 거냐?"

"아, 죄송합니다. 왼쪽 계단으로 올라가서 중앙으로 가면 3층으로 가는 계단이 있습니다. 거기서……."

"어이, 잠깐만. 그렇게 복잡하게 설명할 거 없어. 몇 층인지만 말해."

"5층입니다만……."

알데히드의 말에 그는 고개를 끄덕이더니 이번에는 천장을 뚫고 올라가기 시작했다.

"모두 너 때문이야!"

앙칼진 여인의 목소리에 피란트와 알데히드의 시선이 자연스럽게 여인에게로 향했다.

'프레나?'

알데히드는 한 번도 본 적 없는 여동생의 신경질적인 모습에 의아한 표정을 지으며 그녀의 곁으로 다가갔다.

"내가 널 편안히 죽게 해줄 것 같아? 프레나 크리스티아, 그렇게 생각했다면 큰 오산이야."

그녀는 침대 쪽으로 걸어가더니 이내 손을 뻗었다.

'프레나!'

침대에 누워 있는 창백한 안색의 여인 역시 프레나와 똑같은 얼굴을 하고 있는 것을 발견한 알데히드는 경악을 금치 못했다.

"천천히 괴롭혀 주겠어."

피란트는 어디서 많이 들어본 목소리란 생각이 들었던지 고개를 갸웃거리더니 이내 매서운 표정으로 돌변했다.

"이봐, 이제 안내인은 필요없을 것 같군. 누가 날 감옥에 집어넣었는지 알 것 같아."

피란트의 목소리를 들은 여인은 재빨리 침대에서 떨어졌다.

"거기 누구야?!"

날카로운 여인의 목소리에 피란트는 마법을 해제시키고 피식 미소를 지어 보였다.

"마리안이라고 했던가?"

＊　　　＊　　　＊

"자, 이쪽이야."

라이더와 한스가 뒤를 쫓아가 보니 노인이 기다리고 있었는지 그 자리에 서서 한심하다는 눈빛을 보내고 있었다.

"젊은것들이 이렇게 부실해서야 어디다 쓰겠나? 늙은이 걸음 하나 못 쫓아온다고 해서야… 쯧쯧."

가볍게 혀까지 차는 그를 보며 라이더는 울컥하는 기분을 삼키려 무척이나 애를 써야만 했다.

"죄송합니다."

사람 좋은 얼굴로 미안한 미소를 짓는 한스를 향해 노인은 인자한 미소를 지어 보였다.

"할 수 없지. 이 늙은이가 자네들의 편의를 봐주도록 하지."

"편의?"

라이더와 한스가 동시에 의아하다는 듯한 표정을 짓자 노인은 진지한 표정으로 입을 열었다.

"나 티먼트 비주니아 골드가 시간의 장벽과 공간의 장벽에게 명한다. 잠시 동안이지만 내가 지배할 게이트여, 이 두 친구를 썩을 놈에게 데려다 주어라. 워프!"

누가 뭐라고 사태 파악을 하기도 전에 둘은 마차에 태워져 버렸다.

"으아아아!"

그들을 태운 마차는 끝도 없이 펼쳐진 금빛의 레일을 따라 빠른 속도로 달리기 시작했다.

마차의 빠른 속도를 감당하지 못한 한스는 거의 바닥에 드러누워 버렸다.

360도 회전을 하는 마차를 따라 자신도 360도 바닥에서 문으로, 문에서 바닥으로 전전하고 있는 한스가 딱했던지 라이더는 가벼운 한숨을 내쉬며 그를 붙잡아주었다.

"이봐, 괜찮냐?"

거의 손잡이에 달라붙은 한스는 억지스런 미소를 지으며 가벼운 한숨을 내쉬었다.

"덕분에… 살아 있습니다."

"힘내. 거의 다 왔어."

안됐다는 듯 그의 어깨를 툭툭 치던 라이더는 이내 마차가 멈추는 것을 보며 아쉬운 듯한 표정을 지었다.

"그렇지만 이거 꽤 재밌었는데… 다시 한 번 더 탔으면 좋겠다."

라이더의 그 말에 한스가 기어나오다시피 마차 밖으로 탈출한 것은 굳이 설명할 필요도 없는 일이었다.

"그런데 여기는… 어디죠?"

마차에서 내리자마자 황금빛의 레일과 마차는 흔적도 없이 사라져 버렸고, 거대한 저택이 그 모습을 드러냈다.

"글쎄……. 자기 집으로 초대한다고 했으니 그 사람 집이겠지."

라이더의 대수롭지 않은 듯한 대답에 한스는 고개를 저었다.

"티먼트 비주니아 골드."

"…그게 누군데?"

낯선 이름에 라이더가 고개를 갸웃하자 한스는 다시 한 번 고개를 저으며 한숨을 내쉬었다.

"모르십니까?"

"어이, 네가 이야기해 놓고 그걸 나한테 물어보면 나보고 어떻게 하라고?"

어이없어하는 라이더를 보며 더욱더 어이가 없어진 한스였다.

"그 어르신의 존함입니다."

"무슨 어르신?"

"우리를 이곳으로 워프시켰던 그분 말입니다."

한스의 말에 그는 그제야 깜짝 놀란 표정을 지었다.

"골드?!"

한스는 불안한 표정을 지으며 고개를 끄덕거렸다.

"설마 그가 드래곤이거나 하진 않겠죠?"

그의 말에 라이더는 불안감을 떨쳐 버리듯 손을 내저었다.

"이름에 골드가 들어간다고 드래곤이면 개나 소나 다 드래곤이게? 그냥 괴짜 마법사일 뿐이야. 신경 쓰지 마. 정 찜찜하면 본인한테 물어 봐. 그게 제일 빠르고 정확할 테니까."

그의 말에 한스는 주변을 둘러보았다. 미로처럼 복잡하게 이어지는

복도는 깔끔하게 정리되어 있었지만 아무런 인기척도 느껴지지 않았
다.

"이제 어떻게 할까요?"

난감한 표정으로 라이더를 바라보던 한스는 무표정한 얼굴로 자신
을 바라보는 라이더의 눈빛에서 불길한 예감이 들어버렸다.

"생각은 예부터 리더의 몫이야. 신중하게 판단해. 갈구는 것 하나는
확실하게 해줄 테니까."

씨익 미소 짓는 라이더를 보며 한스는 오른손으로 자신의 이마를 짚
었다. 라이더와 함께 여행을 떠난 이후 부쩍 전에 없던 두통이 생겨난
것을 느끼며 그는 무작정 복도를 걸을 수밖에 없었다.

"한스, 이제 어떻게 할 거야?"

"일단 사람을 찾아야 어떻게든 될 테니까 복도 여기저기 돌아다녀
봐야죠."

될 대로 되라는 듯한 말투였지만 그것 말고는 별다른 해결책이 없었
다.

"그런 거라면 이쪽으로 가면 안 되지. 따라와."

귀를 쫑긋 세우던 라이더는 어느덧 인기척을 느꼈는지 왔던 곳과는
반대 방향으로 걸어가기 시작했다.

"숫자가 좀 많은 것 같은데 괜찮아?"

지나가는 말로 묻는 듯한 라이더의 말에 한스는 대수롭지 않게 생각
했다.

"별문제없을 것 같습니다만……."

"그래? 저 코너만 돌면 돼."

라이더의 말에 한스는 고개를 끄덕거리다 이내 자신이 상대하고 있

는 엘프는 라이더라는 것을 상기해 냈다.

"라이더님, 사람들이 몇 명이나… 되는 것 같습니까?"

"조금 많아. 대략……."

라이더는 잠시 생각에 잠긴 듯하더니 이내 생긋 미소를 지으며 명쾌하게 대답했다.

"대략 마흔 명 정도."

저벅 저벅 저벅…….

"…몇 명이라고 하셨습니까?"

"마흔 명. 뭐 잘못된 거라도 있는 거야?"

저벅 저벅 저벅…….

'잘못? 그럼 이게 잘된 걸로 보이냐? 망할 놈의 엘프야!' 라고 소리치고 싶은 걸 간신히 참아낸 한스의 귀에도 사람들의 발소리가 뚜렷하게 들려왔다.

"일단 숨어야……."

한스는 말을 끝내지도 못한 채 그 자리에서 굳어버렸다. 중장비를 갖춘 사병들이 복도를 가득 메운 채 자신들을 노려보고 있었던 것이다.

"잡아!"

누군가의 날카로운 목소리에 한스가 별다른 저항을 하지 않자 라이더 역시 미간을 찡그릴 뿐 사태 파악을 위해서인지 얌전히 그들에게 붙잡혀 주었다.

"이놈은 귀가 이상합니다."

한 사병이 라이더의 귀를 가지고 시비를 걸어오자 사람들의 시선이 라이더에게로 집중되었다.

“기형인가?”

“기형이라니 이런 무식한! 저 사람은 알… 알 뭐더라?”

“알프 아니야? 와— 살다 보니 내가 알프를 다 보는구나.”

“알프?”

라이더의 정체를 아는 듯한 한 사람이 어깨를 으쓱거리며 대답했다.

“옛이야기에 자주 나오는 숲에 사는 요정족입니다.”

“호오~”

사람들이 감탄한 눈빛을 보내자 라이더는 자신을 보고 알프라고 부른 그에게 다가가 그의 어깨에 손을 올렸다.

“엘프다.”

“……?”

“알프가 아니라 엘프라고. 따라 해봐. 엘프.”

마치 어린아이에게 말을 가르치듯 정정해 주는 그를 보며 한스는 가벼운 한숨을 내쉬었다.

“저희는 수상한 사람이 아닙니다.”

한스는 자신이 생각해도 믿을 것 같지 않은 말을 시작으로 그들의 시선을 자신에게로 모았다.

“저희는 이 저택에 초대를 받고 왔습니다만…….”

“초대? 그런데 어째서 저희들을 보고 도망치시는 겁니까?”

자신이 말해 놓고도 말문이 막히는 한스였다. 초대받은 자들이 사병들이 나왔다고—그 숫자가 비록 좀 많다고 해도—도망갈 리도 없거니와 손님을 안내인도 없이 미로 같은 복도에 던져 두는 집주인도 없다.

“한 가지만 확인하겠습니다.”

지금은 저택 안이고 밖이고 할 것 없이 사병들이 쫙 깔린 판이다. 이

들이 손님인지 아닌지 한가하게 밝혀낼 이유는 없다고 생각한 경비대
장은 한스를 향해 가벼운 한숨을 내쉬었다.

"누구의 초대를 받고 오셨습니까?"

"티먼트 비주니아 골드님의 초대입니다."

전에도 이야기했듯이 정중한 대답에는 정중한 태도가 뒤따르기 마
련이다.

"잡아드려!"

이런 말이 아닌…….

어긋나는 이야기

"…무슨 이야기?"

설아는 새끼손가락으로 귀를 파더니 다시 한 번 말해 보라는 듯 팔짱을 꼈다.

"왜 남의 이야기를 망치냐고 물었어."

자신과 똑같은 얼굴로, 똑같은 말투로 자신의 이야기를 남의 이야기라고 말하는 그녀에게 설아는 기가 막혀왔다.

"남의 이야기?"

"그래, 남의 이야기. 넌 도대체 누구야?"

설아는 미간을 찡그리며 천천히 그녀를 뜯어보았다.

"그러는 너야말로 누구야? 설아는 나야, 네가 아니라. 이 이야기도 네 이야기가 아니라고. 도대체 넌 뭐야?"

설아의 말에 그녀는 어이없다는 표정으로 설아를 바라보았다.

"그럼 네가 나란 말이야?"

"무슨 소리 하는 거야?!"

골치 아프다는 표정으로 서로를 바라보던 그녀들은 누가 먼저라고 할 것도 없이 버럭 소리를 질렀다.

"넌 내가 만든 캐릭터가 아니야!"

"난 너 같은 애를 만든 기억이 없어!"

서로 같은 말을 하고 있다는 것을 깨달은 두 사람은 잠시 동안 침묵했다.

"내가 진짜 설아야."

그녀의 말에 설아는 미간을 찡그렸다.

"증거있어?"

"본인이 본인이라고 하는데도 증거가 필요하다는 거야?"

그녀가 매서운 눈으로 자신을 노려보는 것을 느낀 설아는 살짝 미간을 찡그렸다.

"아니, 필요없어. 그렇지만 내가 설아가 아니라는 말을 하려거든 증거를 대야 할 거야. 네가 널 설아라고 주장하듯이 나 또한 설아거든."

설아의 말에 그녀는 어깨를 으쓱거리며 팔짱을 꼈다.

"안됐지만 넌 가짜야."

반복되는 그녀의 말에 설아는 어이없다는 듯한 표정으로 질문했다.

"그래? 증거는?"

"나야. 본인이 여기 있는데 더 이상 무슨 증거가 필요하지? 내가 진짜 설아니까 안됐지만 넌 가짜야."

그녀의 말에 설아는 피식 미소를 지었다.

"으음… 그러니까 난 가짜고, 넌 진짜구나… 라고 말할 거 같아? 그런 말 할 거면 얼굴이나 가리고 해. 너무 유치해서 내가 다 창피해지니까."

사실 말은 그렇게 하면서도 설아의 기분은 영 개운하지 않았다. 그녀가 먼저 말하지 않았다면 설아가 그렇게 말하려고 했었기에 마음 한 구석이 찜찜했던 것이다.

"…그럼 넌 내가 가짜라는 증거 있어?"

"내가 언제 너보고 가짜라고 했어?"

설아의 말에 그녀는 기세 좋게 소리쳤다.

"거봐. 역시 넌 가짜였어. 진짜라면 날 부인하지 못할 이유가 없잖아?"

의기양양한 표정으로 설아를 바라보는 그녀에게 설아는 가벼운 한숨을 내쉬었다.

"이봐, 내가 가짜라면 왜 널 인정한다는 거지? 오히려 널 가짜라고 우겨야 정상 아니야?"

설아의 말에 그녀는 동그란 두 눈을 크게 뜨며 괴성을 질렀다.

"뭐야! 그 말은……?!"

"세 가지 중에 마음에 드는 한 가지를 골라."

설아는 침대로 가서 걸터앉았다.

"세 가지?"

그녀는 어정쩡한 자세로 서서는 물끄러미 설아를 바라보았다.

"첫째, 넌 나다."

"말이 된다고 생각해?"

어이없다는 듯한 표정으로 설아를 바라보는 그녀에게 설아는 피식 미소를 지었다.

"나도 별로 마음에 드는 생각은 아니니까 그렇게 열받아할 필요는 없어.”

“그래서 두 번째는?”

“난 너다.”

그녀는 미간을 찡그리며 자신의 두 눈에 힘을 주었다.

“장난치냐?”

“마지막이야. 이게 가장 마음에 드는 가설인데 들어볼 거야?”

설아의 질문에 그녀는 말해 보라는 듯 고갯짓을 해 보였다.

“세 번째, 넌 가짜다.”

그 말을 끝으로 설아는 문밖으로 뛰어나갔다. 그녀가 적인지 아군인지도 모르는 상황에서 단둘이 있는 것은 자살 행위나 다름이 없었다.

“어딜 가는 거야?”

등 뒤에서 들려오는 자신의 목소리에 설아는 온몸에 소름이 돋았다. 무작정 뛰쳐나온 것까진 좋았지만 이곳에 있는 모든 벽들은 거울이라는 것을 완전히 잊고 있었던 것이다.

‘제기랄…….’

설아는 다시 방 안으로 들어갈 생각조차 하지 못한 듯 그 자리에 딱딱하게 굳어버렸다.

“어이! 어디 가냐니까?”

다시 한 번 자신의 목소리가 들려오자 설아는 의아한 표정을 지었다.

“호오~ 표정을 보니까 알겠다. 화장실이지?”

거울 속의 설아는 자신과 똑같은 얼떨떨한 표정을 짓고 있었지만 ‘그녀’가 아니라는 생각이 들었다.

“꽤 놀란 모양이지? 주인님이 말씀하셨잖아. 이 저택에 있는 것들에게는 일정 수준의 이성이 있다고 말이야."

거울의 복도는 복도에 비춰지는 대상의 입을 빌려 대화를 나누는 듯했다.

"화장실에 갈 거라면 저런 녀석 수다에 귀를 기울일 필요는 없어. 내가 보내줄 테니까."

굵직하고 무뚝뚝한 목소리가 날아들자 설아는 주변을 두리번거렸다.

그러나 자신의 눈에 들어오는 것이라고는 온통 자신의 모습뿐이었다. 그녀는 자신의 모습을 보면서 흠칫흠칫거리는 스스로를 깨닫고는 이내 가벼운 한숨을 내쉬었다.

'거울 보고 깜짝깜짝 놀라다니… 내가 무슨 몬스터 같잖아.'

"여기야, 여기. 이거 서운한데……. 날 밟고 있으면서도 나의 존재를 망각하고 있는 거야? 으으… 기분이 바닥으로 떨어지는 것 같은 걸."

설아는 그 말에 깜짝 놀라 바닥을 내려다보았다.

"에? 지금 바닥이… 말하고 있는 거야?"

"응. 뭐, 세상을 살다 보면 그런 일이 종종 있을 수도 있다구. 벽이 말을 하는데 바닥이라고 조용히 있으란 법 있냐? 오크가 미인대회에 출전해서 대상을 받을 정도의 확률이긴 해도 바닥도 말을 할 수 있어."

'없어! 이런 일 같은 거 절대로 일어날 리가 없잖아.'

설아는 속으로 그의 말을 반박했지만 겉으로는 생긋 미소를 지어 보였다.

"기분은 좋아지셨나요?"

"좋아지고 나빠지고 할 것도 없어. 원래가 바닥인걸."

설아가 서 있는 자리는 어느새 의자로 변하더니 천천히 움직이기 시작했다.

"어디로 가는 거죠?"

"화장실. 네가 가고 싶어했잖아."

'내가 언제… 난 그런 말 한마디도 한 적 없는데……. 쳇! 이 집은 벽이고 바닥이고 왜 이리 산만해.'

설아는 속으로 한참을 툴툴거리다 이내 바닥이 멈추자 가벼운 한숨을 내쉬었다.

그녀가 누구인지 알 수는 없지만 설아가 혼자 있을 때만 나타난다는 것은 설아 역시 어렴풋이 눈치 채고 있었다.

'내가 헛것을 보고 있는 걸까?'

그녀와 관련된 것들은—설아를 제외하고는—마치 존재하지 않는다는 것처럼 진행되는 분위기에 더욱 신경이 쓰이는 설아였다.

"정말 곤란하게 됐는걸."

설아는 미간을 찡그리며 가벼운 한숨을 내쉬었다.

친구들이 있었다면 도움이 되었겠지만… 어쩔 수 없는 일이라며 설아는 또다시 가벼운 한숨을 내쉬었다.

그녀에 대해 확인해 보고 싶은 일이 있긴 했지만 아직은 그럴 용기가 나지 않는 설아였다. 인정하긴 싫지만 설아는 현재 이 세계에서 자신과 똑같이 생긴 그녀가 가장 두려웠다.

말도 안 되는 가설이긴 하지만 만일에 하나 그녀가 가짜가 아닌 진짜 설아라면…….

"난 대체 뭐지……."

대답은 두 가지뿐이었다. 가짜거나 혹은 두 사람이 동일 인물이라는 것.

"말도 안 돼! 내가 닌자도 아니고 분신술 쓰냐?"

설아는 스스로를 향해 버럭 소리를 질렀다.

바닥은 그녀가 뭐라고 말해 주기를 기다렸다는 듯이 다시 그녀를 앉히고는 퉁명스럽게 질문했다.

'아직 있을까?'

"이봐, 방으로 갈 거 아니야?"

"아… 네."

그다지 내키지 않아 하는 듯한 그녀의 대답에 바닥은 무뚝뚝한 말투로 그녀에게 말을 걸었다.

"내가 마음에 들지 않는다면 널 여기로 데려온 바닥을 불러줄 수도 있어. 그렇게 해줄까?"

"아니요, 괜찮아요."

바짝 기합을 넣은 설아를 보며 바닥은 그제야 만족한 듯 움직이기 시작했다.

방문 앞에 선 그녀는 눈을 질끈 감고는 손잡이를 향해 손을 뻗었다.

"어서 와~"

말끝에 하트라도 붙여놓은 듯한 상냥한 목소리에 자신도 모르게 온몸에 소름이 돋아버린 설아였다.

"이봐, 남의 얼굴로 그런 섬뜩한 짓은 하지 말아줘."

생글생글 미소 짓던 그녀는 설아를 향해 미간을 찡그렸다.

"모처럼 상냥하게 구는 건데 그런 말은 너무 심하잖아."

그녀는 자신의 말에 설아가 아무런 반응을 보이지 않자 가벼운 한숨을 내쉬며 침대에 걸터앉았다.

"네가 나간 뒤 곰곰이 생각해 봤는데… 뭔가 문제가 생긴 것 같아."

"문제?"

조금 전과는 달리 그녀에게서 적의를 찾아볼 수 없게 되자 설아는 그녀를 두려워한 자신에게 약간 실망감을 느꼈지만 이내 그런 생각을 떨쳐 버렸다.

적의가 느껴지지 않는다고 해서 방심할 수도 없거니와 설아는 아직까지도 그녀가 두려웠다.

"난 가짜가 아니야."

"아직도 그 이야기야? 말해 두지만 나 역시 가짜가 아니야."

"어이! 사람 말은 끝까지 듣는 게 예의라는 것도 모르니? 내가 언제 너한테 가짜라고 한 적 있어?"

약간은 기분 상한 듯한 말투에 설아는 망설임없이 고개를 끄덕거렸다.

"응, 있어."

"…언제까지고 지나간 일에 연연하면 큰 사람이 될 수 없어."

묘하게 당당한 그녀의 말에 설아는 고개를 설레설레 흔들었다.

"내 키는 가망없어. 이게 다 큰 거야."

"…나의 꿈을 망가뜨리지 말아줘. 이래 봬도 168㎝까지 클 예정이라구."

그녀는 어깨를 으쓱거리며 자신의 말을 이어 나갔다.

"게다가 네가 말하면 정말 그럴 것 같아 무섭다구."

"쓸데없는 소리 말고 문제가 뭐야?"

설아는 그녀와 적당한 거리를 유지한 채 비교적 편안한 자세를 유지했다.

"너와 내가 동일 인물일 가능성은 충분해. 아마도 버그겠지. 처음 프로그램에 들어왔을 때 여기저기 손봤으니까 어느 정도 에러는 예상하고 있었지만… 충격이네. 나랑 똑같은 존재라니……."

그녀가 자신을 천천히 뜯어보더니 작은 목소리로 '정말 골치 아프게 됐군' 이라고 중얼거리는 것을 들은 설아는 살짝 미간을 찡그렸다.

"버그 문제라면 이쪽에선 해결할 수 없는 거잖아. 내용상의 오류라면 모르겠지만……."

설아의 말에 그녀는 가벼운 한숨을 내쉬었다.

"그러니까 문제지. 이제 어쩔 거야?"

"뭘?"

"…이야기 안에 작가가 둘씩이나 나서는 거 봤냐?"

그녀의 질문에 설아는 '그게 어때서' 라는 표정으로 일관했다.

"공동 집필이라면 과거부터 많이 있어왔던 거잖아. 그게 어때서?"

"네가 뭘 착각하나 본데 내가 이야기하는 작가는 화자(話者)야."

그녀의 말에 설아는 흠칫한 표정으로 그녀를 바라보았다. 현재 자신 앞에 서 있는 그녀가 가짜라면 몰라도 또 하나의 자신이라면 문제는 꽤 심각했다.

사공이 많으면 배가 산으로 간다는 말처럼 이야기꾼이 많으면 그 이야기는 생명을 잃게 되는 법이다. 이야기꾼은 보다 많은 이야기를 들려주고 싶어하지만 같은 이야기라도 두 사람이 떠들어댄다면 듣는 사람도 말하는 사람들도 집중력을 잃게 되고 결국은 그 두 사람은 자신들이 무슨 이야기를 하려 했는지조차 잊게 되기 때문이다.

그렇기에 모든 이야기의 화자는 한 사람이 될 수밖에 없다. 그것은 시점이라거나 주인공과는 다른 것으로 이야기 전체의 커다란 주제와 연관되어진다.

"일단 정확하게 짚고 넘어가자."

곰곰이 생각에 빠져 있던 그녀는 설아의 말에 천천히 고개를 들었다.

"넌 내가 또 다른 너라는 걸 인정할 수 있어?"

"…인정해야지. 어쨌거나 내가 만들어낸 존재는 아니니까."

그녀의 대답에 설아는 고개를 저었다.

"난 인정할 수 없어."

예상외의 말이었는지 그녀의 눈빛이 매서워졌다.

"뭐?"

"난 널 나라고 인정할 수 없어. 솔직히 넌 너무 수상해."

"뭐가 수상하다는 거야?"

"네가 정말 나라면 지금까지 뭘 하다 이제야 나타난 거지?"

자신의 성격은 누구보다 자신이 잘 아는 법이다.

만일 자신이 그녀의 입장이라면 이야기를 엇나가게 만들고 있는 자신을 지금까지 가만히 지켜보고만 있었을까?

아무리 생각해도 아니다라는 대답밖에 나오지 않았다. 설아는 그녀가 나타나기 전까지는 그녀에 대해 전혀 눈치 채지 못했지만 그녀는 아마 자신과는 달랐을 것이다. 마치 존재하지 않는 듯 이 모든 것을 지켜보았을 그녀를 생각하니 울컥 화가 치밀어 올랐다.

"난 처음에는 네가 적이라고 판단했어. 쉽게 나올 수 있을 리가 없잖아."

너무도 당연한 듯한 그녀의 말투에 설아는 또다시 울컥 화가 치밀어 올랐다.

"…아크레가 죽었을 때도 넌 아무것도 하지 않았어."

"그건 내가 따지고 싶은 말이야. 그의 죽음 역시 예정에 없던 일이야. 내가 나선다고 일이 해결됐을 것 같아?"

약간의 비웃음이 섞인 그녀의 말에 설아는 가벼운 한숨을 내쉬었다.

"엉망이 된 이야기가 더욱 엉망이 되어버리겠지."

"잘 아네. 이야기를 만드는 사람이 누구라고 생각해? 이야기에 끌려 다니는 게 아닌 이야기를 만드는 게 바로 작가야."

너무나 거침없는 그녀의 말에 설아는 머리가 지끈거렸다.

평소에 쓸데없는 고생을 사서 한다는 말을 들을 정도로 저 문제를 가지고 고민했던 설아였다.

수업 시간에 교수님들은 '작가란 이야기의 지배자이므로 이야기에 끌려 다녀선 안 되며 캐릭터는 캐릭터일 뿐이니 그것을 움직이는 것이 작가다' 라는 지극히 당연한 말을 해왔었다. 그것은 교수님뿐만 아니라 같은 과 친구들 역시 당연하게 생각하는 것들이다. 그러나 설아는 그 당연한 것이 고민이었다.

이야기를 만들어내려면 캐릭터가 필요하고, 캐릭터가 나오면 그 세계에 푹 빠져야 한다. 캐릭터와 함께 모험도 하고, 때로는 아파하면서 그 세계와 교류를 하고 있다고 생각하는 것은 설아의 어린 생각인 걸까?

캐릭터를 움직이는 것은 작가가 아니라 그 캐릭터의 설정이라는 생각은 정말로 잘못된 것일까?

자기가 만든 캐릭터가 너무나 소중하고 때로는 사랑스러워서 그를 죽여야 할 땐 밤새도록 목 놓아 울어버리는 설아를 그저 미숙하다고 여기는 걸까?

또 하나의 자기 자신일지도 모르는 존재에게까지 그런 이야기를 들어야 하는 것은 그리 유쾌하지 않은 일이었다. 어쩐지 잘 눌러두었던 불안감을 다시 한 번 꺼내 드는 것 같아 더욱더 불안해졌기 때문이랄 까…….

"게다가 내가 이제야 나타날 수밖에 없었던 건 이 이야기에서 나라는 존재가 완전히 빠져 있는 전지적 작가 시점을 선택했기 때문이야. 겨우 그런 것 가지고 수상하다고 말하는 건 너무하잖아."

팔짱을 낀 채로 도도하게 '뭔가 할 말이라도 있는 거야?' 라고 묻는 듯한 그녀의 시선에 설아는 미간을 찡그렸다.

"넌 내가 아닌 것 같아. 그렇다고 내가 만들어낸 캐릭터도 아니지만……."

"그럼 이제 어떻게 할 거야?"

그녀의 눈이 날카로운 빛을 띠자 설아는 그녀의 시선을 피했다. 그녀는 여전히 두려운 상대였고 웬만하면 그녀와 적으로 마주하고 싶진 않았다.

부정하고 있지만 어쩌면 그녀는 설아 그녀 자신일지도 모르니까…….

그래서 그녀가 이토록 두려운지도 모를 일이었다.

"네가 이야기를 포기해."

설아의 말에 그녀는 피식 미소를 지었다.

"너 지금 그럴싸한 이야깃거리라도 생각해 놓고 하는 말이니?"

이 이야기의 모든 것은 그녀가 만들어낸 것일지도 모른다는 생각이 들었지만 설아는 이내 그런 생각을 떨쳐 버렸다. 이야기를 포기하지 않으려고 친구들까지 내쫓은 자신이 갑자기 나타나서 자신을 혼란시키는 그녀에게 꼬리를 내려 버릴 순 없었다.

무엇보다 설아는 자신의 이야기를 쉽게 포기할 순 없었다.

"이봐, 난 네가 싫어."

난데없는 설아의 말에 그녀는 생긋 미소를 지었다.

"동감이야. 어쨌거나 난 다른 캐릭터들 앞에 나타나지 않을 거고, 이야기에 쓸데없는 간섭도 하지 않을 거야."

"그래서? 나 역시 이야기가 엉망이 되는 건 싫어. 네 말처럼 이야기에 쓸데없는 관여는 하지 않아."

서로 생글생글 미소를 지으며 대화를 나누고 있긴 했지만 그녀들의 눈빛에선 불꽃이 튀었다.

"서로가 그런 생각이라면 걱정할 필요 없지 않아?"

"무슨 걱정?"

"이야기가 엉망이 되지 않을까 하는 걱정 말이야."

설아의 말에 그녀는 생각에 감긴 듯 한참 동안 침묵했다.

"…그건 공존하자는 의미야?"

한참 만에야 다시 입을 연 그녀는 무표정한 얼굴로 설아를 바라보았다.

"말하자면 그렇게 되는 건가?"

설아가 머리를 긁적거리며 대답하자 그녀는 다시 한 번 무표정한 얼굴로 질문했다.

"그게 어떤 의미인지는 아는 거지?"

그녀의 질문에 설아가 아무런 대답을 하지 않자 그녀는 자신의 말을 이어 나갔다.

"서로를 인정한다는 말이야."

그녀의 계속되는 말에 설아는 가벼운 한숨을 내쉬었다.

"일종의 휴전 상태로 받아들여도 될 텐데……."

"휴전?"

"난 아직 네가 적인지 아군인지 구분이 안 돼. 그건 너도 마찬가지 아니야?"

설아의 말에 그녀는 살짝 미간을 찡그렸다.

"그래서 유예 기간이라는 거야?"

"말하자면 그렇지. 적인지 아군인지 정도는 파악할 시간이 필요한 건 서로 마찬가지 아니야? 좋게좋게 생각해."

생긋 미소를 짓는 설아에게 그녀는 가벼운 한숨을 내쉬었다.

"휴전이라면 기간이 있겠지?"

"어느 한쪽이 상대를 적이라고 인식할 때까지."

설아의 말에 그녀는 미간을 찡그렸다.

"에? 그건 아군이 될 수는 없다는 말이야?"

"아니지. 서로 약간의 의지는 된다는 소리야. 적이라고 판단하기 전까지는 혼자가 아니라는 사실만으로도 어느 정도 서로에게 위안이 될 테니까 말이야."

생긋 미소를 짓는 설아에게 그녀는 귀찮은 듯한 표정을 지어 보였다.

"그건 네 이야기겠지. 사실 난 네가 없는 쪽이 좋아. 위안거리를 찾으려면 딴 데서 벌써 찾았을 거야."

냉정한 그녀의 말에 설아는 눈살을 찌푸렸지만 설아가 생각해도 신 쪽에 가까운 전지적 작가 시점을 선택한 그녀가 이미 이 세계를 구성하는 하나의 캐릭터가 되어버린 자신에게 도움이나 위안을 바랄 것 같진 않았다.

'그렇지만 내가 이렇게까지 싸가지없는 녀석이었던가? 라는 생각이

드는 것만큼은 설아도 어쩔 수가 없었다.

"농담이야. 어쨌거나 잘 부탁해."

설아의 생각을 읽기라도 한 듯 그녀는 생긋 미소 지으며 악수를 청했다.

"이쪽이야말로 잘 부탁해."

설아는 그녀의 손을 잡으며 속으로 '거치적거리지 않도록 부디 잘 부탁해' 라고 다시 한 번 말하고는 혹시 그녀도 이런 생각을 하고 있지 않을까 하는 생각에 피식 웃고 말았다.

"이제 당분간은 서로 볼일이 없겠구나. 그럼 난 이만 가볼게."

그녀는 약간은 아쉽다는 듯한 말투로 작별 인사를 하더니 처음부터 존재하지 않았던 것처럼 사라져 버렸다.

"…피곤해."

완전히 긴장이 풀려 버린 설아는 거의 침대에 몸을 던져 버리듯이 누워버렸다.

'아무 생각 없이 푹 자고 일어나면 아침에는 어떻게든 되겠지.'

*　　　*　　　*

"큰일이군."

빈은 가벼운 한숨을 내쉬며 아직도 자고 있는 듯한 설아를 바라보았다.

주말이라 그런지 기숙사에 남아 있는 사람은 거의 없었고 남주 쪽에서도 별 연락이 없었다.

"거부 반응이라도 일어나는 건가?"

전처럼 심하진 않았지만 아직까지 미열이 있는 것으로 보아 프로그램이 설아의 몸에 영향을—그게 어떤 영향인지는 알 수 없지만—주고 있는 것만은 틀림없었다.

"강제로 불러낸다고 납득할 애도 아니고……."

그저 걱정스러운 눈으로 지켜봐야만 하는 건가 싶은 생각에 그녀는 기분이 씁쓸해졌다. 적어도 그 세계에 자신이 남아 있었다면 지금처럼 무기력하게 바라보고만 있지는 않았을 텐데…….

"이 녀석들은 전화라도 해주면 어디가 덧나나."

현재로서는 이야기 속의 설아에게 아무런 도움을 줄 수 없다고 생각한 빈은 골똘히 생각에 잠겼다. 죽은 듯이 누워 있을 설아의 육체에게 도움을 줘야 할지도 모르는 일이 있을 거라는 생각이 들었다.

바로 타협점을 찾아보는 것.

이야기가 소멸되지 않는다면 설아도 굳이 프로그램에 남아 있겠다는 고집을 부리진 않을 것이라는 게 그녀의 생각이었다.

'프로그램 안의 내용을 그대로 옮겨서 시스템만 바꾸면 괜찮지 않을까? 하긴 우리들 중에 그럴 만한 사람이 없으니까 다들 이렇게 있는 거겠지만…….'

빈은 가벼운 한숨을 내쉬었다.

'그쪽 방면으로 밝은 사람 없을까?

평소 친분이 있던 사람들 몇 명이 떠오르긴 했지만 빈은 그들의 입까지 신용하진 않았다. 실력도 실력이지만 이 일에 대해 일체 발설하지 않을 만한 인물…….

그녀는 그런 사람이 필요했다.

그리고 그런 그녀의 머리에 떠오르는 이름은…

"석진 선배에게 도움을 청해봐야겠어."

*　　*　　*

"으아아아!"
"그래 가지고 제대로 검이나 휘두를 수 있을 거 같아?"
레번의 비아냥거리는 목소리에 피터는 다시 한 번 고함을 질렀다.
"으아아아아!"
공포라던가 분노와 같은 감정이 실린 목소리가 아니라 단순히 악에 받친 목소리였다. 고함이라도 지르지 않으면 정말이지 죽어버릴 것만 같았다.
"자, 그럼 이젠 내 차례인가?"
'우두둑!' 하는 소리와 함께 레번은 무표정한 얼굴로 그를 바라보았다.
"야, 또 부러졌냐?"
한심하다는 듯한 레번의 목소리와 함께 극심한 고통이 엄습해 왔다.
"윽!"
비명을 지르지 않게 된 것만 해도 대단한 진보라는 생각이 들었지만… 저 레번이라는 인간은 인간이기를 포기한 자 같았다. 자신은 폴천을 휘두르고 있지만 그는 맨손으로 자신을 상대하고 있었다. 그러나 뼈가 부러지고, 멍이 들고, 피를 흘리는 쪽은 언제나 자신이었다.
"자비로운 쉴드의 이름으로 당신의 상처가 치유되기를……. 힐링!"
유이에게서 성스러운 빛이 뿜어져 나오더니 그 빛은 주변에 있던 모든 사람들을 따뜻하게 감싸는 듯했다.

“누누이 말하지만 나까지 회복시킬 필요는 없습니다.”

레번 특유의 비꼬는 듯한 목소리에 유이는 발끈했지만 화낼 기운조차 없었다. 신성력이 조절되지 않는 유이로서는 언제 쓰러질지 모르는 일이라 기운을 아껴야만 했다.

“자, 시작해 볼까?”

전보다 더 활기 찬 레번의 목소리에 피터는 처음으로 죽고 싶어졌다.

“폴천을 만든 대장장이가 울겠다. 폴천이 찌르기 전용 검인 줄 아냐?”

손이 뻐근할 정도로 전해져 오는 폴천의 무게와 덩치에 어울리지 않는 레번의 빠른 동작에 그는 전의를 상실했다. 몸은 푹 자고 일어난 사람처럼 개운한 데다가 뼈가 부러져도 저 프리티스트가 귀신같이 고쳐 버린다.

휴식?

그 딴 거 없다.

저놈은 오우거다.

아니, 트롤이다!

귀신이다!

피터의 머리 속은 온통 황폐해질 대로 황폐해져 버렸다.

“폴천은 베기 전용이라는 걸 잊어서는 곤란해.”

그가 딴생각을 하는 동안 레번은 어느새 그의 등 뒤로 다가가 폴천을 잡고 있던 손목을 비틀어 버렸다. 팔이 부러질 것만 같았지만 그는 검을 놓지 않았다.

검사는 전투 시 무슨 일이 있어도 절대로 검을 떨어뜨리지 않는다.

그것이 그가 레번에게 배운 첫 번째 가르침이었다.

"게다가 적에게 등을 보이는 것은 '죽여주십시오' 하는 것과 똑같다는 것도 잊지 말도록!"

레번의 낮지만 단호한 목소리에 그는 고개를 끄덕이는 동시에 재빨리 몸을 틀어 그를 내팽개쳤다.

"훗, 많이 늘었는데?"

바닥에 나뒹굴 것이라고 생각했던 피터의 예상을 비웃기라도 하듯 그는 언제 피터에게 잡힌 적이라도 있었냐는 듯한 자연스러운 자세로 서 있었고 바닥에 뻗어 있는 자는 피터 자신이었다.

"그렇지만 말이야. 상대가 오크가 아닌 이상 네 힘을 이용할 수도 있다는 생각은 못해봤냐? 미안하지만 아무리 생각해 봐도 넌 아직 검을 쥘 단계가 아닌 것 같군."

레번은 피터로부터 아주 간단하게 폴천을 빼앗고는 제니로부터 건네받은 길다란 빗자루를 들어 보였다.

검술 익힌다는 것은 여러 동작을 한꺼번에 배우는 것이 아니라 하나의 동작을 지겨울 정도로 익히고 또 익혀서 결국은 머리보다 몸이 먼저 상황에 반응하게 만드는 것이다.

하나의 동작이 자연스럽게 다른 동작과 연결되고, 자신의 기술을 응용하게 될 때까지, 그리고 그것이 숙련되기까지는 얼마나 많은 시간이 걸릴지 기약이 없다.

레번 역시 바보가 아닌 다음에야 현재로서는 검술의 '검' 자도 모르는 이에게 찌르기니, 베기니 깐깐하게 따져 가며 가르칠 만한 시간이 없다는 것을 잘 알고 있을 터였다.

"장난치지 마십시오. 당신을 상대로 검을 버리고 빗자루를 잡으란 말입니까?"

말도 안 된다는 표정으로 항의를 하는 그의 말투는 그를 처음 만났을 때와는 비교도 할 수 없을 정도로 정중했지만 목소리는 거의 악에 받친 듯했다.

"빗자루를 잡아? 뭐 하려고? 청소를 하고 싶은 거라면 나중에 얼마든지 할 수 있게 해줄 테니 좀 참도록 해."

그의 대답에 피터는 안도의 한숨을 내쉬었다.

"그럼 그 빗자루는 무엇 때문에 가지고 계시는 겁니까?"

레번은 그의 질문을 기다렸다는 듯 씨익 미소를 지어 보이고는 특유의 악당 같은 목소리로 대답했다.

"그야 내가 쓰려고 그러는 거지."

"네?"

피터가 멍청한 얼굴로 되묻자 그는 한심스러운 듯한 눈으로 피터를 바라보았다.

"넌 맨손으로, 난 이 빗자루로 대련하자는 거다."

"…무방비의 사람에게 치사하게 무기를 사용하시는 겁니까?"

피터의 말에 그는 피식 미소를 지었다.

"너는 무방비의 사람에게 폴천까지 휘둘러 놓고 무슨 소리 하는 거야?"

피터는 '당신이 사람이었습니까?'라고 말하고 싶은 것을 간신히 눌러 참고는 할 수 없이 자세를 바로잡았다.

"나한테는 널 제대로 가르칠 시간도 없고, 너 역시 내 수업을 착실하게 따라올 수 있을 만한 기량은 아닌 것 같아서 하는 말인데……."

레번은 공중에서 빗자루를 가볍게 휘둘러 보고는 마음에 들었다는 듯 가벼운 미소를 지었다.

"단시간 내에 해줄 수 있는 건 경험을 쌓아주는 것밖에 없어. 정신 없이 맞다 보면 피하는 법도 알게 될 테니 너무 날 원망하진 말아라."

말이 떨어지기가 무섭게 레번은 빠른 속도로 빗자루를 내려치기 시작했다.

'맞다 보면 피하긴 개뿔이 피하냐?!'

차마 소리치진 못하고 때리면 때리는 족족 다 맞을 수밖에 없던 피터는 그 자리에서 뻗어버리고 말았다.

"제 밥값은 여기까지입니다."

레번은 쓰러진 피터를 보며 무덤덤하게 대답했고, 촌장은 가벼운 한숨을 내쉬었다. 아무리 봐도 피터가 그를 대신할 수 있을 것 같진 않았던 것이다.

"숙박비도 계산해 주셔야죠?"

남편을 대신해 제니가 생글생글 미소를 지으며 나서자 마지막 신성력을 쏟아 붓고 뻗어버린 유이를 대신해 레번이 피식 미소를 지었다.

"제 대신 유이님께서 벌써 계산하신 듯하군요. 물론 부러진 빗자루 값을 포함해서 말입니다."

시간이 정해진 여행은 아니지만 일주일째 별다른 소동이 일어나지 않는 것을 보면 이대로 조용히 넘어갈 확률이 높다고 생각한 레번은 이제 이 마을을 떠나야겠다고 마음먹었다.

피터 역시 마구잡이 식으로 단련시키기는 했지만 어느 정도 기사 후보생 수준은 넘게 되었고, 자신이 가르친 것만 잊지 않는다면 몇 년 안으로 눈부신 성장을 할 수 있을 것이다. 게다가 레번에게는 은근히 믿는 구석이 있었다.

평범한 중년 부인이라고 하기에 석연치 않아 보이는 제니……

영주랍시고 찾아온 부자는 대도시의 영주라고 보기엔 뭔가 석연치 않은 구석이 있었다. 시골같이 작은 마을의 영주라면 몰라도 한 나라의 핵심적인 도시인 리프란이라는 곳의 영주라고 생각하기엔 너무나 멍청했다(리프란은 아직도 리프란 마을이라고 불리고 있지만, 이미 하나의 커다란 도시가 형성되어 있었다).

마을 사람들이 영주의 얼굴을 정확하게 알고 있을 정도면 그가 이 마을 사람들을 괴롭혀 온 것이 분명 어제오늘 일만은 아닐 것이다. 그런데도 누구 하나 이 마을을 떠나겠다고 나서는 사람이 없는 것을 보면 그렇게 심각한 피해는 없었다는 이야기다(물론 레번의 추측일 뿐이지만). 정말 지독한 영주였다면 군대 수준의 사병을 끌고 와서는 마을 사람들을 몰살시킬 수도 있는 일이고, 마을에 불을 질러 버렸을 수도 있다.

사람들을 괴롭히는 방법이야 사람들이 존재하는 숫자만큼이나 다양한 방법들이 존재하고 있으니 마음만 독하게 먹는다면 무슨 짓인들 못하겠는가?

그러나 이 작은 마을 어디에서도 그 빌어먹을 영주 놈 때문에 죽을 뻔했다는 이야기를 들어볼 수 없었다.

'미안하지만 골치 아픈 일에 휘말려 드는 건 여기까지야.'

무슨 이유인지 모르겠지만 상대할 수 있으니까 마을 사람들이 지금까지 버텨왔을 것이고, 거기에 자신이 끼어들 이유는 하나도 없다고 생각하는 레번이었다.

'미안하지만 난 영웅 같은 거 될 생각 눈곱만큼도 없는 놈이라… 내 성격에 영웅이 될 거 같았음 드래곤 잡는다고 설쳤다가 벌써 개죽임당했겠지.'

"유이님께서 회복하시는 대로 바로 떠나도록 하겠습니다."

*　　　*　　　*

"넌……!"

분노와 공포가 뒤섞인 듯한 묘한 표정으로 피란트를 바라보던 마리안은 마치 온몸에 경련이 일어난 듯 부르르 몸을 떨어댔다.

"…살려… 주… 세요."

꺼져 가는 모닥불만큼이나 희미한 여동생의 목소리가 들려오자 알데히드는 참지 못하고 동생이 누워 있는 침대로 뛰어들었다. 동생과 눈이 마주쳤다고 생각하는 순간 피레나는 평온한 미소를 짓더니 그대로 눈을 감아버렸다.

"피레나?!"

"이 목소리는… 오라버니? 알데히드 오라버니로군요!"

마리안은 피란트가 서 있다는 것도 잊은 듯 목소리가 들려오는 곳으로 다가갔다.

"오라버니, 어디 계세요?"

몇 발자국 떨어진 곳에서 서로를 바라보던 마리안과 알데히드의 눈빛은 무척이나 대조적이었다.

"저거… 네 동생이냐?"

금방이라도 마리안을 공격하려던 피란트의 기세가 한결 누그러지자 알데히드는 싸늘한 목소리로 대답했다.

"전 저런 여자 알지도 못합니다."

"오… 오라버니?"

알데히드의 냉정한 목소리에 그녀는 핏기가 가신 창백한 얼굴로 알데히드의 목소리가 들리는 곳을 바라보았다.

"뭔가 사연이라도 있는 거야?"

피란트의 흥미로운 듯한 질문에 그는 아무런 대답도 하지 않았다.

"유감스럽게도 알데히드는 네 편이 아닌가 보군?"

마리안은 그의 말에 자신이 가지고 있던 나이프를 꺼내 들고는 침대에 누워 있는 피레나를 노려보았다.

"이게 모두 네 탓이야. 용서하지 않을 거야."

그러나 그녀보다 피란트의 동작이 훨씬 빨랐다. 가볍게 그녀를 제압한 피란트는 피레나로부터 그녀를 떨어뜨려 놓았다. 그러나 곧 흥미를 잃은 표정으로 그녀를 잡고 있던 손을 놓아버렸다.

"마법 해제."

피란트의 무뚝뚝한 그 한마디에 지금까지 보이지 않았던 알데히드의 모습이 드러났다. 마리안과 몇 발자국 떨어져 있지도 않은 상태인지라 마리안은 정신없이 그에게로 달려들었다. 그것은 마치 버림받지 않으려는 어린아이의 모습과도 같아서 알데히드 역시 매정하게 뿌리치지 못했다.

"죽지 않았어."

피란트의 분위기를 깨는 한마디에 알데히드의 눈동자가 커졌다.

"네?"

"마리안인가 뭔가 하는 저 여자 안 죽었다고. 내 볼일은 끝났으니 남은 일은 당사자들끼리 해결해. 뭐… 지나가다 넘어진 셈치지."

그리고는 멋지게 퇴장하려던 차에 그는 누군가가 강하게 자신을 부르고 있다는 느낌이 들었다.

'소환술사인가? 가고 싶지 않은데…….'

　그가 부름에 거절하려는 순간 강한 빛이 그의 주위를 감싸더니 순식간에 그를 집어삼키고야 말았다.

＊　　　　＊　　　　＊

　"갈 곳을 정했어요."
　설아의 말에 라드니르는 식사를 잠시 멈추고 그녀의 말이 이어지길 기다렸다.
　"아델리아데님께 다녀와야겠어요. 어쨌거나 제 역할은 여기서 끝이니까요."
　아무런 설명 없이 자기 할 말만 하는 설아에게 라드니르는 무표정한 얼굴로 질문했다.
　"그 아델라이데라는 분께서 계시는 곳이……?"
　"이노르."
　빵을 한입 베어 물며 대답하는 그녀를 보며 라드니르는 고개를 갸웃거렸다.
　"이노르라고 하면 꽤 넓습니다만, 혹시 그분이 계시는 정확한 위치를 모르시는 겁니까?"
　그의 말에 설아는 걱정하지 말라는 듯한 표정으로 생긋 미소를 지었다.
　"워프 있잖아요. 설마 제가 사막에서 기약없이 헤매고 다니자고 하겠어요?"
　그제야 라드니르는 마시던 와인 잔을 입으로 가져가며 고개를 끄덕거렸다.

“평범한 사람은 아닐 거라고 짐작했습니다만 마법사일 거란 생각은……."

“잠깐! 잠깐만요. 마법사?”

라드니르의 말에 설아는 동그란 눈을 더욱 크게 치켜뜨고는 의아한 표정을 지어 보였다.

“마법사가 아니시라면 마법 도구라도 가지고 계신 겁니까?”

그의 말에 설아는 고개를 흔들었다.

“그런 게 있을 리가 없죠. 뭐, 제 것이 아니라 맡아둔 물건들이라면 좀 있지만 그것들도 직접적인 마법을 부릴 수 있는 건 아닌걸요.”

그녀의 말에 라드니르는 남주가 가지고 있던 소환책을 떠올렸다.

“그럼 워프를 하시겠다는 말씀은……?”

“우훗, 그거야 라드니르님께서 도와주셔야죠.”

갑자기 어울리지 않는 귀여운 미소를 지으며 라드니르에게 ‘님’이란 존칭까지 붙여주는 설아였다.

“…이 지도를 보고 정확한 좌표를 알려주실 수 있겠습니까?”

“마르윈의 사막 지대예요.”

설아가 애써 지도를 외면하며 빵을 집어 들자 그는 테이블 전체에 지도가 뜨도록 만들어 버리고는 그녀의 대답을 기다렸다.

“…꼭 워프해 주실 필요는 없어요.”

반쯤은 비굴하게 들리는 그녀의 목소리에 라드니르는 그럴 줄 알았다는 듯 가벼운 한숨을 내쉬었다.

“워프는 좌표 설정이 가능해야 사용할 수 있는 마법입니다.”

“알고 있어요.”

실망한 듯한 그녀의 목소리에 라드니르는 곤란한 듯한 표정으로 입을 열었다.

"마르윈의 사막 지대는 사람이 살 만한 조건을 갖춘 곳이 적어서 어느 정도의 단서만 있으면 위치 파악이 가능합니다만……. 대강의 위치만 알려주신다면 나머지는 제가 알아보도록 하겠습니다."

"…그럼 여기……."

사막이 시작되는 곳을 가리키는 그녀를 보며 라드니르는 고개를 끄덕였다.

"알아보도록 하겠습니다."

그러나 설아의 이야기는 끝난 것이 아니었다. 그녀는 자신의 말을 이으며 라드니르의 시선을 회피했다.

"…부터 여기까지예요."

지도를 손으로 질질 끌던 설아의 손이 멈춘 곳은 마르윈 사막의 끝이었다.

"죄송하지만… 제가 잘못 들은 것 같군요. 다시 한 번 말씀해 주시겠습니까?"

"사막 전체… 라고 이야기하는 것이 이해가 빠르시겠죠?"

"결론은… '모른다' 였던 겁니까?"

설아는 끝까지 그의 시선을 회피하며 빵을 입으로 가져갔다.

"가만히 생각해 보니까 혼자 가도 될 것 같네요."

그녀의 말에 라드니르는 무표정한 얼굴로 고개를 흔들었다.

"사소한 것이라도 좋으니 뭔가 특징이 될 만한 것 없습니까?"

"거기 영주가 잡화점을 한다더군요."

그녀의 말에 라드니르는 잠시 침묵을 지키더니 이내 고개를 저었다.

"제가 말씀드린 특징은 마을이나 그 주변의 특징입니다만……."

"아! 그런 거라면 마을 밖에 모래가 많았어요."

"그럼 사막에 자갈이 많겠습니까?"

무뚝뚝한 그의 말에 그녀는 어색한 미소를 지으며 빵을 접시에 내려놓았다.

"아하하… 그렇죠? 사막이니까 모래가 많은 건 당연한 거겠죠? 그런데 말이에요."

설아는 한 손으로 나이프를 꼭 쥐고는 살벌한 표정으로 말을 이었다.

"식사 시간에는 식사를 하는 게 당연한 거라구요. 밥 먹을 땐 오크도 안 건드린다는 말도 몰라요?"

그녀의 말에 라드니르는 자신의 집사를 바라보며 '그런 말이 있었냐?'는 표정을 지었다. 검은 양복을 빼입은 집사는 한참 동안 고민을 하더니 이내 고개를 저었다.

"꾸익~ 전 지금, 꾸익~ 식사를 하지, 꾸익~ 않아서, 꾸익~ 모르겠습니다만……."

"식사할 때라도 라드니르님께서 부르면 달려가야 하잖아요?"

메이드 복장을 갖춘 트롤이 끼어들자 오크 집사는 고개를 끄덕거렸다.

"그렇다는군요."

라드니르가 어깨를 으쓱거리자 설아는 검지로 그를 가리키며 놀란 얼굴을 해 보였다.

"악덕 고용주다."

그러고는 시선을 회피하며 슬금슬금 탁자에서 의자를 뒤로 뺐다.

"악덕 고용주?"

"밥 먹을 시간도 안 주고 일을 시키다니……. 월급은 제대로 주나요? 휴가는요?"

일어날 준비를 하며 슬금슬금 의자에서 몸을 앞으로 뺀 그녀는 주변의 반응을 살펴보았다. 보통 이럴 때면 웅성웅성거리면서 '악덕 고용주는 물러가라!' 라는 소리가 나야 하건만 라드니르도, 트롤 메이드도, 오크 집사도 눈만 말똥말똥 뜬 채 설아의 말이 이어지길 기다렸다.

'X 됐다.'

그녀는 식은땀을 흘리며 자리에서 일어났다.

"어디 가시는 겁니까?"

"잘 먹었습니다! 쉬고 올게요."

"네. 그럼 전 일단 그곳이 어딘지 알아보고 오겠습니다."

라드니르의 말에 그녀는 건성으로 고개를 끄덕이고는 자신의 방으로 돌아왔다.

"곤란하네."

침대에 걸터앉은 그녀는 가벼운 한숨을 내쉬었다.

곤란했다.

"이건 정말 아니야."

그녀는 머리카락을 양손으로 움켜쥐고는 미간을 찌푸렸다.

머리는 아프고 자신이 뭘 하고 있는지도 모른다는 생각만 반복됐다.

아델라이데가 있는 곳이라면 지금 당장 설명할 수 있고 마음만 먹는다면 지금 당장이라도 그곳에 갈 수 있을 것 같았다. 그렇지만 그건 생각일 뿐이고 방법은…….

"지금부터 생각해 봐야 하는 건가?"

한 움큼 빠져 버린 머리카락을 들고 있는 그녀의 손만큼이나 무력한 설아였다.

"일단은 라드니르를 따돌려야겠지."

이미 변해 버린 이야기는 어쩔 수 없었지만 현재의 이야기만큼은 자신의 뜻대로 흘러가길 바라는 설아였다.

"그런데 이 뮤라는 녀석은 어디에 박혀서 안 나타나는 거야?"

뮤―!

침대 밑에서 툭 튀어나온 뮤는 마치 그녀가 무슨 말을 하고 싶어하는지 알고 있다는 듯한 표정을 짓고 있었다.

"뱉어, 소환책."

짤막한 그녀의 말에 뮤는 소환책을 뱉고는 마치 인형처럼 얌전하게 그녀의 말을 기다렸다.

"…정말 내키진 않지만 어쩔 수 없지."

그녀는 아무것도 쓰여 있지 않은 하얀 여백에 복잡하기 그지없는 도형들을 그려 넣기 시작했다.

"정말 어쩔 수 없는 일이야."

마치 주문처럼 같은 말을 반복하던 그녀는 소환진이 그려진 종이를 찢었다.

"위대한 드래곤과의 계약을……."

쓸쓸한 미소와 함께 그녀의 눈앞에 나타난 존재는…….

"…어떤 잡것이 날 소환한 거냐?"

'…이런, 엽기럴. 나와도 꼭 저런 게 나오냐?!'

온몸에서 '나 잘났다' 라는 기운을 풍기며 그녀를 바라보고 있는 자는…….

"뭐야, 별 볼일 없는 꼬마잖아. 이봐, 피란트 쥬린 블루를 눈앞에 두고 벌레 씹은 표정을 하는 거냐?"

그녀는 지끈거리는 머리를 한 손으로 지탱하고는 가벼운 한숨을 내쉬었다.

"계약에 응하실 겁니까?"

그다지 기대도 하지 않는다는 표정의 설아를 보며 피란트는 뭔지 모르게 자존심이 상해 버렸다.

"요즘 소환사는 최소한의 예의라는 것도 모르는 모양이군. 계약을 청할 땐 그 조건을 먼저 말해 주는 것이 예의일 텐데."

설아는 가벼운 한숨을 내쉬며 침대에 드러누웠다.

"안녕히 가세요."

거의 머리까지 이불을 덮어쓴 설아를 보며 피란트는 살짝 미간을 찡그렸다.

"어이!"

"어머, 아직 안 가셨네요?"

이번에는 등을 보이며 돌아눕기까지 하는 설아였다.

"어이… 너 이름이 뭐냐?"

"설아예요. 윤설아."

"의뢰 내용은……?"

"아, 정말! 들어주지도 않을 거면서 무슨 말이 그렇게 많아요?!"

버럭 짜증을 내는 그녀를 보며 피란트는 어이가 없다 못해 오기가 생겼다.

"내용이 뭐냐니까!"

"마르윈의 사막 지대로 보내달라는 거였어요."

시큰둥하게 대답하는 그녀를 보며 피란트는 슬그머니 화가 치밀어 올랐다.

지상 최강의 생물로 불리우는 드래곤을 소환해 놓고 워프를 시켜달라고?

"고작 그거 시키려고 날 불렀단 말이야?"

"설마 드래곤이 워프 게이트 하나 못 뚫겠어요?"

설아의 말에 그는 잔뜩 인상을 찡그리고는 가벼운 한숨을 내쉬었다.

"시간을 다스리는 법칙에 따라 나 피란트 쥬린 블루가 열어서는 안 되는 공간을 잠시 빌리려 한다. 워프!"

피란트의 말이 끝나기가 무섭게 커다란 문이 열리더니 그대로 설아를 흡수해 버렸다.

"이런… 대가를 안 받았다."

자신의 의지로 좋은 일 한번 했다고 생각하면 대가를 받지 않아도 괜찮지만 이것은 계약이었다. 자신은 그것에 응했고 받아야 할 대가를 받아야만 했다. 그렇지 않으면 평생 거기에 얽매이게 된다.

이것은 최초의 계약자로부터 최후의 계약자까지 변하지 않을 하나의 커다란 규칙이다.

"이거 귀찮은 일에 휘말리게 된 거 같군. 이제 와서 그 저택에 가는 것도 우습고 마을에나 가볼까?"

피란트는 또 다른 워프 게이트를 열고는 그 속으로 들어갔다.

*　　　*　　　*

"석진 선배 안에 있죠?"

기숙사 모니터 화면 가득 약간 화난 듯한 빈이의 모습이 채워지자 석진은 가벼운 한숨을 내쉬었다.

어째서 자신을 만나러 오는 사람들은 하나같이 빚 독촉하러 오는 빚

쟁이들 같은 걸까.

"들어갑니다!"

목소리는 이미 한번 들어갔다 나온 터라 제대로 입력되어 있었고, 허락도 받아둔 뒤라 그녀는 별문제없이 집으로 들어갈 수 있었다.

"석진… 선배?"

어두컴컴한 실내는 인기척도 느껴지지 않았지만 빈은 조심스럽게 주변을 살폈다.

"용건이 뭐야?"

조용한 목소리에 빈은 잔뜩 긴장했지만 겉으로는 별 내색 하지 않았다.

"전 설아의 룸메이트 빈이라고 합니다. 선배님 이야기는 설아에게 많이 들었어요. 굉장히 실력이 좋으시다면서요."

그녀의 말에 석진은 가벼운 한숨을 내쉬었다.

"네 이야기라면 나도 많이 들었어. 굉장히 포악하다고 말이야."

'머시라?! 설아 이것을 그냥……!'

빈이의 인상이 확 구겨지자 석진은 피식 미소를 지었다.

"농담이야."

그의 말에 빈은 주먹을 불끈 쥐다가 이내 표정을 바꾸었다. 어쨌거나 자신은 부탁을 하러 온 입장이니 밉보여서 좋을 건 없었다.

"부탁이 있어요."

"무슨 부탁?"

"무슨 부탁일 거 같아요?"

팔짱을 끼며 자신을 바라보는 빈이에게 그는 어깨를 으쓱거려 보였다.

"설아를 꺼내달라는 부탁 말고 제가 무슨 부탁을 할 것 같아요?"

"나 잘린 것 아니었어?"

살짝 미간을 찡그리는 그를 보며 뻔뻔하다는 생각이 든 빈이었지만 이내 마음을 가라앉혔다. 도와달라고 말해 놓고 그를 신용하지 않은 점은 이쪽도 마찬가지니까 말이다.

"어쨌거나 이런 부탁은 선배님 말고 달리 부탁할 곳도 없어요."

"만든 사람의 책임이 반, 사용한 사람의 책임이 반이라고 해도… 난 분명히 말했어. 책임질 수 없다고."

그는 다시 한 번 어깨를 으쓱거리고는 자신의 말을 이어 나갔다.

"그런데도 그 프로그램을 사용한 건 설아야. 내 책임은 이미 절반의 몫으로 줄어들었고, 이 정도면 벌도 다 받은 거라고 생각하는데?"

깨어보니 여자 기숙사로의 감금이라니…….

어이가 없어서 말도 제대로 나오지 않는 석진이었다.

"냉정하게 잘못을 따지자면 설아 탓이 크지. 안 그래? 게다가 내가 여기서 네 부탁을 거절한다면 어쩔 거야? 어차피 내가 도와주지 않는 다고 해도 그 프로그램에서 설아 스스로가 나오면 그뿐이잖아? 나보다 그 녀석을 설득하는 게 훨씬 빠를 거야."

본인이 그곳에 갇혀서 나오지 못한다면 몰라도 '이제 그만두겠다' 한마디만 하면 가볍게 끝나는 문제다. 마치 손바닥을 뒤집듯이.

"그렇게 쉬운 문제를 프로그램 속의 누군가는 몸에 무리가 갈 정도 로 끙끙거리고 있으니까 문제죠. 거기다 맨입으로 도와달라는 게 아닙 니다."

그녀의 말에 석진은 심드렁한 표정으로 질문했다.

"그럼? 날 여기서 나가게 해주기라도 하겠다는 거야?"

깍깍거리던 소녀들이 언제부터인지 보이지 않았지만 이곳에서 빠져 나가기란 보통 힘든 일이 아니었다. 복도에 있는 감시 카메라와 관리실에 버티고 있을 사감 선생님의 눈에 걸리는 날엔 그날로 바로 퇴학이다.

이곳의 사정에 밝은 사람의 도움 없이 무사히 밖으로 나가기란 거의 불가능에 가까웠다.

"그렇다고 하면 도와주실 건가요?"

빈은 생긋 미소를 지으며 들고 온 쇼핑백을 꺼내 들었다.

"어떻게 도와주겠다는 거야?"

"잘 도와주겠다는 거죠. 다행히 체격도 비슷한 거 같고……."

그녀의 말에 석진은 뭔지 모를 불길한 예감이 들었다.

"선배님 옷 좀 잠시 빌려야 할 것 같은데 괜찮으시겠죠?"

*   *   *

"어쩌다가 이렇게 된 거지?"

라이더가 미간을 찡그리자 한스는 난처한 듯한 얼굴로 대답했다.

"오해가 있는 듯하니 얌전히 있으면 곧 풀려날 수 있을 겁니다."

"그러니까 갑자기 무슨 오해?"

한스는 가벼운 한숨을 내쉬며 머리 속으로 그때의 상황을 떠올렸다.

뭔가 이야기가 맞지 않자 수상하다는 듯한 눈빛으로 자신들을 대하던 병사들의 귀에 날카로운 여인의 목소리가 날아들었다.

"침입자다! 밖에 누구 없어?!"

…이 상황에서 완전히 침입자로 오해받아 버렸으니 곱게 보내줄 리

가 없었다.

라이더에게 이 사실을 말했다간 상황만 더욱 악화될 것이고, 감옥이라고 해도 상당히 허술해 보이는 곳이라 마음만 먹는다면 쉽게 이곳에서 빠져나갈 수 있을 것 같았다.

라이더가 소란을 일으켜 사람들의 시선만 끌지 않는다면 말이다.

"저거 말이야. 어째 사람이 빠져나간 구멍 같지 않아?"

라이더가 손으로 가리킨 문을 흘낏 보니 사람의 실루엣이 선명하게 드러나 있는 구멍이 나 있었다. 마치 누군가가 튼튼해 보이는 철문을 그대로 뚫고 나간 듯한 구멍에 라이더와 한스는 피식 미소를 지었다.

"인간이 무슨 골렘도 아니고 저 두꺼운 철문을 뚫고 간다고 뚫어지겠습니까?"

"그렇지?"

"뭐, 그것도 신경 쓰이긴 하지만 전 이곳 분위기가 더 신경 쓰이는군요."

한스의 말에 라이더는 살짝 미간을 찡그리며 주변을 바라보았다.

있는지도 없는지도 모를 만큼 존재감없는 사람들과 험상궂은 간수들은 라이더에게 별 감흥을 주지 못했다.

"분위기가 어떻다는 거야?"

"…너무 조용한 것 같지 않습니까?"

"그럼 이런 곳에서 춤이라도 추길 바래?"

라이더의 시큰둥한 대답에 한스는 사람 좋아 보이는 미소를 지으며 머리를 긁적거렸다.

"그런 뜻이 아니라 지나치게 조용하다는 거죠. 간수라면 저도 해봐서 잘 압니다만, 보통 이런 곳에서는 억울하다고 소란을 일으키는 사람이나 신참을 상대로 힘 자랑하려는 사람들이 꽤 많이 있습니다."

"간수?"

의아한 듯이 자신을 바라보는 라이더에게 한스는 예의 사람 좋아 보이는 미소를 지었다.

"아시다시피 저야 보초병이니 하는 말입니다. 이런 곳에 오는 사람들의 대부분은 거칠기 때문에……."

이렇게까지 조용한 것이 좀 이상하다는 말을 하려던 한스는 이내 입을 다물어 버렸다. 밖의 간수로 보이는 사람들이 라이더와 한스를 사납게 노려보고 있었던 것이다.

"이봐, 기운이 있을 때 아껴둬. 곧 여기 있는 사람들처럼 될 테지만."

"쓸데없는 짓 하지 마. 아까도 누가 너처럼 참견했다가 여기 있던 괴물 녀석에게 얻어터졌다는데 너도 그 꼴이 되고 싶어?"

"…어쨌거나 불쌍하게 됐군. 이번 녀석들은 얼마나 갈까?"

"…이곳에 뭔가 있는 겁니까?"

한스가 좀처럼 보기 드문 진지한 표정으로 그들에게 질문하자 라이더 역시 덩달아 진지한 표정으로 그들을 바라보았다.

"…그 괴물이라는 건 뭡니까?"

좀처럼 그들로부터 대답이 들려오지 않자 한스는 그답지 않게 미간을 찡그리며 다시 한 번 질문했다.

"안심하게. 그 괴물 같은 마법사라면 두 번 다시 나타나지 않을 테니까. 마법사 같은 거물이 이곳에 왔다는 건 집주인에게 볼일이 있다는 뜻이니 우리와는 전혀 상관없다구. 우린 현재 이 저택에서 가장 안전한 장소에 있는 걸세. 고마운 일이지."

　귀에 익은 노인의 목소리에 라이더는 고개를 들어 목소리가 들려온 방향을 바라보았다. 놀랍게도 그곳에는 자신들이 이곳에 갇히게 된 원흉인 티먼트가 사람 좋은 얼굴로 씨익 웃어 보이는 게 아닌가.

　"어르신?"

　아직까지 티먼트를 발견하지 못한 한스가 주변을 두리번거리자 라이더는 한심하다는 듯한 표정으로 그의 어깨를 툭툭 쳤다.

　"저쪽이야."

　그의 손가락 끝으로 시선을 돌리던 한스는 가벼운 한숨을 내쉬었다.

　"…안 보입니다만……."

　"한스, 네 눈은 장식품이냐? 저기 있잖아. 저기!"

　라이더의 핀잔 섞인 말에 그는 눈을 더욱 가늘게 뜨며 주변을 세심하게 살펴보았다.

　"어이! 내가 친절하게 가르쳐 주고 있는데 잠이 오냐? 잠이 와?!"

　"이래 봬도 자세히 살펴보고 있는 겁니다만……."

　한스의 말에 그는 미심쩍은 표정을 짓긴 했지만 이내 순순히 뒤로 물러났다. 한참 동안 미간을 찡그리고 있던 한스는 눈이 아픈 듯 양쪽 눈을 가볍게 문질렀다.

　시체처럼 벽에 기대어앉아 있거나 혹은 누워 있는 사람들 속에서 티먼트를 찾아내기란 숲 속에서 엘프 찾기보다 더 어려운 일처럼 느껴졌다.

　"확실히 장식품인 것 같군. 따라와."

　라이더는 성큼성큼 티먼트에게 다가가더니 일정 거리를 유지하려는 듯 갑자기 멈춰 섰다. 그리고는 약간의 적의가 담긴 눈빛으로 그를 노려보았다.

　"무슨 생각을 하고 있는 건지 모르겠지만 날 가지고 놀 생각은 하지 않는 게 좋을 겁니다."

라이더의 정중한 말투에 한스와 티먼트는 의외라는 표정으로 그를 바라보았다.

"호오, 그래도 머리에 뇌라는 게 들어 있긴 들어 있는 모양이군?"

티먼트의 감탄한 듯한 목소리에 라이더는 날카로운 눈을 더욱 매섭게 치켜떴다.

"농담일세. 어쨌거나 내 집에 온 소감이 어떤가?"

"이곳이 어르신의 집이라는 말씀이십니까?"

한스의 말에 라이더는 버럭 소리를 질렀다.

"멍청한 소리 하지 마, 한스! 집주인이 이런 곳에 갇혀 있을 이유가 없잖아!"

"드물긴 하지만 뭐, 반란이 일어나면 집주인이 갇힐 수도 있습니다."

한스의 말에 라이더는 피식 코웃음을 쳤다.

"네가 음유 시인이냐? 아주 이야기를 만들지 그래?"

뒤에서 재밌다는 듯이 그들을 지켜보던 티먼트는 싸울 의사가 없다는 듯 양손을 들어 보이고는 웃음 섞인 목소리로 그들의 말을 잘랐다.

"젊은것들이 생각하는 게 왜 그렇게 좁은지……. 내가 언제 이 저택의 주인이라고 말한 적이 있었던가?"

"없었던 것 같습니다만……."

한스가 예의 사람 좋은 얼굴로 대답하자 그는 고개를 저었다.

"내 집으로 안내한다고 했었겠지. 뭐… 이곳이 저택 안에 있으니 저택도 내 집이라고 소개했다고 해도 틀린 말은 아니겠군. 어쨌거나 내 집에 온 것을 환영하네. 모쪼록 편히 쉬다 가게나."

손님을 맞이하는 주인답게 편안한 미소를 지어 보이는 티먼트와는 달리 라이더의 얼굴에는 서서히 주름이 생기기 시작했다.

"장난치는 겁니까?"

"물론 장난치는 걸세."

티먼트는 나이에 어울리지 않게 해맑은 미소를 지으며 그들을 바라보았다.

"어차피 밖에서 밤을 보낼 수는 없는 노릇이니 지붕이 있는 곳에서 하루를 보내는 것만으로도 감사해야 하지 않겠나."

"감옥에 갇힌 상황을 고마워할 사람은 없습니다."

한스가 그답지 않게 차가운 말투로 대답하자 티먼트는 정색을 해 보였다.

"고정관념을 깨는 것이 좋을 것 같군. 자네들이 이곳에 갇혔다고 말하고 싶은 모양인데 자네들은 단 한 번도 이곳에 갇힌 적이 없네."

티먼트의 말에 라이더는 어이없는 표정을 지었다.

"이게 갇힌 게 아니면 초대받은 겁니까?"

"그렇다면 묻겠네. 자네들은 이 허술한 곳에서 얌전히 잡혀 평생 갇혀 살 정도로 형편없는 실력을 가지고 있는 건가?"

티먼트의 질문에 한스와 라이더가 입을 다물어 버리자 그는 더욱 딱딱한 표정으로 자신의 말을 이어 나갔다.

"언제든지 나갈 수 있다면 그게 과연 갇혔다고 할 수 있는 건가?"

티먼트의 말에 라이더는 고개를 갸웃거렸다.

엘프들은 정령술과 마법에 능숙했다.

마법의 종족이라 일컬어지는 드래곤과 비교하기에는 무리라고 생각할 수도 있지만 끊임없이 지식을 갈구하는 엘프라는 종족에게 마법이란 사막의 오아시스와도 같은 학문이었다.

라이더 역시 마법에 대한 관심이 깊었고 그 관심만큼의 실력도 갖추고 있었다.

티먼트의 말대로 나가고 싶었다면 워프라도 썼을 것이다.

"당신의 말은 궤변에 지나지 않습니다."

한스의 차가운 목소리가 아니었다면 라이더는 그의 말에 고개를 끄덕거렸을지도 모른다는 생각에 얼굴을 붉혔다.

"궤변이라… 자네는 예의가 바르긴 하지만 의외로 고지식하군 그래."

티먼트의 말에 한스는 고개를 저었다.

"제가 초대받은 곳은 어르신의 저택이었지, 이런 감옥으로의 초대에 응한 기억은 없습니다. 초대에 응하지 않았는데 감옥에 있는 것은 납치된 것이라고 해야 할 테고, 그렇다는 말은 저희가 이곳에 감금당한 상태라고 봐야겠지요."

한스의 말에 티먼트는 유쾌하다는 듯 껄껄 웃으며 한스를 정면으로 바라보았다. 호감이 담긴 그의 눈빛에 한스는 가벼운 한숨을 내쉬었다.

"…자네들이 찾고 있는 사람과 만나게 해주기 위해서라네."

그의 말에 지금까지 뒤로 물러나 있던 라이더의 눈빛이 날카로워졌다.

"…당신 정체가 뭐야?!"

"쯧쯧, 자네의 머리에는 뇌가 존재하다 사라져 버린 건가? 내가 이만큼 힌트를 줬는데도 모른다는 말을 하겠다면 자네 스스로도 자네의 머리 속을 봐야 할 것이네."

티먼트의 말에 라이더는 어이없는 표정을 지었다.

그의 말에 라이더는 '그래, 나 무뇌아다!' 라는 듯한 띠꼰한 표정으로 그를 노려보았다.

"혹시 아크레라는 사람과 친분이 있으신 겁니까?"

한스의 말에 그는 고개를 저었다.

"아크레? 그런 사람 알지도 못하네."

"그럼 유이님의 행방을 아시는 겁니까?"

한스의 계속되는 질문에 그는 미간을 찡그렸다.

"유이라는 사람도 모르는 사람일세. 자네들, 중요한 일행 한 명을 잊고 있지 않나?"

그의 말에 한스와 라이더는 서로를 바라보았다. 그리고는 아무런 망설임 없이 그의 질문에 대답했다.

"그런 사람 없습니다만⋯⋯?"

"그럼. 일행이라면 내가 잊고 있을 리가 없지."

라이더의 자신만만한 목소리에 그는 약간 화가 난 듯한 목소리로 질문했다.

"그래? 자네들의 일행은 자네들이 다라는 말인가?"

"그런 것을 당신에게 보고해야 할 의무 같은 건 없어."

라이더의 짤막한 대답에 티먼트는 몸을 부르르 떨더니 차가운 눈으로 그를 바라보았다.

"그렇군. 뭐, 상관없겠지. 그럼 알아서들 잘해보게나."

그리고는 무책임하게 사라져 버렸다.

"어르신?"

한스의 말에 아무런 대답도 없이.

8장

변화

좋거나 혹은 나쁘거나

'사람이 주구문 인사하는 가배.'

인물, 주제, 구성, 문체, 배경…….

무엇을 위한 요소들인지 기억해 내려고 애를 쓰면 하나도 떠오르지 않는 주제에…

다소 억지스럽더라도 설아는 그렇게 소설의 5대 요소를 외워 버렸다.

"그러고 보니 사건도 들어가던가?"

그녀는 한가하게 손을 머리 위에 올리고는 느긋한 표정으로 중얼거렸다.

"사실 이런 건 의미가 없는데……."

소설의 법칙이야 말을 바꾸기에 따라서 얼마든지 늘어날 수도 줄어들 수도 있는 것이다.

'누가, 언제, 어디서, 무엇을, 어떻게, 왜?'

이런 육하원칙도 '무엇을?' 하나라는 질문에 다른 모든 것을 담을 수 있을지도 모른다고, 혹은 '왜?' 라는 질문 하나에 담을 수 있을지도 모른다는 생각을 하던 설아였다.

육하원칙을 내세우지 않더라도 답변은 자연스럽게 육하원칙을 담고 있다. 굳이 육하원칙을 들먹일 필요는 없다.

소설의 구성 요소 역시 죽어라 외우기보다 '한 편 써봐라' 라고 이야기하는 것이 배우는 사람의 이해력을 보다 늘여줄 것이다.

"그렇지만 꼬여 버린 이야기를 푸는 방법은 배운 적이 없단 말이야."

그것은 마치 가사 시간에 털실로 뜨개질하는 방법은 배우지만 뜨개질을 하다가 검지가 빨갛게 움푹 패일 정도로 아프면 어떻게 해야 하는지 가르쳐 주지 않는 것과도 같았다.

요령을 터득해야 하는 것도 일종의 수업일 테니까.

"솔직히 지금 내 상황을 정리하면 완전히 거지 됐다… 잖아."

육하원칙?

누가→ 내가.

언제→ 조금 전에(시간 따위 내가 알 게 뭐냔 말이다).

어디서→ 라드니르가 준비해 준 방에서.

무엇을→ 거지 같은 책을 꺼내 들었다(소환책을 사용해 버렸다).

어떻게→ 자알 워프당했다(드래곤과의 계약을 시도하다 뮤와 몸만 덜렁. 진짜 거지다, 거지)~!

왜→ ……(그거 알면 내가 점집 차리게?!).

위 상황을 종합해 보면 '잘해보려고 하다가 완전히 거지 됐다' 로 결론 내려진다.

“내 이야기로 소설을 쓰면 장편 하나 나오고도 남겠다. 이게 뭐야, 정말……”

툴툴거리며 주변을 바라보던 그녀는 가벼운 한숨을 내쉬었다.

평상시에 손쉽게 찾아볼 수 있는 풍경들도 사막으로 오면 매우 희귀한 것이 되어버린다. 주변에서 흔하게 접할 수 있는 것은 오로지 모래뿐…….

뮤~!

어디선가 들려오는 뮤의 목소리에 설아는 다시 한 번 주변을 살펴보았다.

뮤! 뮤!

뿌연 모래먼지를 일으키며 통통거리고 있는 뮤를 집어 든 설아는 눈에 잔뜩 힘을 주기 시작했다.

“정신 사나우니까 얌전히 있어.”

뮤~!

뮤는 검지와 엄지로 자신을 들고 있는 것이 못마땅한 듯 발버둥 쳤지만 결과적으로 손가락에 대롱대롱 매달리는 꼴이 되고 말았다.

“여기서 어디로 가더라. 나무 같은 게 있으면 올라가서 확인이라도 해볼 텐데…….”

뮤우~!

“앗! 너 어디 가는 거야?!”

아쉬운 듯이 입맛을 다시는 설아의 품에서 벗어나는 데 성공한 뮤는 자신을 따라오라는 듯 설아와 일정 거리를 유지하며 그녀를 바라보았다.

뮤! 뮤우~!

어서 따라오라고 재촉하는 것 같은 목소리에 설아는 할 수 없다는 표정을 지으며 뮤를 따라 걷기 시작했다.

"우에에에~ 더 이상은 못 걷겠다."

얼마나 걸었을까.

설아는 그 자리에서 털썩 주저앉고는 애써 뮤를 외면했다.

뮤?

"아아, 뮤건 뮤우건 난 몰라. 쉬었다 갈 거야."

평소 운동이라고는 숨 쉬기 운동 이외에 해본 적이 없는 설아였다.

뮤우―!

뮤는 설아의 말을 알아들은 건지, 못 알아들은 건지 고개를 한번 갸웃거리더니 이내 뒤도 돌아보지 않고 앞으로 가기 시작했다.

"이, 이봐!"

설아는 손을 뻗어 뮤를 잡으려 했지만 이미 뮤는 저만큼 멀어진 뒤였다.

"돌아와!"

설아의 말에도 아랑곳없이 뮤는 자기 혼자 신난 듯 지그재그로 통통거리며 속도를 올렸다.

"우우……."

설아는 양손으로 자신의 머리를 감싸 쥐며 괴로워했지만 이 넓은 사막 어디에도 그녀에게 손을 내밀어줄 수 있는 존재는 없었다.

"기다려."

거의 울상이 된 설아가 죽을 힘을 다해 걷기 시작하자 뮤는 약간 속도를 낮추고는 그녀를 돌아보았다.

뮤뮤!

이곳에 모든 것을 받아들이기로 한 이상 설아는 이곳의 주민들과 다를 바가 없었다. 맞으면 아프고, 사막에선 더위와 갈증에 괴로워하고, 배가 고프면 음식을 섭취해야 하는… 평범하지만 어려운 일상이 그녀에게도 찾아온 것이다.

그런 그녀가 마을에 도착했을 때는 거의 좀비 몰골이 다 되었을 때였다.

마을의 시끌벅적한 소리와 함께 사람들의 활기 찬 표정들이 일순간 정적으로 바뀌어가고 있었다.

"벌써 저녁때가 다 됐구나."

그녀는 뮤를 덥석 집어 들고는 기운 빠진 목소리로 명령했다.

"돈 내놔."

뮤가 작은 주머니 하나를 뱉자 설아는 그것을 품 안에 넣어두고 기억 속에 있는 여관을 찾아 헤매기 시작했다.

뮤—!

그녀의 품에서 벗어나지 못한 뮤는 설아가 헤매는 것을 보며 답답한 듯 소리를 질렀지만 설아는 그런 뮤를 전혀 의식하지 못했다.

"에구, 더 이상은 못해먹겠다."

헤매고 또 헤매다 지쳐 쓰러진 그녀의 품에서 벗어난 뮤는 자신이 기억하는 잡화점으로 향했다.

뮤우—! 뮤!

통통거리는 뮤를 발견한 것은 또 하나의 뮤였다.

심드렁한 표정의 뮤가 무슨 일이냐는 듯한 얼굴로 뮤를 바라보자 뮤는 따라오라는 듯 일정 거리를 유지한 채 설아가 있는 곳으로 향했다.

뮤.

어쩐지 귀찮다는 표정으로 꼼짝도 하지 않는 뮤를 보아하니 전혀 도움이 될 것 같지 않다고 판단한 뮤가 가벼운 한숨을 내쉬고는 도움 줄 사람을 찾기 위해 뮤의 곁을 지나치려는 순간 졸린 표정으로 늘어져 있던 뮤가 눈을 빛내며 뮤를 향해 돌진해 왔다.

놀란 뮤는 후닥닥 뒤로 물러났지만 뮤의 공격을 피할 수 없었다.

뮤우―!

커다란 입을 벌리며 단숨에 뮤를 삼켜 버린 뮤는 다시 아무 일도 없었다는 듯한 심드렁한 표정으로 제자리에 앉아버렸다.

"뮤야? 뮤야아―!"

문이 빼꼼 열리더니 초록색 머리의 귀여운 얼굴 하나가 뮤를 향해 생긋 미소를 지었다.

뮤는 소녀를 피해 슬금슬금 뒷걸음질치다 이내 통통거리며 필사적으로 도망치기 시작했다.

"뮤야아―! 이리 와―!"

소녀의 이름은 아델라이데. 일명 뮤를 자신의 장난감으로 여기는 자였다.

아델라이데는 두 팔을 활짝 펼쳐 들고는 금방이라도 넘어질 것 같은 아슬아슬한 두 다리로 달리기 시작했다.

"뮤야― 어디 가?"

'다다다―' 거리는 그녀의 발소리와 '통통' 거리는 뮤의 발소리가 뒤섞여 마치 경쾌한 음악 소리를 연상시켰지만 쫓고 쫓기는 그들의 입장에서는 이보다 더 긴장감 넘칠 수 없는 순간이었다.

"우잇! 잡았다―!"

아델라이데는 뮤를 향해 온몸을 날렸지만 뮤를 잡지는 못했다. 다만 바닥이 생각보다 딱딱하지 않다는 느낌에 주변을 두리번거리기 시작했다.

"언니야다?"

설아로부터 약간 떨어진 아델라이데는 조심스럽게 그녀를 쿡쿡 찔러보았다.

"언니야— 자? 자? 인나—"

일어나라는 듯 그녀의 곁으로 와서 마구 그녀를 흔들어대기 시작한 아델라이데는 도저히 안 되겠다 싶었는지 뺨을 찰싹찰싹 때려보기도 했지만 그녀는 끝내 일어나지 않았다.

"우잇! 아빠한테 일러줄 거야!"

아델라이데는 화풀이라도 하듯 어느새 자신의 곁으로 다가온 뮤를 덥석 안아 들고는 흔들어댔다. 뮤는 반항다운 반항 한번 못해보고 어린 아델라이데의 손에서 기운을 잃어버렸다.

다다다다다—

숨 가쁘게 아빠가 있는 잡화점까지 달려간 아델라이데는 문을 활짝 열어젖혔다.

"아빠—!"

잡화점으로 뛰어들어 오는 아델라이데가 퉁퉁 부운 목소리로 자신을 애타게 찾자 그는 생긋 미소를 지어 보였다.

"왜 그러니, 아데야?"

"언니야가 나랑 안 놀아줘."

너무 꼭 껴안고 있어 숨이 막힐 지경인지 뮤의 온몸이 새파랗게 질려가자 그는 은근슬쩍 소녀에게서 뮤를 떼어놓았다.

"언니라니?"

"응, 아빠. 안경 언니야가 잠만 자."

입술을 삐죽 내미는 그녀를 보며 그는 의아한 표정을 지었다.

"안경 언니?"

"웅! 언니 나빠."

안경은 구하기 힘든 유리를 압축해서 만드는 귀한 것이라 굉장히 고가의 물건이었다. 이노르에서 비교적 잘 사는 축에 속하는 곳이긴 하지만 이곳에서 안경을 살 정도의 재력을 가진 사람은 아무도 없었다.

그 자신도 최근에 만나 자신에게 구슬을 맡긴 소녀 이외에 안경을 쓴 사람은 아무도 본 적이 없었다.

"아데야, 네가 봤다는 언니 지금 어디에 있니?"

"저기."

아델라이데는 다시 문을 열고는 쪼르르 밖으로 나왔다. 그리고는 그의 손을 잡아끌며 설아가 쓰러진 곳으로 안내했다.

"역시 설아님이셨군요."

그는 한숨을 내쉬며 설아를 자신의 집으로 데려갔다.

노상강도라도 만난 것인지 그녀의 머리카락과 옷은 흙먼지로 더럽혀져 있었고, 양 뺨은 빨갛게 부어 있었다. 그 외중에도 무사한 것이 다행이었다.

"이상한 일이군… 요즘 이 근방에는 도둑이나 강도가 나오는 일이 없을 텐데……."

"아데가 그랬어요!"

"그래, 그래."

손을 번쩍 들어 보이는 아델라이데를 향해 건성으로 고개를 끄덕거리던 그는 그녀가 자신에게 맡겼던 구슬을 만지작거렸다.

"실패한 것인가……."

눈살을 찡그리는 그에게 아델라이데는 볼을 잔뜩 부풀리며 자신이 토라진 것을 알리기 위해 쿵쿵거리는 발소리를 내고 다녔다.

"아데가 그랬어요!"

"응. 그래, 잘했어."

머리를 쓱 쓰다듬어 주는 그에게 뮤는 한숨을 푹푹 쉬어 보였다.

그러나 딸의 귀여움이란 콩깍지가 씌여 버린 아버지는 그 한숨의 의미를 알아차리지 못했다.

"여기가 어디죠?"

정신이 든 모양인지 발견했을 때보다 한결 나아진 얼굴의 설아가 나타나자 아델라이데는 얼른 그의 뒤로 숨어버렸다.

"몸은 괜찮으십니까?"

비타민 C 광고에나 나올 법한 미소를 지어 보이는 그에게 설아는 마치 숙취에 시달린 사람처럼 핼쑥해진 얼굴로 고개를 끄덕거렸다.

"뭐, 머리가 띵하고, 허리, 어깨, 발이 쑤시는 거랑 뺨이 얼얼한 거 빼면 그럭저럭 괜찮은 것 같군요."

'그럼 도대체 어디가 말짱하다는 겁니까?' 라고 묻고 싶어하는 듯한 그의 표정을 못 본 척 시선을 피하던 그녀는 아델라이데와 우연히 눈이 마주쳤다.

"아데가 안 그랬어요!"

아델라이데는 아버지의 뒤에서 얼굴만 빼꼼 내밀고는 참새처럼 짹짹거리기 시작했다.

"아데가 절대로 언니 찰싹찰싹 안 했어요! 네! 그리고 언니 굴리기도 안 했어요. 네! 아데가 안 했어요."

말을 마친 아델라이데가 숨이 찬 듯한 표정으로 헉헉거리자 그는 난
처한 표정으로 설아를 바라보았다.

"아데가 장난이 심한 편이라서… 이거 죄송하게 됐습니다."

그의 말에 설아는 관대한 미소를 지으며 아델라이데에게 이리 와보
라고 손짓했다. 아델라이데는 망설이는 듯하면서도 그녀의 표정을 살
피며 주춤주춤 설아에게 다가갔다. 설아는 그런 그녀가 귀엽다는 듯이
다시 한 번 생긋 미소를 지으며 양 뺨에 손을 가져다 댔다.

"아유―! 어쩜 이렇게 귀엽니."

입은 웃고 있지만 눈은 전혀 웃고 있지 않은 설아를 보며 아델라이
데는 몸을 뒤로 빼려 했지만 이미 양 뺨을 꼬집힌 뒤였다. 탄력 좋은
고무처럼 아델라이데의 뺨을 쭉쭉 늘려 버린 설아는 그제야 약간 기분
이 풀린 듯한 표정으로 그를 바라보았다.

"그러고 보니 뮤가 안 보이는군요."

"뮤라면 설아님께서 기르시던 그 뮤 말씀하시는 겁니까?"

바닥에 늘어져 있는 자신의 뮤를 바라보며 고개를 끄덕이는 설아에
게 그는 난처한 표정으로 대답했다.

"제가 설아님을 발견했을 땐 주위에 아무도 없었습니다만… 혹시
강도에게 잡힌 거라면 제가 어떻게든 처리해 드리겠습니다."

그의 대답에 설아는 고개를 갸웃거렸다.

"강도?"

"강도를 만나신 게 아니라면 다른 적이……."

말을 잠시 멈춘 그의 안색이 창백하게 변하기 시작했다.

"엘리님을 만나신 겁니까? 아… 제가 바보 같은 질문을 드렸군요."

그는 초조한 듯한 표정으로 설아를 바라보았다.

"어떻게 됐습니까?"

설아가 뭐라고 대답하기도 전에 그는 알 것 같다는 듯 고개를 끄덕거렸다.

"힘들 거라고 생각했습니다만 엘리 씨를 만나셨다고 해서 기대치가 저도 모르게 커졌나 봅니다. 무례를 용서하시길……."

고개를 숙이는 그에게 설아는 아무렇지도 않다는 듯 고개를 흔들었다.

"이쪽이야말로 감사의 인사가 늦었네요. 돌봐주서서 감사합니다. 그리고 만족스러운 대답을 드리지 못해 죄송합니다."

그녀의 말에 그는 가벼운 한숨을 내쉬었다.

"죄송해하실 필요 없습니다. 약속을 지켜주셨으니 저는 그것만으로도 충분합니다. 다만 설아님께 위험한 적을 만들게 한 것 같아 걸리는군요."

"신경 쓰지 마세요. 저한테는 든든한 빽이 있으니까요."

생긋 미소를 지어 보이는 그녀에게 그는 의아한 표정을 지었다.

"그렇다면 다행이지만… 일행 분들과는 어떻게 하다 헤어지신 겁니까?"

"저랑 가야 하는 길이 달라서 헤어졌어요. 지금쯤이면 자신들이 있어야 할 곳에 다들 무사하게 있겠죠."

약간 씁쓸한 표정으로 대답하는 그녀에게 그는 더 이상의 질문을 하지 않았다.

"이제 어디로 가실 겁니까?"

"설마 벌써 쫓아내려고 하시는 건 아니겠죠?"

"이런… 오해하지 마십시오. 제 말은 그런 뜻이 아니라……."

당황한 표정의 그에게 설아는 생긋 미소를 지었다.

"농담이에요. 며칠 빈대 붙다가 임플란드로 가려고 해요."

"제가 도와드릴 일은 없습니까?"

그의 말에 설아는 골치 아프다는 표정으로 입을 열었다.

"뮤 좀 찾아주세요. 어디 멀리 가진 않았을 테니 그리 오래 걸리진 않을 거예요. 짐도 전부 그 녀석한테 있고……."

"맡겨주십시오. 이런 일은 저희 전문이니 최대한 빨리 찾아드리겠습니다."

＊　　　＊　　　＊

햇살은 따스하고 바람은 기분 좋을 정도로 시원했다.

언덕에서 휴식을 취하던 레번과 유이는 여유로운 표정으로 주변을 바라보았다.

"저 아래에 보이는 곳이 리프란 호수입니다."

레번의 말에 유이는 감탄한 표정으로 고개를 끄덕거렸다.

"정말 아름다운 호수군요."

리프란 호수는 거리상으로 멀리 떨어져 있긴 했지만 보석같이 반짝이는 수면이 신비로운 느낌을 주고 있었다.

나무들은 마치 레이디를 호위하고 있는 기사처럼 믿음직스럽게 리프란 호수를 감싸고 있었다. 그 사이로 토끼처럼 조그만 사람들이 보이자 유이는 생긋 미소를 지었다.

"이제 어떻게 가면 되죠?"

"잘 가면 됩니다."

레번은 자리에서 일어나 유이의 말과 자신의 말을 끌고 왔다.

"또 이런 사람들… 나올까요?"

바닥에 뻗어 있는 건장한 청년들을 보며 유이가 걱정스런 말투로 질문하자 레번은 걱정스러운 표정으로 그녀를 바라보았다.

"또 신성력을 쓰실 겁니까?"

"그건 레번님께서 위험해 보여서……."

유이의 말에 그는 가벼운 한숨을 내쉬었다.

"그리고 저 사람들도 위험해 보였다는 겁니까?"

유이가 말에 올라타는 것을 확인한 그는 자신도 말에 올라타며 특유의 냉정한 목소리로 그녀의 말을 잘랐다.

"분명히 말해 두지만 제 팔 하나가 잘려 나가거나 다리가 하나 잘려 나가지 않는 이상 신성력을 사용하지 말아주십시오."

그의 말에 유이는 발끈하는 기분이 들긴 했지만 이내 고개를 끄덕거렸다.

마을에서 나온 지 그리 오랜 시간이 지나지 않아 기습을 당한 레번이었지만 그는 마치 어린아이를 다루듯이 그들을 눕혀 버렸다.

"어쨌거나 도와주셔서 감사합니다."

레번의 말에 그녀는 말없이 고개를 끄덕거렸다. 분명히 비아냥거릴 의도로 하는 말이 아님을 알고 있음에도 그의 말이 곱게 들리지 않는 유이였다.

"아무래도 적응이 안 되는군요."

유이의 난데없는 말에 레번은 의아한 표정으로 그녀를 바라보았다.

"뭐가 적응이 안 된다는 말씀입니까?"

"그 말투 말이에요."

“제 말투에 무슨 문제라도 있습니까? 이래 봬도 굉장히 정중한 척하고 있는 말투라 문제가 있다고 해도 고칠 수 없을 거 같습니다만……?”

“그러니까 정중한 척하지 않아도 좋아요.”

웃음이 나오려는 것을 간신히 눌러 참은 그녀는 자신의 말을 출발시켰고, 레번 역시 그녀의 뒤를 따라 말을 출발시켰다.

“레이디께서 말을 놔도 좋다고 허락해 주시니 감사하게 받아들이겠습니다.”

정중하게 예의를 갖추는 레번의 말에 당황한 유이는 갑자기 그가 있는 곳으로 몸을 틀었다가 하마터면 말에서 떨어질 뻔했다.

“왜 그러십니까?”

안색 하나 변하지 않고 정중하게 자신의 곁으로 다가오는 레번 덕분에 유이의 포커 페이스가 무너졌다.

“…제가 묻고 싶은 말이에요. 어디 아파요? 하던 대로 하세요, 하던 대로!”

그녀의 말에 레번은 피식 미소를 지었다.

“예의를 차리는 것이 이렇게 재밌는 일인 줄은 미처 몰랐는데……. 그렇지 않냐? 꼬맹아, 말을 몰 땐 앞을 잘 봐야지.”

그의 말에 유이는 살짝 미간을 찡그렸다. 오우거 같은 레번이 능글맞아지기까지 하다니 앞으로의 여행이 걱정되기 시작했던 것이다.

“신경 쓸 필요 없어.”

“네?”

“건달보다 조금 나은 정도의 실력이니까. 다치지 않게 적당히 힘 조절하고 있으니 신경 쓸 필요 없단 말이다, 이 아가씨야.”

레번은 유이가 조금 전의 전투로 긴장을 하고 있었다고 생각했는지 피식 미소를 지으며 그녀를 앞질러 나갔다. 덕분에 그녀는 새빨개진 그의 귀를 볼 수 있었다.

가벼운 미소를 지으며 속도를 올린 그녀는 리프란 호수를 향해 다가 갈수록 알 수 없는 불안함을 느꼈다. 무엇인가가 그곳에 다가가서는 안 된다고 충고하는 것 같았지만 그녀는 애써 그런 기분을 떨치려 더욱 속도를 높였다.

히이잉—!

어느 정도 호수의 윤곽이 뚜렷하게 보이기 시작하자 말들은 더 이상 앞으로 나가길 거부했다. 당황한 유이와는 달리 레번은 이런 일이 생길 줄 알고 있었던 것처럼 침착하게 말에서 내려 자신의 말을 달랬다.

"그곳에 도착했을 땐 누구나 평등함을 느낄지어다. 왕이든 노예든 그곳에서는 자신의 두 다리와 곧은 마음을 의지해야 하며 스스로에게 자신이 없는 자는 감히 그곳을 밟지 말지어다."

"천국의 문 앞에 쓰여 있는 쉴드님의 말씀인가요?"

그녀의 말에 그는 어깨를 으쓱거렸다.

"리프란 호수 앞에 서기 전에 읽어보라는 경고문."

그는 나무로 된 안내판을 손으로 가리키며 장난스럽게 툭툭 건드렸다.

"아… 그렇군요."

"멋지게 인용한 거겠지. 어쨌거나 이곳을 지나가려거든 말에서 내려야만 해."

그의 말에 그녀는 말에서 조심스럽게 내렸다. 결코 앞으로 움직이지 않을 것만 같았던 그녀의 말이 예상외로 순한 양처럼 그녀의 뒤를 따르자 그녀는 의아한 표정으로 레번을 바라보았다. 그는 어깨를 으쓱거리더니 이내 안내판을 툭툭 건드렸다.

"자신의 두 다리를 의지하라는 거겠지."

"말 다리는 네 개인데요?"

의아한 표정으로 고개를 갸웃거리는 그녀에게 레번은 피식 미소를 지었다.

"이것은 인간을 위한 안내문이라 말까지 신경 쓰진 못한다는 거겠지."

"흐음—"

"게다가 말은 인간의 글자를 알아볼 수 없을 테니까 상관없잖아."

"네 발을 가진 자들 중에서 인간의 문자를 알아보는 자들이 보면 기분 상할지도 몰라요. 그런 건 역시 곤란하겠죠?"

"…내가 고민해야 하는 거냐? 꼬맹아, 그런 건 우리끼리 이야기한다고 해결되는 게 아닐 텐데?"

레번의 무뚝뚝한 말에 그녀는 팔짱을 끼더니 배낭에서 나이프를 꺼내 '두 다리' 라는 글자를 긁어냈다. '자신의 곧은 마음을 의지해야 하며' 라고 바꾼 구절이 마음에 들었는지 유이는 몇 번이고 그 구절을 읽고 또 읽었다.

"어때요?"

'잘했죠? 칭찬해 봐요' 라는 표정으로 자신을 바라보는 유이에게 그는 시큰둥한 표정으로 대답했다.

"뭐가?"

"이거 말이에요. 곧은 마음이라는 거 마음에 들지 않아요?"

의기양양한 표정으로 안내판을 두드리는 그녀에게 그는 가벼운 한숨을 내쉬었다.

"음… 그러니까 나보고 기물 파손을 칭찬하라는 거냐?"

"기물 파손? 제가 언제 기물을 파손했다는 거예요?"

미간을 찡그리며 자신을 노려보는 그녀에게 그는 안내판을 툭툭 두드렸다.

"아… 그렇지만 이건 이쪽이 훨씬 좋지 않나요?"

변명하듯 말을 잇는 그녀에게 레번은 또다시 가벼운 한숨을 내쉬었다.

"구경 갈 거지?"

"네?"

"리프란 호수 말이야. 가보고 싶어했잖아."

턱으로 호수 쪽을 가리킨 그를 보며 유이는 고개를 끄덕거렸다.

"물론 가보고 싶어요. 그런데 레번님께선……?"

유이의 말에 그는 안내판을 툭툭 두들기고는 피식 미소를 지었다.

"자신에게 자신이 없는 자는 접근하지 말라!"

그의 말에 유이 역시 생긋 미소를 지으며 호수 쪽으로 걸음을 옮겼다.

"너무 멀리 가진 않도록 할 테니까 신경 쓰지 마세요."

유이의 말에 그는 고개를 끄덕이며 느긋하게 주변을 둘러보았다. 그리고 그늘진 곳을 찾아내 말을 쉬게 하고는 자신도 나무에 등을 기대고 눈을 감았다.

상쾌한 바람과 풋풋한 풀잎의 냄새, 그리고 이름 모를 새들의 노랫소리는 리프란 호수 주변이 얼마나 평화로운 곳인지를 상기시켜 주는 듯했다.

이런 곳은 자기도 모르게 긴장이 풀어지기 쉽다는 것을 잘 알고 있는 레번은 눈은 비록 감고 있었지만 경계를 게을리 하지 않았다.

"이런 곳이 제일 피곤한데……."

가벼운 한숨과 함께 세상에서 가장 편안해 보이는 자세를 취하는 레번이었다.

"어떤 모습이 보일까?"

숲 속으로 들어간 그녀는 여전히 보석 같은 빛을 내뿜고 있는 리프란 호수를 바라보며 잠시 심호흡을 내쉬었다. 그리고는 바닥까지 훤히 비치는 맑은 호수에 자신의 얼굴을 드리웠다. 호수에 드리워진 그늘은 그녀의 얼굴을 만들어냈다.

"정말 힘들게 됐어. 이야기는 꼬이는데 설마 우릴 기억하지 못하는 건 아니겠지?"

긴 머리카락을 쓸어 내리며 자신을 바라보는 여인의 얼굴에 유이는 화들짝 그녀로부터, 아니, 호수로부터 떨어졌다.

"뭐, 뭐지?"

그녀는 깜짝 놀란 표정으로 호수를 바라보다 이내 호수가로 다가가 얼굴을 내밀었다.

"곤란해. 어쨌거나 설아와 연결될 만한 끈은 있어야 하니까."

"혜령 선배, 그러다가 이야기가 어긋나면 되돌릴 수 없을 텐데 괜찮을까요?"

낯이 익은 통통한 여자 아이의 말에 혜령이라 불린 소녀는 고개를 끄덕거렸다.

"도와주려고 해도 내가 발견할 수 있는 건 한계가 있어. 어쨌거나 우린 그녀를 돕기 위해 움직이는 거니까 서로의 존재에 대해서는 알고 있는 게 좋지 않겠어?"

그녀의 말에 소녀는 가벼운 한숨을 내쉬었다.

"그 성격을 몰라서 그런 말을 할 수 있는 거예요. 자존심 빼면 시체인 녀석이 되돌려보냈던 우리 도움을 필요로 할 것 같아요?"

그녀의 말에 혜령은 고개를 끄덕거렸다.

"필요로 할 거야. 단지 자존심이 세니까 도와달라는 말을 꺼내지 못하는 거지. 게다가 저곳에서는 별다른 도움을 기대할 수도 없잖아."

"그래도 가희가 자신이 유이가 아니라는 사실을 자각하지 못하면 이야기만 더 꼬이게 될 텐데……."

말끝을 흐리는 소녀의 뒤로 편안하게 잠든 또 다른 소녀의 모습이 한눈에 들어왔다.

유난히 하얀 피부에 연약해 보이는 이미지의 미소녀.

그녀의 얼굴은 분명히 낯이 익었다.

"가희 괜찮을까요?"

소녀의 걱정스런 얼굴에 유이는 흠칫 뒤로 물러났다. 그녀는 저 리프란 호수 아래로 비치고 있는 소녀들의 얼굴을 알고 있었다. 무엇보다 그녀는 가희라는 소녀를 잘 알고 있었다.

천천히 수면 위로 자신의 얼굴을 내밀어 보이는 그녀였지만 리프란 호수는 그녀의 얼굴 이외에 아무것도 보여주지 않았다. 그렇지만 수면 위로 묵묵히 차지하고 있는 미소녀의 얼굴은 자신의 것이 아니었다.

"이… 가희."

그녀는 잊을 뻔했던 자신의 이름을 기억해 냈지만 동시에 많은 것들을 잃어버렸다. 행복했다고, 또는 그렇지 않았다고 세월의 무게를 더해

묵직하게 쌓아왔던 감정이 이름 하나로 모두 날아가 버리는 순간이었다.

혼란스러웠지만 혼란스럽지 않은 모순된 감정이 교차하면서 그녀의 표정은 아쉬움이 가득했다.

"이런 감정은 뭐라고 해야 좋은 걸까?"

바보같이 완전히 잊고 있었다. 자신의 감정마저 모두 유이의 것인 양 그대로 흡수되어 버렸다. 그래서 언제부터인가 자신의 존재를 잃어버렸다.

안내판에 붙여진 말 그대로 스스로에게 자신이 없으면 들어와서는 안 되는 곳이 리프란 호수라고 생각한 그녀는 가벼운 한숨을 내쉬었다.

다른 사람들에게 미래의 일을 알려주는 이 호수는 하나의 거대한 대본이라는 생각이 들었던 것이다.

"모든 사람이 이 호수에 와보진 않겠지만 역시 주요 캐릭터라면 이곳에 와보게 되는 걸까?"

그렇게 생각한 그녀는 문득 레번이 이 호수를 보고 설아가 제시한 대본대로 움직여야 하지 않을까라는 생각이 들었다.

그렇지만 이런 생각 역시 하나의 추측일 뿐 이 자체가 설아가 만들어놓은 시나리오일 수도 있다. 무엇이 옳던 간에 그녀가 할 일은 그저 지켜보는 것, 그것뿐이었다.

"어쨌거나 난 유이야."

그녀는 자신의 입장을 상기시키며 잔잔한 수면을 바라보았다.

수면은 조금의 변화도 없이 그녀만을 비추고 있었다.

"어쨌거나 난 유이야."

그녀는 자신을 세뇌시키 듯 다시 한 번 더 그 말을 되풀이하고는 레번이 기다리고 있을 방향으로 걸음을 옮겼다.

유이가 무척이나 기대했던 호수는 그녀에게 별 감흥을 주지 못했다.

아주 무덤덤하게 걸어나오려는데 눈물이 주르륵 흐르기 시작했다. 도대체 무엇이 그렇게 슬픈 건지……. 슬플 이유는 하나도 없지만 그녀는 너무 슬퍼서 걸을 수조차 없었다.

이 세계에 속한 자가 아니라는 것을 알았을 때부터 그녀는 약간은 두렵고, 외롭다는 기분이 밀려들었다. 그것이 유이의 기분인지 그렇지 않으면 가희의 기분인지 그것은 알 수 없었지만 눈물이 멈출 때까지 그녀는 한참 동안 멍하게 서 있었다.

토끼눈이 되어서 돌아온 그녀를 보며 레번은 배낭에서 수통을 꺼내 주었다.

"뺀 만큼 보충시켜 두는 게 좋을 거야."

그리고는 또다시 나무에 기대어 눈을 감았다.

호수 전체를 기분 좋게 감싸는 바람과 평온한 새들의 노랫소리, 그리고 따스한 햇살…….

유이는 기분이 가라앉는 것을 느끼며 자리에서 일어났다.

"제가 뭘 봤는지 궁금하지 않으세요?"

그녀는 무심한 표정으로 자신을 따라 일어나는 레번에게 차분한 목소리로 질문했지만 그는 여전히 심드렁했다.

"그다지. 하지만 말을 하지 않는 걸 보면 그리 유쾌한 건 아닌 것 같군. 그렇다면 털어버려. 오래 담아봐야 좋을 건 없으니까."

그의 말에 유이는 살짝 미간을 찡그렸다.

"레이디에겐 좀 더 상냥해야 하는 법이에요."

"그런 법 들어본 적 없다."

쉬고 있던 말들도 자신들의 주인이 이곳을 떠날 기미를 보이자 어느새 그들의 곁으로 다가왔다.

"호수… 보고 싶지 않으세요?"

"그다지 보고 싶지 않다."

단호한 레번의 말에 유이가 조금 무안해하자 그는 피식 미소를 지었다.

"보고 싶지 않다… 고 말하면 거짓말이겠지. 전에도 말했지만 난 나다운 게 좋아. 안내판에 있는 말……. 내게는 일종의 경고로 보이거든."

레번의 말에 그녀는 고개를 끄덕였다. 그 호수를 다녀온 지금은 그녀의 눈에도 안내판이 경고문으로 보이기 시작했던 것이다.

"천국의 문 앞에는 이곳은 언제나 행복하고, 욕심을 부리는 사람이 없으며, 다툼도 없는 아름답고 축복받은 나라라는 안내문이 붙어 있다지?"

"…가보지 않아서 확실한 것은 아니지만 그렇다고 배웠어요."

그녀의 말에 레번은 특유의 무뚝뚝한 표정으로 입을 열었다.

"그렇다면 그 동네, 아니, 그 나라 인간은 못 들어가. 그 정도는 너도 눈치 채지 않았어?"

그의 말에 유이는 순간 발끈한 표정을 지었다.

"어째서 그렇게 생각하세요? 그런 말을 하시면 나중에 이단으로 몰려도 할 말 없을걸요."

"뭐… 그렇다고 천국 자체를 부정한다는 것은 아니지만… 의미가 다르겠지. 생각해 봐. 은총과 축복의 나라. 절대 행복이 존재하며, 그 누구의 욕심도 다툼도 없는 곳……. 그래서 절대로 인간은 갈 수 없다는 거야. 바보가 아닌 다음에야 욕심을 부리지 않는다는 일이 있을 수 있겠어? 다툴 일이 없다라. 감정이 없는 인간은 인간이 아니야. 갈 수 없어서 아름다운, 그래서 더욱 동경할 수밖에 없는 무서운 곳이지. 인간이라면 누구나 꿈꾸게 되는…….”

그의 말에 유이는 미간을 찡그렸다.

“선량하게 살고 있는 사람들의 성역을 함부로 비하하지 말아요.”

그녀의 말에 그는 무표정한 얼굴로 사과를 꺼내 들었다.

“배고파하는 어린아이에게 이 사과를 내밀면서 ‘내 말 잘 들으면 이 사과를 배부르게 먹게 해줄게’라고 말하는 것과 ‘선량한 자들은 천국으로 갈 수 있어요’라고 말하는 것이 얼마나 다른 일 같아?”

“신성 모독인가요?”

“논리 부족인 거냐?”

서로의 눈에서 파지직 불꽃이 튀었다.

행복이란 상대적인 것이다. 원하는 것을 얻고 나면 또다시 원하는 것이 생겨난다. 절대적인 행복을 느낀다면 그는 아무리 사소한 불만도 없는 상태라는 말인데 그가 과연 인간이라 할 수 있을까?

의욕과 욕심은 서로 어느 정도의 공통분모를 갖는 법이다.

욕심이 없다면 인간의 감정 중 많은 부분이 사라질 것이다. 그것을 이해하고 있는 사람이라면 한 번쯤 사람들이 이야기하는 천국에 대한 의심을 품었을 수도 있다.

그러나 마치 하나의 금기처럼 입을 다물어 버리는 것은 신앙의 힘인 것인지, 철저한 자기 관리의 힘인지 아무도 알 수 없었다.

“뭐… 내가 하고 싶은 말은 리프란 호수가 보여주는 것들도 단순한 환상에 지나지 않는다는 거다. 마음먹기에 따라서는…….”

“환상?”

다소 누그러진 목소리로 되묻는 유이에게 그는 예의 무표정한 얼굴로 고개를 끄덕거렸다.

"운명이 있다면 그것은 그 사람이 존재하기 때문에 있는 거다. 운명을 지배하는 사람도, 지배당하는 사람도 그 당사자뿐이지."

"…그래서요?"

"그런 당사자가 리프란 호수가 보여주는 것들을 환영이라고 인식하는데 그 환영에 지배당할 것 같아? 사람을 지배하지 못한 예언은 결국 환영일 뿐이지."

신경 쓰지 말하는 듯 무심하게 이야기하는 그를 보며 유이는 고개를 끄덕거렸다.

그의 말은 뭔가 공감이 가면서도 확실히 자신과는 가는 길이 다르다는 생각이 들었던 것이다.

"마음이 곧은 자다운 말이로군요."

자신의 말과 함께 앞으로 걸어나가는 그녀를 보며 어깨를 으쓱거리는 레번이었다.

리프란에 도착한 그들은 그다지 눈에 띄고 싶지 않았기에 신전으로 가는 대신 여관행을 선택했다. 신전에서 묵는다면 숙박비가 굳겠지만 많은 사람들과의―프리스트라고 하지만 사람은 사람인지라―대화에 시달리게 될 텐데 과묵한 두 사람으로서는 그것은 꽤나 괴로운 일이었다.

그러나 참새가 방앗간을 그냥 지나칠 수 없듯이 성직자인 유이로서는 신전을 등한시할 수도 없는 터라 간단히 짐을 풀고 나서 레번과 함께 신전으로 향했다.

"쉴드님께서 형제님들과 언제나 함께하시길……."

신전 안으로 발을 디디자 견습 프리티스트로 보이는 소녀가 공손히 인사를 건넸다.

"쉴드님께서 자매님과 언제나 함께하시길."

생긋 미소 지으며 인사를 받은 유이는 깨끗한 신전 내부를 둘러보았다.

"하이 프리스트님께 손님이 오신 것을 알려 드리고 오겠습니다."

그녀는 유이가 입고 있는 하이 프리티스트 복장을 보고는 빠른 걸음으로 어딘가로 가더니 곧 중후한 분위기를 풍기는 하이 프리스트를 모시고 나왔다.

"형제님께 쉴드님의 정의로운 가호가 함께하시길. 당신이군요, 주교님께서 말씀하셨다는 분이?"

"형제님께서도 쉴드님의 은총이 함께하시길."

무슨 말인지 모르겠다는 표정으로 그를 보는 유이와 레번에게 그는 생긋 미소를 지어 보였다.

"주교님의 서찰이 있었습니다. 어린 하이 프리티스트님께서 조만간 신전을 방문하실 거라는. 그리고 이것을 전해 드리라고 하셨지요."

하이 프리스트가 내민 것은 교단에서 준비한 신분증이었다. 하이 프리티스트라는 직책은 그 수가 매우 적기 때문에 유이처럼 젊은 사람이 하이 프리티스트라고 하면 종종 믿지 않는 사람들도 있기 때문에 가능한 신분증을 지니고 다니는 것이 좋았다.

"그렇지 않아도 신분증 때문에 난처했는데… 감사합니다."

고개까지 꾸벅 숙여 보이는 그녀에게 하이 프리스트는 친절한 표정으로 대답했다.

"저야 부탁받은 일을 한 것뿐이니 신경 쓰지 마십시오. 그리고 기사님께는 현재의 일이 끝나는 대로 바로 성으로 돌아와 달라는 주교님의 말씀이 있었습니다."

“하? 주교님께서 언제부터 기사의 일에도 참견하게 된 겁니까? 죄송하지만 전 교단의 성기사가 아닙니다. 주교님의 말씀에 따를 이유는 없습니다.”

그의 말에 하이 프리스트는 가벼운 한숨을 내쉬었다.

“폐하께서 상심이 크십니다. 누가 뭐라고 해도 임플란드에서 제일가는 나이트를 둘이나 잃으신다는 것은 제가 보기에도 안쓰럽군요.”

“둘이라니… 아크레님께서 그만두기라도 하신 겁니까?”

그의 성격상 왕이 허락하지 않는 한 자신의 자리에서 물러날 리는 없었다. 젊은 나이임에도 임플란드 최고의 기사라는 소리를 듣는 아크레였다. 왕 역시 그에 대한 총애가 남달랐다. 그가 현역에서 은퇴한다고 해도 왕이 그렇게 하라고 허락할 리가 없었던 것이다.

“모르고 계셨습니까?”

“혹시… 재기할 수 없을 정도로 상처가 깊으신 겁니까?”

머리 속에서 최악의 상황이 그려지고 있었지만 하이 프리스트의 말은 그 상황을 뛰어넘었다.

“돌아가셨습니다. 임플란드에서 검으로 그를 상대할 수 있는 사람은 레번님 정도일 텐데……. 결투 중에 돌아가신 듯합니다. 그렇지만 명확한 사인은 알 수가 없군요. 아크레 가문에서는 사인을 철저하게 밝혀달라고 항의했다는군요. 이대로 왕과 아크레 가문이 틀어지는 것은 아닌지 저는 그게 제일 걱정입니다.”

대대로 충신이었던 가문인만큼 임플란드의 중심 세력에 존재하고 있는 아크레 가(家)였다. 내란을 일으킬 정도로 우둔한 가주(家主)도 아니지만 사랑하는 아들, 형제를 잃고도 중앙에 남아 있을 정도로 욕심 많은 집안도 아니었다.

한 나라의 중심에 있는 자들이 갑자기 물러나 버린다면 균형을 잃고 우르르 무너져 내릴 것이다. 비록 그것이 의도한 바가 아니라고 해도 말이다.

"…레번님?"

망연자실한 표정으로 서 있던 레번은 유이가 자신을 부르는 소리에 정신을 차렸다.

"…확실한 겁니까?"

암울한 표정으로 자신을 바라보는 레번에게 그는 천천히 고개를 끄덕거렸다.

"주교님께선 거짓말을 하지 않으십니다."

그는 프리스트의 말을 믿을 수가 없었다. 자신의 눈으로 그의 묘를 확인하기 전까지는 그 사실을 받아들일 수 없을 것만 같았다.

"…묘는 어디에……?"

"거기까지는 저도 모르겠습니다. 아무튼 며칠간 신전에서 푹 쉬시길……."

자신들을 안내하려는 하이 프리스트를 향해 레번은 미안한 표정을 지었다.

"죄송합니다. 집을 두고 밖에서 자게 된 것 같지만 이미 숙소를 정해두었으니 그리 염려하지 않으셔도 됩니다."

그의 말에 하이 프리스트는 유이를 바라보았다. 유이 역시 고개를 끄덕거리며 미안하다고 말하자 그는 할 수 없다는 듯 고개를 끄덕거렸다.

"그렇다면 할 수 없지만……. 그런데 두 분께서는 어디로 가시는 겁니까?"

“이노르로 가는 길입니다만……?”

“이노르?!”

놀란 듯한 그의 목소리에 유이는 의아한 표정을 지었다.

“왜 그렇게 놀라시는 거죠?”

“이노르로 가신다면… 배를 이용하시는 겁니까?”

그녀는 지리에 그다지 밝은 편은 아니지만 레번에게 위치에 대한 설명을 들은 적이 있었던 터라 고개를 끄덕거렸다.

“아마도 그렇게 될 것 같습니다만……?”

“그렇다면 최근 클로버 섬에서 들려오는 소문의 진상을 밝혀주실 수 있겠습니까? 유령선이 정박해 있다고 하는데 그 부근에서 실종된 사람만 해도 십여 명이 넘는다고 합니다. 벌써 여러 차례 조사를 했지만 저희가 보낸 사람들마저 연락이 없으니 이걸 어떻게 처리해야 할지 난감하군요.”

그의 말에 유이는 흘낏 레번을 바라보았다. 그는 아크레가 죽었다는 말을 들은 뒤부터 내내 아무런 말이 없었다.

엘프들과 생활했을 때도 그녀에게 들려오는 대부분의 의뢰는 교단에서 부탁했던 것으로 아무리 바쁘다고 해도 거절할 이유가 없었다.

게다가 가만히 생각해 보면 굳이 자신을 납치하지 않아도 주교가 불렀다면 자신이 갔을 텐데 왜 굳이 납치를 선택한 것일까.

‘하긴 인간들과 접촉하는 일을 무척이나 꺼리는 엘프들이 있었지.’

자신이 직접 의뢰를 받아본 적은 단 한 번도 없었다. 모든 의뢰는 키리아와 엘리가 가져다 줬었고 엘프들의 숲은 인간의 출입을 허락하지 않았다.

‘이 정도면 어째서 내가 납치당했는지 충분히 알 것 같아.’

그녀는 가벼운 한숨을 내쉬었다. 가희가 알고 있는 것들과 유이가 알고 있는 것들은 이미 한 사람의 기억처럼 융화되어 있었다.

"유이님?"

그녀의 대답을 기다리던 하이 프리스트의 목소리에 그녀는 다시 한 번 레번을 바라보았다. 그리고 나서야 그가 하이 프리스트의 말을 듣고 있지 않다는 것을 깨달았다.

"보고를 다른 사람이나 편지로 드려도 괜찮으시다면 한번 살펴보겠지만……."

유이의 말이 채 끝나기도 전에 그는 고개를 끄덕거렸다.

"물론입니다. 바쁘신 와중에 부탁을 들어주시는 것만 해도 감사해야 할 일인데 번거롭게 여기까지 다시 돌아와 달라는 주문은 염치없는 것이겠지요."

하이 프리스트의 말이 끝나자 레번은 피곤한 듯한 얼굴로 가벼운 한숨을 내쉬었다.

"말씀이 끝나셨다면 이만 실례하겠습니다."

"이런, 피곤하실 텐데 미처 그 생각을 하지 못했습니다. 어쨌거나 이곳에 계시는 동안 필요한 것이 있으시다면 신전의 이름으로 사용하십시오. 원조는 저희가 책임지겠습니다."

"호의는 고맙지만 그렇게까지 하실 필요는 없습니다. 그럼 쉴드께서 함께하시길……."

레번은 그 말을 끝으로 신전 밖으로 나가 버렸고 유이 역시 미안한 표정으로 목례를 해 보이고는 레번의 뒤를 쫓았다.

"하이 프리스트님께 그런 무례한 행동을 하다니 정말 너무하시네요."

한바탕 예의에 대한 잔소리를 늘어놓으려던 그녀는 자신의 말을 전혀 듣고 있지 않은 레번을 보며 가벼운 한숨을 내쉬었다.

"아크레님과 친하셨나요?"

사실 이런 질문이 얼마나 무의미한 것인지 그녀는 매우 잘 알고 있었다. 아크레가 누명을 썼을 때 그를 위해 성의 복도에서 소동을 일으킨 레번의 목소리를 그녀 역시 똑똑히 기억하고 있었던 것이다. 그런데도 이런 질문을 하는 것은 그의 주의를 끌기 위해서였다.

여행의 처음은 대화보다 침묵이 당연하리만치 편안했다. 그렇지만 그때의 침묵은 적어도 현재 같은 의미의 침묵은 아니었다.

레번은 유이가 말을 걸어오지 않으면 그녀란 존재가 있다는 사실조차 잊어버리는 듯했다.

무엇 때문에 자신이 이곳에 있는지도 모르겠다는 표정의 레번이라니…….

"꼬맹아, 미안하지만 먼저 여관으로 가 있어라. 잠시 가봐야 할 곳이 생각났다."

레번의 무뚝뚝한 태도에 자신도 함께 가겠다고 말할 타이밍을 놓친 유이는 가벼운 한숨을 내쉴 수밖에 없었다. 그녀의 대답도 듣지 않은 채 레번이 벌써 저만큼 멀어져 버렸던 것이다.

확실히 그의 부상은 심각한 것이었다. 한편으로는 일이 이렇게 되어버리지 않을까 하는 불길한 예감이 없었다면 그건 거짓말이다.

그렇지만 믿었다. 아니, 믿을 수밖에 없었다. 그렇기에 그의 곁을 떠날 수 있었던 것이다. 그가 할 일을 대신해 주는 것이 자신이 그에게 해줄 수 있는 유일한 사과였다. 그래서 흔쾌히 유이의 가드를 맡았지만…….

"정말 돌아가신 겁니까?"

레번은 하늘을 바라보며 가벼운 한숨을 내쉬었다.

자신의 막내동생뻘인 아크레지만 그가 차지하는 비중은 아무도 대신할 수 없을 정도로 컸다. 기사로서도, 단장으로서도 레번 자신은 그를 뛰어넘을 자신이 없었다.

솔직히 말하자면 아크레를 죽게 만든 장본인이 그의 자리를 차지해 그가 누려야 할 행복을 누린다고 생각하기만 해도 구역질이 났다.

더욱더 절망적인 사실은 그를 그렇게 만든 장본인이 바로 자신이라는 것이다.

"기사님! 잠시만요!"

혼자서 이런저런 생각에 빠진 레번을 불러 세운 사람은 신전에서 만났었던 견습 프리티스트였다. 온통 빨개진 얼굴로 호흡을 가다듬은 그녀는 레번을 급하게 잡아끌었다.

"큰일이에요. 어서 신전으로……!"

"무슨 일입니까?"

갑자기 불쑥 튀어나온 그녀를 차가운 눈으로 노려보던 레번은 겁을 먹은 듯한 그녀의 표정을 보며 이내 살기를 누그러뜨렸다.

"하이 프리티스트님께서 클로버 섬으로 납치당하셨습니다."

누그러들었다고 생각한 살기가 순식간에 뻗쳐 올랐다.

"뭐라고 하셨습니까?"

"하이 프리티스트님께서 클로버 섬으로 납치당하셨습니다."

마치 잡아먹을 듯한 기세로 자신을 노려보는 레번에게 두려움을 느낀 견습 프리티스트는 눈을 질끈 감았다.

“어디로 가야 합니까?”

“네?”

눈을 살짝 뜨며 질문하는 그녀에게 레번은 버럭 소리를 질렀다.

“어디냐고! 클로버 섬으로 납치됐다면 걸어가진 않았을 텐데 나보고 걸어가란 말이냐?! 배를 타려면 어디로 가야 하냔 말이다!”

흥분한 레번을 보며 그녀가 움찔거리자 레번은 그녀를 무시한 채 사람이 많이 모인 대로로 달리기 시작했다.

“기사님!”

온몸에 힘이 빠진 듯한 견습 프리티스트가 또다시 그를 부르는 소리에 레번이 되돌아오자 그녀는 작은 주머니 하나를 꺼내 들었다.

“이것이 그 배로 기사님을 인도해 주실 겁니다.”

그녀가 내미는 워프 가루와 지도의 좌표를 본 레번은 미간을 찡그렸다.

“이건 또 뭐냐?”

“워프 가루와 좌표가 지정된 지도입니다.”

기사라기보다 깡패 같은 표정의 레번을 보며 견습 프리티스트가 또다시 움찔거리자 레번은 가벼운 한숨을 내쉬며 그녀의 손에 들려진 것들을 낚아챘다.

그렇지만 워프 가루라는 것이 워낙 귀한 터라 그 사용법에 대해서는 알려진 바가 없었다. 레번이 미간을 찡그린 채 ‘이거 어떻게 쓰냐?’라는 표정을 지어 보이자 그녀는 여전히 조금은 겁먹은 듯한 얼굴로 그 주머니를 달라는 듯 오른손을 내밀었다. 레번이 순순히 그 주머니를 내어주자 그녀는 작은 목소리로 질문했다.

“좌표는 외우고 계세요?”

“난 바보가 아니다. 틀림없이 외웠어.”

그의 말에 그녀는 고개를 끄덕거렸다.

“그럼 머리 속으로 그 좌표를 떠올리세요.”

레번이 알아들었다는 듯 고개를 끄덕이자 그녀는 워프 가루를 그에게 뿌렸다.

“쉴드님께서 당신과 함께하시길…….”

견습 프리티스트의 목소리와 함께 레번의 모습은 순식간에 사라져 버렸다.

“잠깐만요—!”

저만치서 여인의 고운 목소리가 날아들자 견습 프리티스트는 고개를 돌려 소리가 나는 방향을 바라보았다.

“어머! 하이 프리티스트님?”

“방금 여기 있던 사람…… 어디로 사라진 건가요?”

유이의 질문에 그녀는 호들갑스럽게 손뼉을 쳤다.

“저희 신전에 계시는 하이 프리티스트님께서 클로버 섬으로 납치되셔서 기사님께 도움을 요청했더니 승낙해 주셔서…….”

“…그래서 어디로 갔다는 건가요?”

유이가 자신의 말을 자르고 나서자 그녀는 약간 기분이 상했는지 새침한 표정으로 입을 열었다.

“클로버 섬으로 가셨어요.”

그녀의 손에 있는 주머니를 보며 그녀는 알 것 같다는 표정을 지어 보이더니 이내 주먹을 불끈 쥐어 보였다.

‘얼굴은 산적처럼 생겨서는 사람 좋은 것도 어느 정도지. 무슨 가드가 이래?!’

"아! 그러고 보니 워프 가루를 놓고 가셨는데 이를 어쩌죠?!"

호들갑스럽게 말을 잇는 그녀의 손에서 워프 가루가 든 주머니를 낚아챈 그녀는 레번을 떠올리며 뿌드득 이를 갈았다.

"정말 누가 가드인 줄 모르겠다니까!"

그녀는 그 말을 남기고는 순식간에 사라져 버렸다.

*　　　*　　　*

"꼭 이렇게 해야 하나?"

"다른 좋은 방법이 있다면 말씀해 보세요."

"그렇지만 이건 좀… 엄하다."

그다지 근육이 있다거나 탄탄한 몸은 아니지만 명색이 남자인데 여장이라니…….

석진은 식은땀을 삐질 흘리며 무릎까지 내려오는 남색의 후레아 스커트에 목에 달린 앙증맞은 진주색 단추가 포인트인 하얀 셔츠와 허리선이 날씬해 보이는 남색의 조끼를 단정하게 갖춰 입은 채 민망해하고 있었다.

"뭐, 그럭저럭 어울리니까 걱정 말고 이거나 받아요."

핑크 색 리본이 달린 모자를 건네는 빈에게 석진은 가벼운 한숨을 내쉬었다.

"나보고 이걸 쓰라고? 내가 변태냐?"

"선배님, 치마가 변태 같아요, 모자가 변태 같아요?"

치마도 입은 마당에 비록 리본이 달리긴 했지만—게다가 그 리본이 핑크 색이라는 것도 민망하지만—아무려면 어떠냐는 생각으로 석진은 그 모자를 꾹꾹 눌러썼다. 그다지 예쁘다라고 할 수는 없지만 평범한 여학생처럼 보이는 그의 모습에 빈은 피식 미소를 지었다.

빈은 평소와 크게 다를 건 없는 옷차림으로—헐렁한 힙합 청바지에 박스 티를 입고는 야구 모자까지 눌러써서 완전히 남자처럼 보였다—기숙사 밖으로 나와 주변을 바라보았다.

그렇지 않아도 눈에 띄는 타입이었던 그녀가 아주 작정을 한 듯 고개를 푹 숙이고 사감실을 향해 달려가자 사감의 눈에 불꽃이 튀었다.

"야! 너 이리 와!"

마치 금방이라도 자신을 잡아먹을 듯한 눈빛을 보내는 사감의 목소리를 못 들은 척하며 느릿한 걸음으로 그녀를 지나치자 그녀는 단번에 빈을 붙잡았다.

"어딜 도망가려고! 야! 너 몇 학년 몇 반 무슨 과야? 겁도 없이 여자 기숙사에 들어와?! 남자애가 여자 기숙사에 몰래 들어오면 퇴학 처리 되는 거 알아, 몰라?!"

버럭버럭 언성을 높이는 사감의 뒤로 석진이 유유히 기숙사를 벗어나는 것을 확인한 그녀는 푹 눌러쓴 야구 모자를 벗고는 학생증을 꺼내 보였다.

"한두 번도 아니고 제가 번번이 사감 선생님께 욕먹는 이유가 뭡니까?"

사감의 살기 어린 눈빛이 일순간 방향을 잃고 흔들리자 그녀는 가벼운 한숨을 내쉬었다.

"도대체 저의 어떤 점이 남자 같다는 겁니까?"

항의하듯 따져 묻는 그녀에게 사감은 바로 그런 점이 남자 같다고 말하고 싶은 걸 꾹 눌러 참았다. 어쨌거나 여기숙사생을 남학생으로 몰아붙였으니 자신은 입이 열 개라도 할 말이 없었다.

"내가 농담 좀 한 걸 가지고 뭘 그렇게 정색을 하고 그래. 솔직히 학생 정도면 미인이지. 건강미인 알지? 공주같이 비실비실한 애들보다 학생 같은 사람이 더 인기가 많은 편이잖아. 안 그래? 남자 친구도 많지?"

생글생글 미소를 지어가며 수준급의 아부 실력을 자랑하듯 계속해서 늘어놓는 그녀의 이야기를 계속 듣고 있기가 민망했는지 빈은 그녀로부터 슬쩍 시선을 회피했다.

"이만 가봐도 되겠습니까?"

"아, 그럼. 되고말고. 어서 가봐."

생글생글 미소를 짓던 사감이 속으로 무슨 생각을 할지 뻔히 상상이 가는 빈이었지만 짐짓 모르는 척하며 그녀를 지나쳐 나왔다.

"어이―!"

기숙사를 벗어나자 여전히 교복 차림이긴 했지만 조금 전과는 상당히 대조적인 표정을 짓고 있는 석진이 그녀를 향해 손을 흔들었다.

"어쨌거나 무사히 빠져나왔으니 고맙다."

순순히 감사의 인사를 건네는 그에게 그녀는 가볍게 고개를 끄덕거리며 그의 옷이 담긴 쇼핑백을 내밀었다.

"이제 내가 약속을 지킬 차례겠지? 뭐, 그전에 이거 하나만 묻자."

옷을 덥석 받아 든 석진은 자신을 향해 의아한 표정을 짓고 있는 빈에게 진지한 얼굴로 말을 이어 나갔다.

"나는 프로그래머라서 그런지 몰라도 어정쩡한 건 싫어. 확실하게 내가 해야 하는 일을 말해 봐. 설아를 프로그램 속에서 꺼내는 것과 이야기를 끝내는 것 둘 중에서 어떤 거야?"

"그건… 설아를 프로그램에서 안전하게 꺼내는 거죠. 이야기를 끝내야 하는 사람은 선배님이 아니라 설아니까요."

그런 당연한 걸 왜 물어보냐는 듯한 그녀의 대답에 그는 여전히 정색을 했다.

"이야기를 강제 종료시켜야만 그 녀석을 꺼낼 수 있다면?"

"그럼 저도 질문 한 가지 드리도록 하죠. 그 녀석 몸에 무리가 가고 있으면 상태가 많이 위험한 겁니까?"

"증세에 따라 다르겠지만 위험하다고 봐야지."

담담한 그의 말투에 빈은 가벼운 한숨을 내쉬었다.

"역시 모험은 할 수 없어요. 전 안전하게 가겠습니다."

"그 말은……?"

"설아를 이야기 속에서 꺼내주세요. 이야기를 강제 종료시키는 한이 있어도 말입니다."

그녀의 말에 그는 가벼운 한숨을 내쉬었다.

"원본이든 복사본이든 아무거나 좋으니까 나한테 갖다 줘. 난 옷 갈아입고 올 테니까. 어디서 만날래?"

"오늘 같은 날이면 학교가 제일 안전할 겁니다. 이 시간까지 교실에 남아 있는 녀석은 거의 없을 테니까요."

"좋아. 그럼 학교 정문에서 봐."

그는 자신의 옷차림과는 전혀 어울리지 않게 터벅터벅 걷더니 골목 저편으로 치마를 휘날리며 사라졌고 차마 못 볼 걸 봤다는 표정의 빈 역시 발걸음을 돌렸다.

"뭐, 어쨌거나 한숨은 돌리게 생겼군요."

남주의 말에 혜령은 어깨를 으쓱거렸다. 리프란 호수가 설마 이곳을 보여주리란 생각은 하지 못했었기에 내심 긴장을 하고 있던 그녀는 남주의 말에 가벼운 한숨을 내쉬었다.

잠시 후 요란한 벨소리가 울려 퍼지자 남주는 조용히 전화를 받았다.

"무슨 일이야?"

빈으로부터 전화가 걸려오자 남주는 혹시나 설아의 상태가 나빠진 것은 아닐까 하는 불안한 생각이 들었지만 이내 고개를 저었다.

—설아 이야기 복사본이나 원본 둘 중에 아무거라도 좋으니까 나한테 보내줘. 아니면 내가 그쪽으로 갈 테니까 직접 줘도 괜찮고.

그녀의 말에 남주는 혜령을 흘낏 바라보았다. 복사본은 민식이 가져갔으니 남은 건 원본 하나밖에 없다는 생각에서였지만 혜령은 너무나 쉽게 복사본을 만들어냈다.

"여기."

그녀가 내미는 복사본을 건네받은 남주는 살짝 미간을 찡그렸다.

"이렇게 쉽게 복사본을 만들어도 될까요?"

"원본을 보내면 작업이 안 돼."

그녀의 단호한 말에 남주는 가벼운 한숨을 내쉬었다.

"어디쯤이야? 내가 그리로 갈게."

—그래 주면 고맙지. 여기 공원 입구니까 천천히 와.

통화를 끝낸 그녀는 혜령을 향해 생긋 미소를 지어 보였다.

"사정이 이렇게 되어버렸으니 죄송하지만 잠시 다녀오겠습니다."

"안 와도 좋으니까 여기 일은 신경 쓰지 말고 그거나 잘 전해줘."

퉁명스러운 그녀의 말에 남주는 손을 흔들어 보이며 밖으로 나왔다.

"으이구! 선배만 아니면 그냥 콱!"

툴툴거리며 공원 입구 쪽으로 걸음을 돌린 그녀는 빈을 쉽게 발견할 수 있었다.

"여기."

"아, 고마워."

그녀가 자신이 내미는 소프트를 잡으려는 순간 남주는 펼치고 있던 자신의 손바닥을 꼭 쥔 채 그녀를 바라보았다.

"이거 어디다 쓸 거야?"

"설아 돕는 데 쓸 거니까 걱정 마."

자신의 말에도 경계심이 풀리지 않자 빈은 살짝 눈살을 찌푸렸다.

"설마 나보고 너한테 내가 하는 있는 일들을 일일이 보고하고 다녀야 한다는 거냐? 나한테 시비 걸고 싶은 게 아니라면 서로 이쯤에서 끝내자."

남주는 그다지 내키진 않지만 그녀의 말대로 서로 마음 상하기 전에 이쯤에서 물러서는 것이 좋을 듯싶었다.

"가져가. 설아 몸은 어때?"

"…그저 그래."

"서로 무슨 일 생기면 전화해 주기다."

"알았어. 그럼 난 간다. 가지고 나와줘서 고마워."

빈은 남주를 향해 손을 흔들어 보이고는 유유히 그녀와 반대 방향으로 사라져 갔다. 한동안 사라져 가는 그녀의 모습을 지켜보던 남주는 뒤통수를 긁적거리며 혜령이 있는 곳으로 발걸음을 돌렸다.

뭔가 일이 잘못 돌아가고 있다는 생각이 들긴 했지만 그녀 혼자 할 수 있는 일은 아무것도 없거니와 지금에 와서 되돌리기엔 너무 늦었다는 생각에 그녀는 가벼운 한숨을 내쉬었다.

최선을 다하는 것, 진부하지만 유일한 대답

"이제 거의 갈 때까지 간 듯한 느낌이지?"

"그래서 막 나가게 되는 거 아니야?"

위들은 자신들의 말랑말랑한 꼬리를 만지작거리며 살짝 미간을 찡그렸다.

"우리 마스터는 사람이 너무 좋아. 나라면 말이지, 나한테 건방지게 구는 녀석은 이렇게 얍! 얍! 혼내줄 텐데……."

위 하나가 마치 권투를 하듯 주먹을 앞으로 내뻗자 깜짝 놀란 다른 위가 자기 꼬리를 밟고 넘어졌다.

"피효, 피효, 그것 봐. 난 역시 대단하다니까."

"뭐얏! 니가 때려놓고 지금 그런 말이 나와? 나랑 한판 할래?! 앙?!"

넘어진 위가 벌떡 일어나서 주먹을 쥐자 그는 가소롭다는 듯이 코웃음을 쳤다.

"내가 좋게 말할 때 패배를 인정하라구!"

의기양양한 표정으로 소리치는 위에게 무엇인가 검은 그림자가 드리워진다 싶더니 곧 이어 거대한 무엇인가가 덮쳐 왔다.

"으아아!"

'탁' 하는 소리와 함께 요란하게 날아가는 위의 비명 소리가 울려 퍼지자 남은 위 하나가 얼른 정신을 차린 듯 손을 붕붕 내저었다.

"그만 해, 이 난폭한 도마뱀!"

"…지금 뭐라고 했냐?"

위를 튕겨낸 것은 인간의 손가락이었다. 그리고 그 손가락의 주인인 예쁘장하게 생긴 소년이 위를 튕겨낸 손가락으로 자신의 귀를 후비며 심드렁한 표정을 짓고 있었다. 그의 발 아래로 수북하게 깔린 위들은 모두 기절한 것처럼 보였다. 꿋꿋하게 버티고 있는 위라고는 오로지 비장한 표정을 짓고 있는 자신뿐.

"그만 하라구! 어차피 마스터에 대한 이야기를 듣고 싶은 거 아니야?"

"그렇지. 너희 위들이 날 부른 이유도 바로 그것 때문이었지. 내 말이 틀려?"

"맞아. 그런데 넌 우리 위들을 괴롭혔어."

위는 괴롭혔다는 말보다 위협했다는 말을 하고 싶었지만 그랬다가는 저 무지막지한 손가락으로 자신을 칠 것 같아 약간은 소심한 모습을 보였다.

"내가 너희를 괴롭힌 이유가 뭐라고 생각해?"

그의 질문에 위는 시선을 다른 곳으로 돌렸다.

"그건 네 성격이 나빠서야."

“너도 막 나가기로 한 거냐?”

미간을 찡그린 그는 너무나도 조그만 위를 보며 고개를 저었다.

마을에 도착하자마자 ‘네가 피란트냐?’ 라는 소리에 주변을 살펴보니 바닥에 우글우글한 위들이 자신을 향해 소리를 질렀다. 마스터가 감옥에 있으니 구해달라는 것이 주 내용이었지만 그들의 말투는 하나같이 건방지기 짝이 없었다.

피란트가 드래곤임을 알고 있는 위들은 자신들이 너무 막 나가는 게 아닐까 염려했지만 이내 천성인 산만함에 묻혀 간을 배 밖으로 꺼내 보이게 되었다. 중요한 것은 위들은 그런 행위가 자살 행위나 다름없다는 것을 전혀 알지 못한다는 것이었다.

“뭐야?! 한번 붙어보겠다는 거야? 에잇!”

두 눈을 질끈 감고 마구 주먹을 휘두르는 위를 보며 피란트는 가벼운 한숨을 내쉬었다. 이런 녀석들에게 정보를 기대한 자신이 바보 같다는 생각을 하며 그는 마지막 위를 향해 검지를 날렸다.

“시간을 다스리는 법칙에 따라 나 피란트 쥬린 블루가 열어서는 안 되는 공간을 잠시 빌리려 한다. 워프!”

마치 먼지처럼 떨어져 있는 위들을 보며 피란트는 워프 게이트 안으로 들어가려다 말고 잠시 가벼운 한숨을 내쉬었다.

“축복받은 대지의 정령 놈과 성스러운 바람의 실프에게 그대의 주인 피란트 쥬린 블루가 명하노니 저기 있는 위들을 모두 사람들의 눈에 띄지 않는 곳으로 옮겨두도록 해.”

“알겠습니다, 마스터.”

바닥에 닿을 정도로 긴 수염을 가진 노인과 10대로 보이는 소녀가 자신의 말에 대답하는 것을 듣고서야 만족스런 표정으로 워프 게이트에 발을 디디는 피란트였다.

그의 워프 게이트는 여전히 화려하고 아름다웠지만 지나치게 짧았다.

"빠르면 그만큼 좋은 거지 뭐……."

아쉬운 생각으로 게이트를 벗어난 순간 자신의 눈앞에 불쑥 나타난 그림자에 깜짝 놀란 피란트는 순간 심장이 멎는 줄 알았다.

"어떻게 여기에……?"

"아무리 내 자식이라지만 넌 안목이란 게 없는 녀석 같구나."

그가 워프 게이트에서 빠져나오자마자 잔뜩 화가 난 듯한 얼굴로 투덜거리고 있는 티먼트의 목소리가 날아든 것이다.

"그거야 아버지를 닮은 거니까 저에게 뭐라고 하셔도 고쳐지진 않을 것 같습니다만 도대체 왜 이런 곳에 계시는 겁니까?"

피란트의 질문에 그는 여전히 퉁명스런 목소리로 대답했다.

"성룡이 되고 나면 아무도 그가 하는 일에 간섭하지 않는다."

"자신에게 직접적인 피해를 주기 전까진 그렇게들 합니다만 지금 제게 이런 말씀을 하시는 것과 무슨 관련이라도 있는 겁니까?"

그와 맞먹는 기운을 내뿜으며, 그렇지만 어디까지나 예의 바른 태도를 유지하는 피란트였다. 그에게 있어 해츨링이니 성룡이니 하는 것은 노인을 두고 세 살짜리니, 일곱 살짜리니 하는 소리와 같았다. 드래곤이라는 종족은 매우 자존심이 강한 종족이다. 그들은 아주 사소한 것이라 해도 간섭받는 것을 싫어하며, 귀찮은 것 또한 매우 싫어하는지라 서로가 간섭받지 않고 간섭하지 않는 철저한 개인주의적인 생활을 하고 있다. 서로의 생활에 간섭을 하는 경우는 거의 해츨링에 관련된 일이므로 아무도 그것에 관한 불만은 보이지 않는다.

아주 이례적으로 남의 일에 참견하기 좋아하는 드래곤이 있다면 그것은 티먼트와 같은 골드 일족으로 드래곤들 중에서도 가장 지혜로운 자들이 바로 이들이었다. 혹자들은 역대 드래곤 로드를 살펴보면 유난히 골드 일족이 많은 것도 남의 일에 참견하기 좋아하는―그들은 조언이라고 하지만―성격 때문이라고들 한다.

"자신의 일은 누구보다 자신이 잘 알아서 하겠지만 일행을 선택하려면 좀 더 괜찮은 녀석들과 다니란 말이다."

"무슨 일이 있었는지 모르지만 제 일행에 대한 험담은 듣고 싶지 않습니다."

딱 잘라 말하는 피란트를 보며 그는 살짝 눈살을 찌푸렸다.

"그들이 널 일행으로 생각하지 않아도 말이냐?"

그의 말에 피란트는 가벼운 한숨을 내쉬었다.

"그것을 판단하는 것은 그들의 몫이고, 제가 서운해하는 감정이 생긴다면 그 감정은 제 몫입니다. 걱정해 주시는 거라면 감사합니다만 그것이 지나치면 간섭이 되는 거겠지요, 티먼트 비쥬니아 골드님."

또박또박 악센트를 주는 그를 보며 티먼트는 약간의 서운함을 느꼈지만 저렇게나 선을 그어버리니 자신이 끼어들 틈이 없었다.

"피란트 쥬린 블루, 내 간섭이 지나쳤다면 사과하겠네. 그렇지만 자네는 자네 일행을 한 번 더 눈여겨볼 필요가 있을 걸세."

"충고 감사합니다. 평안하시길……."

"오냐, 난 이만 물러가 주지. 네가 끔찍하게 아끼는 일행들이라면 크리스티아 백작의 감옥으로 가보렴. 내가 정중하게 모셔갔던 곳이니 말일세."

이야기를 마치자마자 그의 모습은 순식간에 사라져 버렸다.

"하여간 불쑥 나타나서 참견하는 버릇은 여전하다니까."

피란트는 골치 아프다는 듯한 표정으로 그가 사라져 간 방향을 바라보았다.

"아무튼 난 그 크리스탈인지 크리스티아인지 하는 녀석의 감옥이나 가봐야겠군. 도대체 어떤 집안인지는 모르겠다만 날 피곤하게 만든 대가는 반드시 이자까지 쳐서 받아주마."

피란트가 이를 뿌드득 갈고 있는 그 순간에도 한스와 라이더는 감옥 안에 얌전히 갇혀 있었다.

감옥 안에 있는 사람들은 누구라고 할 것 없이 다들 무기력한 얼굴로 누워 있었고 특별히 수상하다고 생각할 만한 그 어떠한 기운도 느껴지지 않았다.

"우리 언제까지 이렇게 있어야 해?"

무력함은 그 어떤 감정보다 전염성이 강한 감정이었다. 그 증거로 한스와 라이더의 기분은 그 어느 때보다도 차분하게 가라앉아 있었다.

"티먼트님께서 다시 오실 때까지 기다리는 것이 좋지 않겠습니까?"

"그 사람이 언제 오는데?"

눈살을 찌푸리며 퉁명스럽게 질문하는 그를 보며 한스는 어깨를 으쓱거렸다.

"그거야 저도 알 수 없습니다만……."

"…그러니까 언제 올지도 모르는 사람을 이런 곳에서 마냥 기다리라고?"

어이가 없다는 듯한 그의 목소리에 한스는 예의 사람 좋아 보이는 미소를 지었다.

"마냥 기다리라는 말은 아니니 안심하십시오. 지금은 밖에 나간다고 해도 곧 해가 질 테니 오늘 하루만 기다려 보자는 겁니다. 아무리 불편해도 마을 한가운데에서 노숙하는 것보다야 낫지 않겠습니까?"

한스의 말이 옳은 말임을 알고 있긴 하지만 라이더는 어쩐지 이곳에서 조금이라도 빨리 벗어나는 것이 좋을 거란 생각이 들었다. 게다가 이곳에 처음 도착했을 때는 느끼지 못했던 이명(耳鳴)이 그의 머리 속에 매미가 달라붙어 울어대는 것과 맞먹을 정도로 울려대는 탓에 두통까지 엄습해 왔다.

"이런 곳에 있을 바에야 차라리 마을 한가운데에서 노숙을 하는 게 더 낫겠다. 여긴 음침해서 기분 나빠."

감옥을 좋아하는 사람이야 어디 있겠냐만은 라이더의 지칠 줄 모르는 투정에 한스가 지칠 노릇이었다.

"정 참기 힘들다면 차라리 눈이라도 좀 붙이시는 게……?"

"이런 기분 나쁜 곳에서 잠이 오냐? 잠이 와?"

기가 막힌다는 그의 말투에 한스는 가벼운 한숨을 내쉬었다. 마치 이곳에서 몇 년 동안이나 갇혀 있었던 것만 같은 느낌에 이 불쾌한 공기가 익숙하게 와 닿았다.

그와 동시에 피곤함이 밀려들기 시작했다. 머리만 닿는다면 언제든지 잠들 수 있을 것 같은 느낌에 스르륵 눈을 감았다.

"이봐, 한스. 너 지금 날 놀리는 거야?"

약간 화가 난 듯한 그의 말투에 화들짝 눈을 뜬 한스는 정신을 차리려는 듯 고개를 저었다. 마치 약 먹은 병아리마냥 비실대고 있는 그가 못마땅했는지 라이더는 조용히 운디네를 소환했다. 그녀는 라이더의 고갯짓만으로도 그가 원하는 것이 무엇인지 알 수 있다는 듯 고개를 끄덕여 보였다. 그리고는 그녀의 아름다운 목소리가 울려 퍼지더니 차가운 물이 한스를 흠뻑 적셔 버렸다.

"정신이 좀 드냐?"

보통이라면 이게 무슨 짓이냐고 펄쩍 뛰며 화를 내야 정상일 텐데 한스는 그런 물벼락이 고맙다는 듯 운디네를 향해 꾸벅 목례를 해 보인다.

"덕분에 정신이 좀 든 것 같군요."

그리고는 아무 일도 없었다는 것처럼 예의 뜨고 있는 건지 감고 있는 건지 모를 실눈으로 조심스럽게 주변을 살폈다.

"뭔가 좀 이상하지 않습니까?"

"많이 이상해."

심각한 표정으로 자신을 바라보는 라이더에게 그는 고개를 끄덕거렸다.

"마법의 흔적이라거나 수상한 기적 같은 것이 느껴졌다면 라이더님께서 가만히 계시진 않았을 테니 마법은 아닐 테고, 말로만 듣던 저주의 일종입니까?"

"……?"

무슨 소리냐는 듯한 표정으로 한스를 빤히 바라보던 라이더는 그가 아무런 설명을 해주지 않자 자신이 먼저 입을 열었다.

"내가 이상해하는 건 이야기 중에 꾸벅꾸벅 졸아놓고 전혀 미안해하거나 부끄러워하는 기색이 없는 한스, 바로 너라구."

그의 말에 한스는 쿨럭쿨럭 헛기침을 해 보였다.

"제가 이상하다는 것은 갑자기 기분이 가라앉더니 잠이 쏟아지는 것에 대해서였습니다만, 어쨌거나 대화 도중에 자버린 것에 대해서는 할 말 없습니다. 너그러이 용서하시길……."

정중한 그의 말투에 라이더는 머쓱했던지 머리를 긁적거렸다.

"뭐, 어차피 뜬 건지 감은 건지 구분도 안 되던 얼굴인데… 이번엔 내가 넓은 마음으로 이해해 줄게. 엘프란 원래 이해심이 넓거든."

'난 선량해요!' 라고 주장하는 듯한 표정으로 생긋 미소를 짓고 있는 라이더를 보며 한스 역시 생긋 미소를 지어주었지만 그의 입꼬리가 미세하게 떨려왔다. 그런 한스의 속마음을 눈치 채지 못한 것인지 라이더는 계속해서 자신의 말을 이어 나갔다.

"뭐, 마법이라거나 주술을 쓴 흔적 같은 건 없어. 신경 쓰이는 것이 있다면 이명(耳鳴) 정도랄까……."

미간을 찡그리며 귀를 뒤로 젖히는 라이더에게 한스는 의아한 표정으로 반문했다.

"이명이라니요?"

"그것도 몰라? 귓가에서 파리 같은 게 윙윙거린다고 해야 하나? 머리 속에 매미가 붙어서 시끄럽게 울어대는 것 같은 기분 나쁜 소리가 이명이잖아. 남한테는 안 들리는데 자기한테만 들리는……."

한참 열을 올리며 설명하는 라이더를 보며 한스는 사람 좋은 얼굴로 고개를 흔들었다.

"제 말은 이명의 뜻을 묻는 게 아니라 지금 이명이 들리시는 것인지, 그렇지 않은 것인지에 대한 질문이었습니다."

"두통이 날 정도야. 넌 아무렇지도 않은 거야?"

"네. 전 아무렇지도 않습니다만……."

걱정스러운 표정으로 자신을 바라보는 한스에게 라이더는 괜찮다는 듯 손을 들어 보였다. 성가신 소리라고만 생각했던 그 이명에 정신을 집중해서인지 그는 그 소리에 일정한 규칙이 있다는 것을 알아냈다.

"잠깐만! 한스."

"네?"

그가 그 소리에 온 신경을 집중시키자 두통은 더 심해졌지만 그것이
이명이 아닌 다른 종류의 소리라는 것을 깨달았다. 음악 소리 같기도
하고 단순한 잡음 같기도 한 그것은 듣고 있는 자의 신경을 긁어놓아
한층 피로가 쌓이도록 만드는 것만 같았다.

"이명이 아니야."

"네?"

의아한 표정으로 자신을 바라보는 한스에게 그는 조용히 하라는 듯
검지를 입가에 대고 귀를 쫑긋 세웠다. 그리고는 소리가 들려오는 방
향을 찾기 시작했다.

"도대체 이건 뭐지?"

청각, 시각, 후각 모든 면에서 인간보다 월등히 뛰어남을 자랑하는
엘프조차 이명으로 생각할 정도로 미세한 소리인지라 한스는 아무리
귀를 기울여도 그 이상한 소리를 들을 수 없었다.

한참 동안 움직이지 않던 라이더가 마침내 사람들이 많이 모여 있는
곳으로 발걸음을 옮기자 한스 역시 조용히 그의 뒤를 따랐다.

"이것은……?"

사람들은 라이더와 한스가—비록 조심하고 있다고는 하나—자신들을
지나쳐 가고 있을 때조차 조금도 움직이지 않았다. 마치 살아 있지만
이성이 없는 듯한 그들의 반응에 라이더는 가벼운 한숨을 내쉬었다.
감옥 구석에 잡초처럼 군데군데 피어 있는 난쟁이 꽃을 발견한 것이다.
하나의 줄기에 여러 송이의 꽃이 피어 있는, 그다지 특이할 것이 없는
꽃이었지만 바람도 없는 이곳에서 천천히 흔들리는 것이 한스가 보기

에도 평범한 꽃은 아닌 것 같았다.

"야스미인가?"

"야스미?"

한스의 의아한 듯한 목소리에 그는 난감한 표정을 지어 보였다.

"일종의 수면화라고 해야 하나. 사람의 마음을 무기력하게 만드는 꽃이지. 동시에 사람들의 기억을 지워 버리기도 해."

그는 내키지 않는다는 듯이 야스미라고 불리우는 식물들을 조심스럽게 뽑아냈다.

"잘 사용하면 약초지만 잘못 사용하면 독초지."

"그렇군요."

고개를 끄덕이며 야스미를 뽑기 위해 손을 뻗는 한스의 손을 빠르게 쳐낸 라이더는 단호한 얼굴로 고개를 저었다.

"만지지 마. 인간에게 위험한 식물이니까."

"그런 거라면 당연히 저도 거들어야 하는 겁니다. 혼자서만 위험한 일을 하게 할 순 없으니까요."

한스의 말에 라이더는 자신의 가슴을 주먹으로 탁 소리가 나도록 치더니 단호한 목소리로 말을 받았다.

"어이! 넌 인간, 난 엘프. 저 식물은 누구에게 위험한 거라고 했지?"

마치 어린아이를 앞에다 두고 단단히 주의를 주고 있는 듯한 그의 말투에 한스는 약간은 어이없다는 목소리로 대답했다.

"인간에게 위험하다고 하셨습니다만?"

"그래, 인.간.은 거기서 잠자코 구경이나 하라고."

그는 '인간'이라는 단어에 악센트를 주며 자신의 배낭에 야스미를 집어넣었다.

"환기를 시켜주면 이 사람들도 정신을 차리겠지만 이미 사라진 기억까진 나도 어쩔 수 없어. 무슨 죄를 지어서 갇혀 있는 건지 모르겠지만 이런 건 심하잖아. 남의 기억을 함부로 지우다니……."

라이더의 말에 한스는 고개를 끄덕거렸다.

"취향이 나쁜 성주군요. 이런 것은 구하기도 힘들 텐데……."

살짝 미간을 찡그리던 라이더는 사람들로부터 떨어진 곳으로 걸음을 옮겼다.

"날이 밝으면 여기서 바로 빠져나가야겠어. 느낌이 좋지 않아."

"나가고 나면 어디로 가야 할지 생각해 보셨습니까?"

한스의 질문에 라이더는 아주 당연하다는 표정으로 그를 바라보았다.

"그런 건 리더 몫이야."

"…그런 걸 누가 정한 겁니까?"

한스의 어이없다는 듯한 말투에 라이더는 다시 한 번 당연하다는 듯한 표정으로 입을 열었다.

"내가."

너무나 당당한 그의 태도에 한스는 가벼운 한숨을 쉬었다.

"여기서 뭐 하고 있는 거예요?"

익숙한 목소리에 고개를 들어보니 그곳에는 파란색의 단발머리를 찰랑거리고 있는 피란트가 서 있었다.

"아, 가셨던 일은 잘되신 건가요?"

사람 좋은 얼굴로 생긋 미소 짓는 한스에게 그는 반사적으로 미소를 지어 보였다.

"덕분에 잘 만나고 왔어요. 워낙 잔소리 많은 노인네라서 일이 좀 생기긴 했지만… 아! 이런 이야기를 하려던 게 아니잖아요."

살짝 미간을 찡그리던 피란트는 가벼운 한숨을 내쉬며 라이더를 바라보았다.

"왜 이런 곳에 갇혀 있는 거야?"

라이더는 생각만 해도 열받는다는 표정으로 미간을 찡그렸다.

"운이 없었어."

한마디로 간단하게 이야기를 마무리 지어버리는 그를 보며 피란트는 한스에게로 고개를 돌렸다.

"그런 말로 누가 이해를 하겠어요? 무슨 죄라도 지은 거예요?"

한스가 뭐라고 대답하기도 전에 라이더가 그의 말을 받았다.

"빌어먹을 노인네한테 속았어."

"…알아들을 수 있게 설명해 주면 안 돼?"

"못 알아들은 쪽이 바보야. 한스는 전부 이해한 표정이잖아."

"그거야 같이 있었으니까 그런 거지."

거의 반쯤 상황 파악을 포기해 버린 듯한 피란트를 보며 한스는 예의 사람 좋은 얼굴로 고개를 끄덕거렸다.

"그런데 저희가 이곳에 있다는 건 어떻게 아셨습니까?"

"위들이 가르쳐 줬어요. 여기 있을 거라고."

"그 시끄러운 게 도움이 될 때도 있구나."

피란트의 말에 라이더는 좀 의외라는 듯한 표정으로 한스를 바라보았다.

"뭐, 너무 시끄러워서 문제죠. 어지간하면 한스 형이 그 녀석들 입에 자물쇠 좀 채워 버리세요."

아무 말 없이 사람 좋은 얼굴로 난처한 듯한 미소를 짓는 그에게 피란트는 가벼운 한숨을 내쉬었다.

"그래서 이제부터 어떻게 하실 거죠?"

"내일 해가 뜰 때까지만 이곳에 있다가 밖으로 나갈 생각입니다만 뭔가 좋은 생각이라도 있으십니까?"

"여기서 나가면 어디로 가실 건가요?"

피란트의 질문에 라이더는 다시 한 번 한스의 말을 가로챘다.

"한스가 알아서 잘하겠지. 그보다 여기서 어떻게 나갈 거야?"

"뭐, 나가려고 하면 뭔들 못하겠어? 마법 쓸 줄 아는 사람이 둘이나 있는데 뭐가 걱정이야?"

그의 말에 라이더는 살짝 미간을 찡그렸다.

"난 엘프야."

"누군 사람이야? 난 드… 뭐, 말이 그렇다는 거지."

주변을 둘러보며 황급히 말을 수습해 버린 피란트는 한스를 향해 시선을 돌렸다. 얼굴에 '난 좋은 사람이에요' 라는 보증서가 붙어 있는 듯한 한스를 성주에게 복수할 생각이 없냐고 꼬셔봤자 곤란하다는 대답이 나올 게 뻔하다는 생각이 들었다. 다시 한스보다 꼬시기 쉬운 라이더에게로 시선을 돌리려는 순간 한스가 입을 열었다.

"여기서 나가면 여관으로 가서 정보를 좀 모을 생각이었지만… 피란트님."

"네?"

"혹시 이곳 성주와 만날 수 있는 방법이 있겠습니까?"

의외의 말이긴 했지만 어차피 한 번은 성주를 손봐주려던 그였기에 한스의 말이 끝나기가 무섭게 입을 열었다.

"가죠."

성큼성큼 앞으로 걸어가는 피란트를 보며 한스와 라이더는 의아한 표정으로 그를 불러 세웠다.

"어딜 가자고?"

"드래곤을 만나고 싶으면 어디로 가?"

"그야 드래곤 레어겠지."

"엘프를 만나고 싶으면 어디로 가?"

"그야 숲으로 가야겠지."

라이더의 대답을 만족스럽게 듣고 있던 피란트는 의기양양한 목소리로 질문했다.

"성주를 만나고 싶으면 어디로 가야 할 것 같아?"

"그야 당연히 성이겠지."

"그래. 그게 당연한 거잖아. 그런데 그렇게 당연한 걸 뭘 물어보고 그래?"

너무나도 당연한 듯한 그의 말투에 말려든 라이더가 '아아, 그렇구나' 라며 고개를 끄덕거려 대자 한스는 가벼운 한숨을 내쉬었다.

"그렇게 간단한 문제가 아닌 것 같습니다만?"

피란트는 생긋 미소를 지으며 한스를 바라보았다.

"간단해요. 성주가 있는 곳을 찾기만 하면 되는 거니까 아주아주 쉽고, 간단한 문제죠."

어렵게 생각할 필요 없다는 그의 말에 라이더는 연신 고개를 끄덕거렸다.

"임플란드 전체를 뒤지고 다니는 것보다 성 하나 뒤지는 게 더 쉬운 건 쉬운 일이니까. 이런 걸 어려워하면 아크레를 잡을 수 없어."

이상한 논리라고 생각하면서도 그들의 박력에 밀린 한스는 한숨을 내쉬었다.

"숲이나 레어에 들어가지 않고도 드래곤과 엘프를 잡을 수 있는 사람이 있다는 것 아십니까?"

난데없는 그의 질문에 피란트와 한스의 눈빛이 매서워졌다.

"인간이 그렇게까지 강하다고 생각하는 거야? 만일 그런 인간이 있다면 그건 인간의 탈을 쓴 드래곤이겠지."

라이더의 말에 피란트는 조용히 고개를 끄덕거렸다.

"인간을 무시하는 말은 아니지만 그렇게 대단한 인간이 있었다면 저도 그의 이름 정도는 들어본 적이 있을 텐데… 누가 그런 말을 하던가요?"

한스는 그들의 어깨에 손을 올렸다.

"그는 그렇게 대단한 사람은 아니지만 두 분과 잘 아는 사이입니다. 틀림없는 인간이라는 것도 제가 보장드릴 수 있습니다."

그의 말에 피란트와 라이더는 서로 의아한 표정을 지어 보였다.

이 일행이 공통적으로 알고 있는 사람이라고 해봐야 여행하다 스쳐지나갔던 사람들이―물론 그런 사람들도 아는 사람이라고 할 수 있다면 말이지만―전부였다. 그중에 드래곤 슬레이어로 의심되는 사람은……?

"그런 사람이 있을 리가 없잖아. 누굴 놀리는 거야?"

그의 말에 피란트는 아무런 말도 하지 않았지만 여전히 미심쩍어하는 표정이었다. 한스는 사람 좋은 표정으로 생긋 미소를 지었다.

"그렇게 대단한 사람은 아닙니다. 바로 당신들을 잡고 있는 사람이니까요."

그의 말에 피란트와 라이더는 어이없다는 표정을 지어 보였다.

"뭐야, 한스. 그건 우리가 밖에 있으니까 그런 거잖아."

“그래요. 게다가 잡는다니…….”

“말장난 같지만 틀린 말은 아니라고 생각합니다만……?”

여전히 사람 좋은 얼굴로 미소 짓고 있는 한스를 보며 피란트와 라이더는 가벼운 한숨을 내쉬었다. 어쨌거나 말로는 그를 이길 수 없다는 생각이 들었던 것이다.

“만일 누군가가 레어나 숲으로 가서 피란트님이나 라이더님을 만나려고 해도 지금 여기에 계신 두 분을 만날 수 있겠습니까?”

“당연히 만날 수 없겠죠. 혹시 성주가 자리를 비웠을 거 같아서 그러시는 거예요? 그런 거라면 나중에 다시 오면 되니까 그렇게 걱정하지 않으셔도 괜찮아요.”

피란트가 어깨를 으쓱거리자 라이더 역시 그의 말에 동의한다는 듯 고개를 끄덕거렸다. 한스는 자신이 뭐라고 해봤자 순순히 자신의 말에 따라줄 것 같지 않다는 것을 깨닫고는 졌다는 표정으로 양손을 들어 올렸다.

“뭐, 그렇다면 들키지 않게 조심하도록 하자구요.”

“맡겨줘요. 나 피란트 쥬린 블루가 명한다. 모든 이들의 눈동자로부터 해방을! 인비지빌리티! 우리 앞을 가로막는 것은 없을지어다. 패스월.”

순식간에 서로의 눈에서 사라진 그들은 한동안 침묵을 지켰다.

“…저기 이제부터 어떻게 할 생각이십니까?”

한스가 주변을 두리번거리며 침묵을 깨자 저만큼 떨어진 곳에서 피란트의 대답이 들려왔다.

“이곳 5층에서 뵙도록 하죠.”

피란트의 말에 그들은 비록 보이지는 않지만 서로가 있는 곳이라고 생각하는 방향을 향해 의미심장한 눈빛을 보냈다.

"어쨌거나 아무도 눈치 채지 못하도록 조심해. 그럼 5층에서 만나."

라이더의 말을 끝으로 다들 발소리를 죽인 채 이곳에서 벗어나기 시작했다.

그들이 이곳을 떠나고 나자 정신을 차린 듯한 여러 명의 죄수들이 회상하길… '우리는 무슨 귀도 없는 줄 아나? 지들이 마법사면 다냐?' 라고 불만을 털어놓았다고 한다. 그것도 조금은 미래의 일이지만 말이다.

*   *   *

"그러니까 아무리 뒤져도 안 나온다. 이거죠?"

뿌드득— 뿌드득—

소름이 끼칠 정도로 이를 갈아대는 소녀의 모습에 쩔쩔매던 청년은 반쯤 기가 죽은 목소리로 대답했다.

"면목없습니다. 손해는 저희가 어느 정도 책임을 지도록 하겠습니다. 그리고 뮤 역시 계속 찾아보겠습니다."

자신의 막내동생뻘의 소녀에게 연신 고개를 조아리던 청년은 소녀가 안경을 검지손가락으로 끌어 올리자 가벼운 한숨을 내쉬었다.

누가 보면 소녀에게 물에 빠진 드워프를 구해줬더니 연장 내놓으라며 드러눕는 격이라고 나무랄 수도 있겠지만 자신은 아무런 말을 할 수가 없었다.

'맡겨주십시오. 이런 일은 저희 전문이니 최대한 빨리 찾아드리겠습니다' 라고 말한 것이 벌써 일주일 전이었다.

말을 하지 않았었다면 모르되 이미 찾아주겠다고 약속한 터라 그는 이러지도 저러지도 못하는 가엾은 처지가 되어버렸다.

소녀의 모든 재산이 그 뮤라는 생물체의 뱃속에 고스란히 들어 있었다니 그녀 또한 절망적인 상황일 거란 생각에 그는 더 더욱 미안한 감정이 앞섰다.

도둑이나 강도를 만났다면 이 일대는 자신의 관할이니 자신의 책임이고, 만약 엘리로부터 빼앗겼다면 그것 역시 무리하게 이번 일을 부탁한 자신에게 어느 정도 책임이 있다고 생각하는 그였다.

솔직히 그녀에게 어느 정도의—그것이 설령 그녀가 평생 놀고 먹을 수 있을 정도의 액수라고 하더라도—금전적인 보상을 해준다고 해서 길드에 피해가 생길 것도 아니고, 어차피 그녀에게 어느 정도 사례를 해줄 생각이었던 그는 미간을 찡그리고 있는 소녀를 향해 조심스럽게 입을 열었다.

"물론 그동안 필요한 모든 것은 제 이름을 걸고 책임지겠습니다."

"모자라요."

안경 속으로 날카로운 눈동자를 반짝이는 소녀를 보며 그는 의아한 표정을 지어 보았다. 처음 볼 때부터 보통내기가 아니라고 느꼈지만 뭔가 이윤이라도 남기길 바라는 걸까?

"뭐가 모자르다는 겁니까?"

그의 질문에 소녀는 당돌한 표정을 지으며 그를 똑바로 노려보았다.

"당신의 이름만으로는 모자라요. 길드의 명예를 걸어주세요."

상당히 건방지기 짝이 없는 말이었지만 청년은 아무런 말도 하지 못했다.

뮤를 찾아오라는 그녀의 주문은 정식적인 의뢰였고, 실패는 고객의 신뢰를 잃어버리게 하는 것을 잘 알고 있는 그였다.

"제 뮤를 찾을 때까지 모든 것을 지원해 주신다는 걸 길드의 명예를 걸고 보장해 주셨으면 합니다만 무리한 요구입니까?"

"아닙니다. 보장하죠. 길드의 명예를 걸고 설아님의 후원자가 되어 드리겠습니다."

무표정한 그를 보며 설아는 그제야 생긋 미소를 지었다. 소녀다워 보이는 귀여운 미소에 청년은 가벼운 한숨을 내쉬었다.

정확히 한 달 가까이 소녀는 뮤를 기다려야만 했다. 솔직히 이야기 하자면 기다린 것이 아니라 발이 묶여 버렸다고 해도 과언이 아니다.

소환책, 여벌의 옷, 음식, 기타 여행에 필요한 모든 물품을 다 먹어 버린 뮤였다. 게다가 뮤는 이곳의 감시자로 설아를 감시해야 할 의무 가 있었다.

전에도 뮤의 행방이 묘연해지던 때가 있었지만 그땐 자신이 어딘가 로 이동하는 시기에 맞춰 기가 막히게 등장하곤 했다. 설령 그가 찾아 내지 못한다 해도 또다시 은근슬쩍 나타나지 않을까 기대하고 있었던 터라 이 한 달 가까이를 철없이 보이는 아델라이데와 놀아주는 것에 시간을 허비했다.

"…그럼 첫 번째 부탁입니다만 뮤를 빌려주시겠습니까?"

"이 '뮤'를 말씀하시는 겁니까?"

거의 바닥과 한 몸이 되려는 듯 바닥에 납작 엎드려서 일어나지를 않는 뮤를 보며 그는 곤란한 표정을 지었다. 사실 설아가 뮤를 가방 용 도로 사용한 것처럼 그 역시 뮤를 보물 창고 용도로 사용한 것이다. 눈 속임을 위해 모든 보석을 뮤에게 먹일 수는 없었지만, 정말 값이 나가 거나 길드에서 소중히 간직해 온 것들을 뮤를 통해 보관해 온 것이다.

난데없이 그런 뮤를 빌려달라니…….

"마법 주문을 걸어놓은 가방이 필요하시다면 준비해 놓도록 하겠습니다."

"이봐요. 제가 부탁드린 것은 뮤일 텐데요?"

얼굴에 치사하게 처음부터 그렇게 약속을 깨려고 드냐는 표정을 짓고 있는 설아를 보며 그는 가볍게 기침을 해댔다.

사실 그가 설아의 후견인이 되기로 한 것은 자신을 도와준 것에 대한 보답의 차원뿐만이 아니라 그녀의 뮤를 찾아주지 못한 것에 대한 사과의 의미가 더 컸다.

자신의 뮤까지 그녀에게 줘버릴 바엔 그가 무엇 때문에 귀찮은 후견인을 자청했겠는가? 이건 해도 너무했다. 칼만 들지 않았을 뿐 완전히 강도 심보 아니냔 말이다… 라는 생각 따윈 입속에서만 둥둥 떠다니고 있었다.

그런 그의 생각을 읽은 것인지 설아는 악덕 상인 같은 매서운 표정을 지으며 그를 노려보았다.

"누가 뮤를 뺏는다고 했어요? 제 뮤를 찾을 때까지만 빌린다고 했지. 마법 가방이라면 저도 구할 수 있다구요. 시간이야 걸리겠지만 그 정도는 마법사 길드에 가서 사 오면 되니까 말이죠. 그치만 뮤는 딱 두 마리뿐이에요. 저거랑 제거. 선택권이 아저씨에게 있다면 아저씨는 어떤 걸 선택하겠어요?"

그는 설아의 말에 더 큰 충격을 받은 것이다.

"빌려간다는 것은 주인이 원할 때 돌려준다는 말이겠죠?"

간신히 충격에서 벗어난 그가 조건을 다는 듯한 묘한 뉘앙스를 풍기자 그녀는 고개를 끄덕거렸다.

"물론이에요. 빌려주고 바로 가져가겠다는 이야기만 하지 않는다면."

"좋습니다. 설아님께 필요할 만한 것은 뮤에게 집어넣도록 하죠."

그는 아직까지 바닥에 붙어 있는 뮤를 들어 올리더니 그녀에게 가벼운 목례를 해 보였다.

"아무튼 그동안 폐를 너무 많이 끼친 게 아닌지 모르겠네요. 앞으로도 잘 부탁드립니다. 내일 해가 뜨는 대로 마을에서 떠나려고 해요."

정중하게 인사를 건네는 그녀를 보며 그는 고개를 끄덕거렸다.

"그럼 준비를 서둘러야겠군요. 달리 필요한 게 있으시다면 하인을 시켜 말씀하십시오."

그가 나가자 설아는 가벼운 한숨을 내쉬었다.

은근히 믿고 있었던 소환책을 분실해 버렸으니 이제는 그녀 또래의 평범한 소녀에 지나지 않는다는 생각이 들었다. 자신의 후원자가 도둑 길드의 마스터라는 사실을 전혀 자각하지 못하고 있었던 것이다. 어쨌거나 여기서 언제까지고 신세를 지고 있을 수만도 없으니 죽이 되건 밥이 되건 이제는 움직여야 할 차례였다.

엘리와 키리아의 문제는 이제 더 이상 자신의 문제가 아니었다.

분명히 양측에 전할 말은 다 전했고 그것으로 설아의 역할은 끝났다. 아델라이데로부터 도움을 기대할 수 없다면 그녀는 또 다른 방법을 찾아야만 했다.

주인공이 없는 이야기는 존재할 수 없다는 생각을 하며 그녀는 새로운 주인공을 물색했다. 사실 뛰어난 조연이 주인공 때문에 가려지는 경우는 얼마든지 있었기에 주인공을 바꾸려고 하면 얼마든지 바꿀 수 있었다.

　문제는 그들을 조연으로 만들어 버린 것이 자신이었기에 그들이 주인공이 되지 못한 이유를 무시할 수 없다는 것이다. 그들에게 부족한 것을 채워주거나 알려주는 것, 그래서 주인공에 어울리게 만들어주는 것이 자신이 할 일이라고 생각되었다.

　그리고 이 이야기가 끝나야만 자신이 원래의 세계로 돌아갈 결심이 설 것 같았다.

　"레번과 라이더… 둘 중에 누가 더 좋을까? 피란트를 내세우자니 지금 내 실력으로는 드래곤 지랄 시리즈 되기 딱 좋으니까 곤란하고……."

　양손으로 머리카락을 감싸 쥔 그녀는 한 움큼 빠진 자신의 머리카락을 노려보며 가벼운 한숨을 내쉬었다.

　"이러다 조만간 대머리 되겠다. 으으… 할 수 없지. 일단은 만나보고 나서 생각해야지."

　지도를 펼쳐 들며 그녀는 의미심장한 미소를 지어 보였다. 자신이 이곳으로 떨어졌을 때부터 지금까지 빠뜨리지 않고 부지런히 챙겨온 것이 있다면 그건 아마도 날짜일 것이다.

　"이야기만 질질 끌지 않는다면 현실 세계로 돌아갔을 때도 그렇게까지 시간 차이가 크게 나지는 않을 텐데……."

　돌아갈 생각을 하니 이곳에서 강제로 쫓아내 버린 자신의 친구들이 떠올랐다.

　솔직히 돌아간 다음을 생각하면 뒤가 몹시 구린 설아였다.

　특히 방까지 같이 사용하는 빈을 떠올릴 때면 등 뒤로 식은땀이 흘러내렸다. 돌아가면 몇 번 밟히는 정도로 끝나지는 않으리라.

　"휴— 불쌍한 내 신세야."

그녀의 시선은 임플란드의 리프란과 시에라로 교차되었다.

"이노르에서 가까운 곳은 역시 시에라 쪽이겠지? 그렇다면 일전에 친구들에게 약속했던 꽃미남… 부터가 되는 건가?"

머리 속으로 붉은 장발의 성질 더러운 엘프를 떠올리자 그녀는 입가에 저절로 흐뭇한 미소가 지어졌다.

성격이야 어떻든 간에 라이더는―얌전히 입만 다물고 있는다면―누가 뭐랄 것도 없이 모든 소녀들의 로망이라는 백마 탄 왕자님의 외모다.

꽃미남을 좋아하는 그녀인지라 우락부락한 레번보다는 뭔가 있어 보이는 라이더에게 조금 더 많은 기대를 하는 것은 어찌 보면 너무나 당연한 일이었다.

"그렇지만 이 거리를 배를 타고 이동해야 한다는 거지?"

지도에 그려져 있는 무시무시한 여백들이 바다라니, 그녀가 시에라에 도착하기도 전에 그는 다른 곳으로 자리를 옮길 것이다.

"우우, 그치만 너무 멀다."

가벼운 한숨을 내쉬며 설아는 다시 한 번 지도를 바라보았다. 그녀는 이내 자신이 이 세계의 소녀들과 다른 점을 기억해 냈다. 그것은 이 세계에 관련된 일을 모두 꿰뚫어 보고 있다는 것이다. 자신이 라이더를 쫓아 시에라로 갔을 때 그들이 도착할 행선지를 알고 있으니 그녀는 아예 처음부터 그 장소로 가버리면 된다.

"그냥 일찌감치 가서 기다리고 있는 게 나으려나?"

모든 준비는 끝났다. 한 달 동안 이야깃거리 역시 모자르지 않도록 만들어냈다. 이야기가 끝으로 가기 위해서는 사라졌던 것들을 다시 만들거나 대신 할 만한 무엇인가를 만들어야만 한다.

그런 역할을 정하는 건 설아뿐이니 결국 그녀는 이야기 속에서 자신이 그들과 접촉할 만한 핑계를 만들어내야만 했다.

"…역시 그것뿐이겠지?"

머리를 긁적거리며 그녀는 가벼운 한숨을 내쉬었다.

"결국 여관 이름만 정하면 만사 O.K인데… 난 작명 센스가 꽝이라…….."

그녀는 다시 양손으로 머리카락을 부여잡고 끙끙 앓기 시작했다.

"정말이지 이름 정하는 건 너무 어려워."

*　　　*　　　*

"복사본이야, 원본이야?"

어느새 평상시의 모습으로 돌아온 석진이 소프트를 건네받고는 생긋 미소를 지었다.

"글쎄요……. 제가 기억하기로는 원본이든 복사본이든 상관없다고 하셨던 것 같은데 아닙니까?"

"상관없지만 그냥 궁금해서 물어본 거야. 그런데 다들 순순히 나를 믿어주겠대? 이렇게 빨리 온 거 보면 큰 다툼은 없었던 모양이지?"

자신의 M.C를 켜며 약간은 비아냥거리는 듯한 태도로 질문하는 석진을 보자 빈의 주먹이 부르르 떨렸지만 얼굴만큼은 최대한 평정을 유지해 냈다.

정말이지 저 얄미운 뒤통수를 마음껏 두들겨 줬으면 속이 다 후련해 지겠지만 그랬다간 일이 다 틀어져 버릴 테니 최대한 인내심을 발휘해서 참는 수밖에 없었다.

빈은 숨을 잔뜩 들이마시고는 천천히 내쉬었다. 그리고는 조용히 입을 열었다.

"말하지 않았으니 그런 문제라면 신경 쓰지 마십시오."

"뭐라고?"

그가 눈살을 찡그리자 빈 역시 그다지 기분 좋은 표정은 아니었다.

"그래서 나중에 어떻게 하려고?"

"선배님께 피해가 갈 일은 없을 테니 걱정하지 않으셔도 됩니다."

약간은 퉁명스럽게 느껴지는 그녀의 목소리에 그는 M.C의 전원에 손을 가져다 대고는 전형적인 악당에게나 어울릴 법한 야릇한 미소를 지어 보인다.

"나한테 그렇게 나올 만한 입장은 아닐 텐데?"

"…치사한 것 같지 않습니까? 사소한 일로 협박이라니."

약간은 어이없는 듯하면서도 당황한 표정으로 자신을 바라보는 빈에게 그는 여전히 여유있는 표정을 지어 보였다.

"난 원래 이런 녀석인걸. 몰랐어? 아무튼 내가 알아들을 수 있게 설명해 봐. 도대체 말하지 않았다니… 그러다가 네 친구들이 알게 되면 뭐라고 변명하려는 거야?"

그의 말에 빈은 가벼운 한숨을 내쉬었다.

만약 자신이 설아의 몸 상태가 안 좋으니까 석진 선배를 시켜 이야기를 종료한 다음 강제로 설아를 이야기 밖으로 나오게 만들 거라면 소프트는커녕 그 자리에서 바로 쫓겨났을 것이다.

석진을 신뢰하는 사람도 없거니와 그녀들은 설아의 이야기에 더 이상 간섭하는 것을 원하지 않을 것이다.

"일이 잘 풀리면 천천히 설명하면 되니까 신경 쓰지 마세요."

"일이 꼬이면?"

"제가 다 뒤집어쓰면 그만입니다. 갈굼 좀 당한다고 죽지는 않으니까 어떻게든 되겠죠."

어깨를 으쓱거리는 그녀를 보며 석진은 살짝 미간을 찡그렸다.

"너 손해 보는 성격이구나."

"이왕이면 착하다고 해주세요."

어색한 미소를 지어 보이며 대충 이야기를 흘려버리자 그는 가벼운 한숨을 내쉬었다.

어떤 훌륭한 소설에도 결점은 있기 마련이다. 설정상의 문제에서부터 독자 배려가 부족했다거나 단순히 대중의 취향과 맞지 않는다는 문제에 이르기까지 완성된 이야기는 졸작(拙作)의 잣대에 어김없이 휘말린다.

대작(大作)의 조건은 매우 까다롭기 때문에 그 수가 많지 않다. 게다가 독자의 수준 높은 안목은 여러 개의 대작을 인정하지 않으려는 경향이 있기에 하나의 대작이 나왔을 경우 좋은 작품도 중작(中作) 정도로 평가되기도 한다. 반대로 졸작의 조건은 매우 범위가 넓다. 그러나 아이러니하게도 이 졸작 역시 그 수가 많지 않다.

작가가 되기 위해 거쳐 가는 많은 과정에서 걸러지기 때문이다. 그럼에도 졸작을 운운하는 것은 독자의 취향과 기대치에 비례하기 때문이기도 하지만 걸러졌던 이야기 속에서 다시 한 번 졸작을 가려내기 때문이다.

처음 걸러지는 것이 전문가들에 의해서라면 두 번째는 순수하게 독자에 의해 가려지게 되는 것이다. 다수는 대중의 취향과 연결되고, 인기작은 대중을 사로잡을 만한 매력을 갖추고 있다. 그러나 인기가 대작과 졸작을 구분 짓지는 못한다. 기분이라는 것은 그만큼 주관적이면서도 객관적이다.

　모순적인 말이지만 작품성과 취향이 기준이 되기 때문에 이것만큼은 시간이 지나가도 변하지 않을 현실이라고 석진은 그렇게 생각했다.

　이야기를 완성하고 나면 작가는 완성된 작품에 책임을 진다. 독자들은 작품에 대해 비평을 하고 그것을 들은 작가는 좀 더 나은 이야기를 만들기 위해 노력한다. 정말이지 누구나 다 알고 있는 기본적인 것들이 설아의 이야기엔 철저하게 결여될 수밖에 없었다.

　어떤 이야기도 작가가 이야기의 변화를 눈치 채지 못하는 경우는 없다. 이야기는 작가가 만드는 것이기에.

　그러나 설아는 현재 주인공을 잃었다. 그것도 자신 때문에.

　'어쨌거나 책임은 내 몫이 아니니까.'

　석진은 피식 미소를 지으며 M.C 속의 설아를 바라보았다. 그녀는 또다시 자신이 계획했던 이야기를 잃게 될 것이다.

　'완전히 악당이 된 기분이군.'

　그는 이야기 속으로 들어가는 대신 이야기 밖에서 끊임없이 설아를 방해할 생각이었다. 인물들을 없애는 것에 실패했으니 이젠 사건을 일으키는 수밖에 없었다.

　이왕이면 원본이 좋지만 이 프로그램은 자신이 떡 주무르듯 주무를 수 있었다.

　'그곳에서 쉴드란 바로 나니까 미안하지만 네 캐릭터 유용하게 써주겠어.'

　M.C에서 펼쳐지고 있는 설아의 이야기가 조금씩 균형을 잡아가는 것처럼 보였다. 그렇지만 그것도 곧 깨어질 거란 생각에 석진은 잠시 그녀의 이야기를 감상하듯 조용히 바라보았다. 그녀에게 별다른 악감

정이 있어서 그런 것은 절대로 아니다. 오히려 아끼는 후배이기에 그녀를 도와주려는 것이다.

비록 그녀가 그것을 원하지 않는다고 해도 문제가 생기면 회수를 하는 것이 자신의 책임일 테니 이대로 물러날 순 없었다.

그녀가 이야기 속의 책임자라면 이야기 밖의 책임자는 바로 자신이라는 생각을 하며 석진은 빈을 바라보았다.

"몇 군데 손 좀 봐줬으면 하는데 할 수 있겠어?"

"맡겨주세요."

두 팔을 걷어 올리는 그녀를 보며 석진은 자신을 도울 수 있을 만한 환경을 만들어냈다.

커다란 뼈를 만들고 그곳에 세이렌과 하피를 만들기 위한 뼈대를 맞춘 후 이야기 속에 들어갈 수 없는 자신을 대신해 레니라는 세이렌과 티로라는 하피에게 특별한 능력을 부여했다. 그리고는 주변을 항해하면서 그들의 몸이 완성되길 기다렸다. 그리고 그들은 드디어 한스 일행을 만났으며 한스에게 시한 폭탄을 선물했다. 물론 그것이 시한 폭탄일 것이라고 그들은 전혀 눈치 채지 못했겠지만 말이다. 이야기대로 그들은 한스 일행과 헤어지게 되었지만 사라지지 않았다. 그녀들의 역할은 한동안 그것으로 끝난 것이었지만 석진은 새로운 역할을 그녀들에게 안겨주기로 했다.

"자, 이제 모든 준비가 끝났으니 슬슬 시작해 볼까?"

＊　　　＊　　　＊

"요즘은 개밥도 말을 할 줄 아는군."

레번은 기가 막힌다는 표정으로 선실을 둘러보았다.

"누가 개밥이라는 거죠?"

음침한 여인의 목소리에 그는 피식 미소를 지었다.

"역시 사람은 오래 살고 볼 일이라니까. 개밥이 이젠 질문까지 하는군."

그의 말에 화가 난 듯 딱딱 이를 갈아대던 그녀는 소름이 끼칠 정도로 차가운 목소리로 소리를 질렀다.

"이 배는 누구도 태우지 않을 것입니다. 좋게 말할 때 돌아가십시오."

"싫다면?"

가소롭다는 표정으로 자신을 바라보는 무례한 그에게 여인은 날카롭게 쏘아붙였다.

"그렇다면 다리를 잘라서라도 바다에 던져 버려야겠죠."

"요즘 개밥은 입이 무척 걸걸하군. 뭐, 좋아. 딱 하나만 묻겠어. 이곳에 프리티스트가 끌려온 적이 있나?"

처음과는 달리 온몸에서 살기가 풀풀 뿜어져 나오는 레번에게 움찔했는지 여인의 목소리는 한동안 들려오지 않았다.

때가 되었다고 생각했다. 자신들은… 이 배에 있는 모든 자들은 자신에게 걸맞는 육체를 가지게 될 거란 쉴드의 뜻을 똑똑히 전해 들었다고 말 많은 티로 녀석이 아침부터 떠들어댔다. 고귀한 하이 프리티스트의 피로 모두 되살아나게 될 거라고 다들 쉴드에게 감사하는 뜻으로 그녀를 제물로 바치자고 했었다.

뼈밖에 없는 흉측한 몰골에서 벗어나고픈 소망은 이 배 안에 있는 모든 이들의 소망이었다.

"제 이름은 레니입니다. 당신은……?"

난데없는 자기소개에 레번은 코웃음을 치면서도 입을 열었다.

"레번, 이젠 네가 대답할 차례로군."

그렇게 말하는 레번의 눈에는 살기가 지워지지 않았다.

바닥에 죽은 것처럼 납작하게 엎드린, 정말 레번의 표현처럼 개밥같이 생긴 뼈들을 보며 레니는 가벼운 한숨을 내쉬었다.

처음 그를 발견한 것은 티로였다. 평소 까불기 좋아하는 티로는 복도에서 신나게 노래를 불러대고 있었다. 침입자가 나타났다고 정신없이 떠들어대는 그녀에게 레번이 처음 내뱉은 말은 '개밥이 시끄럽게도 짖어대는군' 이라는 한마디였다.

그 이후 잔뜩 화가 난 티로가 자신의 단단하고 날카로운 뼈를 무기 삼아 공격하려 하자 레번은 검기를 실어 티로의 뼈를 부러뜨렸다. 하나의 뼈가 엇나가자 다른 뼈들 역시 도미노가 무너지듯 차례차례로 무너져 내렸다.

상대가 자신보다 훨씬 강하다는 것을 깨달은 티로는 꼬리를 내리고 죽은 척해 버렸다.

설령 뼛가루가 되어버린다고 한들 이 배에선 소멸되지 못한다는 것을 알고 있는 레니는 그런 티로가 상당히 가증스러웠지만 '저기요, 사실은 얘가 안 죽었거든요. 그러니까 얘한테 물어보세요' 라고 말할 수 없는 것에 가벼운 한숨을 내쉬었다.

"프리스트들이라면 이 배에 대해 조사한다고 들락날락거리다가 저희들을 보고 달아났습니다. 몇몇 고위급으로 보이던 프리스트들은 저희에게 저항하다 바다에 던져졌으니 찾으시는 사람이 있다고 한들 이미 이 배 안에는 없을 겁니다."

그녀의 말에 레번의 살기가 한결 누그러드는 것 같았다.

"죽은 사람이 없다는 말인가?"

"그렇습니다."

굳이 그의 성격을 자극할 필요는 없었다. 검기를 사용할 수 있다는 것은 그만큼 자신을 위협할 수 있다는 소리니 내키지는 않지만 알아서 몸조심하는 것이 좋겠다고 판단한 레니였다.

"레니가 거짓말한대요—! 레니가 거짓말한대요—!"

레번이 속아 넘어갔다고 생각한 마당에 무엇인가가 데굴데굴 구르는 소리와 함께 까마귀 같은 목소리가 날아들었다.

"거짓말?"

레번의 살기가 화산처럼 폭발하는 것을 느낀 레니는 몸을 부르르 떨었다.

"너 무서워. 근처에 오면 말 안 해. 티로 말 안 해."

머리만이라도 그에게서 멀어지고 싶었던지 그에게서 떨어진 곳으로 데굴데굴 머리를 굴린 티로는 예의 까마귀 같은 목소리로 소리를 빽 질렀다.

"지금 네 친구가 뭐래는 거냐?"

한껏 인상을 찡그린 그 앞에서 레니는 가벼운 한숨을 내쉬었다.

"저 녀석은 하피입니다. 거짓말이라든지 헛소리하는 거야 하피들의 특징이니까 신경 쓰지 말고 나가주십시오."

레니의 말에 티로는 바닥에 쿵쿵 머리를 박아댔다.

"레니가 하피를 목욕했어! 목욕했어!"

버럭버럭 소리를 질러대는 그녀를 보며 레니는 살짝 미간을 찡그렸다.

“모욕이다, 이 바보 하피야. 내가 널 씻겨서 뭘 어쩌겠다고?”

“까아악! 이를 테야. 다 일러 버릴 테야!”

바닥에 붙어 있던 뼈들이 주인의 화난 목소리에 반응하듯 그녀에게 몰려들자 경계 모드에 돌입한 레번과는 달리 레니의 얼굴엔 짜증이 깃들었을 뿐이다.

“그분께서 너의 그 쓸데없는 투정까지 다 받아줄 정도로 한가하신 줄 아니?”

“까아악! 레니 바보! 레니는 바보야! 저 악당같이 생긴 인간에게 다 일러 버릴 거야! 다 이를 거라구! 티로는 화났어! 화났어!”

어느새 머리와 몸이 다 갖춰진 티로는 발로 바닥을 탁탁 구르며 버럭버럭 소리를 질러댔다. 졸지에 악당같이 생긴 인간이라고 불린 레번은 화를 내며 저 하피를 박살 내버려야 할지 친절하게 고자질을 기다려야 할지에 대해 갈등했다.

“닥쳐!”

눈에 띄게 거칠어진 레니의 목소리에 레번은 눈물을 머금고 ‘악당같이 생긴 인간이 네 고자질을 들어주마’ 모드로 돌입하기로 했다.

“넌 세이렌인가?”

레번이 무표정한 눈길로 자신을 바라보자 레니는 고개를 끄덕거렸다.

“그렇군. 어쩐지 저 시끄러운 꼬맹이보다 말을 잘한다고 생각했지. 세련된 거짓말쟁이와 바보 같은 거짓말쟁이 중 어느 쪽이 자신에게 안전할 것 같아?”

그는 그녀에게 질문을 던지는 동시에 검끝을 레니의 목을 향해 겨누었다.

물론 살아 있는 사람이 아닌 만큼 대단한 위협은 아니었지만 그것만
으로도 충분히 위험하다고 느낀 레니는 재빠르게 몸을 뒤로 날리더니
듣기 싫은 소리를 만들어냈다. 무엇인가를 긁는 것 같기도 하고 부딪
치는 것 같기도 한 소름 끼치는 소리는 점점 커지는 것 같더니 여러 개
의 목소리로 나뉘었다.

"…여기 어디 개 농장이라도 있는 거냐?"

복도를 빽빽하게 채우고 있는 세이레네스를 본 레번은 자세를 고쳐
잡으며 여차하면 공격해 들어갈 자세를 취했다.

"거기 누구세요?"

레번은 갑작스런 목소리에 당황한 나머지 검을 떨어뜨릴 뻔했다.

'우당탕탕' 하는 소리와 함께 낯익은 목소리만 아니었다면 적들이
그가 허점을 드러낸 순간을 놓칠 리가 없었다.

'제기랄!'

그가 기억하고 있는 여인의 목소리는 어머니와 유모, 그리고 자신에
게 있어 문제의 꼬맹이라고 느껴지는 유이밖에 없었다. 그는 자신의
불길한 예감을 확인하기 위해 재빨리 세이레네스들 사이로 몸을 날렸
다. 그러나 그런 그보다 발 빠른 자가 있었다.

"티로는 프리티스트가 싫어."

"쉴드의 권능으로 모든 것은 제자리로, 부조화는 조화로. 턴 언데
드!"

맑은 소녀의 목소리에 레번은 망치로 뒤통수를 한 대 얻어맞은 것
같은 기분이 들었다. 불길한 예감은 언제나 잘 들어맞는 법이다.

그녀는 유이였던 것이다.

"어, 어째서?"

턴 언데드가 듣지 않자 티로는 유이의 머리카락을 덥석 잡아당겼다.

"티로는 언데드가 아니야! 티로는 언데드가 아니야!"

"까아아―!"

마치 노래를 흥얼거리듯 반복하는 그녀의 목소리와 한 움큼 뽑혀 나온 유이의 머리카락을 본 레니와 레번의 눈동자엔 희비가 교차됐다.

"티로는 강해."

마치 뽐내기라도 하는 듯한 그녀의 목소리에 레니의 목소리는 느긋해졌다.

"잘했어, 티로. 상황이 역전됐군요. 저 사람이 당신이 찾던 사람입니까?"

그녀가 나타났던 곳은 입구였다. 그 말인즉 없는 사람 내놓으라고 행패를 부려댔다는 이야기였다. 레번은 검을 바닥으로 향하도록 고쳐 쥐는 것으로 상대에게 자신이 공격할 의사가 없음을 알렸다.

"정말 죄송하게 됐습니다. 그럼 저희들은 이만 물러가도록 하겠습니다."

너무나 정중하다 못해 비굴하기까지 한 그의 태도에 레니는 잠시 멍청하게 서 있다가 버럭 소리를 질렀다.

"티로, 그 여자 놓지 마!"

레니의 말에 티로는 재빨리 유이를 붙잡았다. 섬뜩하고 날카로운 뼈가 자신의 어깨에 와 닿자 유이는 비명이라도 지르고 싶었지만 입 안에서 꾹꾹 눌러 참았다. 여기서 비명을 질러봐야 레번이나 자신에게 유리할 것은 하나도 없었다.

유이는 원래 강한 성격이었다. 그녀는 그것을 기억해 내고는 레번을 향해 난 괜찮으니까 걱정하지 말라는 표정을 지어 보였다.

꼭 다문 입술과 창백한 피부, 그리고 무엇인가를 다짐한 듯한 반짝이는 눈동자를 본 레번은 다시 천천히 검을 들어 올렸다.

아이러니하게도 비장한 표정의 유이가 '빨리 구해주지 않으면 두고두고 후회하게 만들어주겠다' 고 말하는 것처럼 보였던 것이다.

"꼬맹이한테 손대면 죽을 줄 알아."

으르렁거리는 듯한 목소리에 티로는 그대로 자리에 드러누워 버렸다.

"티로!"

당황한 레니가 날카로운 목소리로 이름을 불렀지만 그녀는 일어나지 않았다.

"쉿! 티로 죽었어."

"티이—로—오!"

단단히 화가 난 듯한 레니의 목소리에 그녀는 억지로 몸을 일으켜 세웠다.

"건드리면 죽는다고 했다."

눈에서 불꽃이 튀는 것 같은 레번을 보며 티로는 다시 한 번 자리에 누워버렸다. 그리고는 레니를 향해 징징거리는 듯한 목소리로 말을 걸었다.

"티로 죽었어. 저 인간 무서워. 무서워."

"자꾸 바보 짓하면 죽여 버린다!"

레니의 눈에서도 불꽃이 튀었다. 티로는 자리에서 일어나 쭈뼛쭈뼛 유이를 향해 손을 뻗다가 이내 돌처럼 그 앞에 멈췄다. 자신을 향해 날아드는 두 개의 살기가 견디기 힘들었던 것이다. 오죽하면 그녀를 바라보고 있던 유이의 눈빛이 연민의 눈빛으로 바뀔 정도일까.

“그 여자를 데리로 이리 와, 티로. 어서!”

티로는 유이와 레번, 그리고 레니를 바라보다 이내 화가 났다는 듯 바닥을 발로 탁탁 소리가 나도록 굴려댔다.

“싫어.”

단호한 그녀의 목소리에 지금까지 조용히 있었던 세이레네스들이 거의 그녀를 잡아먹을 듯이 노려보았다.

“프리티스트 한 명으로는 모자라.”

레니의 말에도 그녀는 여전히 자신이 화가 나 있음을 알리려는 듯 바닥에 쿵쿵 발을 굴려댔다.

“티로는 레니의 부하가 아니야. 티로는 강해.”

더 이상 티로가 도움이 되지 않는다고 생각한 레니는 세이레네스를 향해 조용히 입을 열었다.

“저 녀석 부탁해.”

그녀의 말이 떨어지기가 무섭게 세이레네스들은 티로를 향해 덤벼들었다.

‘저 시끄러운 머리를 상자 속에 처박아놓으면 좀 조용해질 거야’ 라든지 ‘하피 같은 녀석은 이 배 밖으로 던져 버려야 해’ 따위의 말을 늘어놓는 바람에 멍하니 서 있던 유이는 자신도 모르게 티로를 들고 밖으로 달리기 시작했다.

레번은 그런 그녀의 행동에 당황한 표정을 지으면서도 그녀를 따라 달리기 시작했다.

“그만둬! 선실 밖으로 나가는 건 아직 허락받지 못했어!”

레니의 다급한 목소리에 세이레네스들은 그들의 추적을 포기했다.

“티로 녀석이라면 언젠가 스스로 기어들어 올 테니까 그때 두고 봐.”

으드득. 으드득.

뼈끼리 부딪치는 소름 끼치는 소리를 제외하고는 선실은 이내 아무 것도 존재하지 않는다는 듯 조용해졌다.

"쉴드님의 명령만 아니었다면 이런 웃기지도 않는 일은 하지도 않았을 거야."

모두를 위로하는 듯한 레니의 한마디만을 남긴 채.

"까아악! 내려줘!"

거의 허리를 잡고 낚아채듯 달리던 유이는 뭔가 이상한 기분이 들어 그 자리에서 티로를 내려놓았다.

"까아악! 티로는 저거 싫어! 싫어!"

커다랗고 하얀 날개로 온몸을 감싸듯 가려 버린 티로를 보며 유이는 두 눈을 크게 떴다. 분명히 갑판 위를 나올 때까지만 해도 그녀는 언데드 스켈레톤일 뿐이었다. 그런데 이 여자 아이는 갑자기 어디서 튀어나온 걸까.

"까아악! 저리 가! 저리 가! 난 너 싫어!"

태양을 가리키며 거의 발작을 해대는 그녀에게 유이는 여행자용 망토를 둘러주었다. 키가 줄어든 것인지 130㎝도 채 안 될 것 같은 그녀의 작은 키에 어른용 망토는 그녀의 얼굴을 제외한 모든 것을 가려주었다.

"…그 꼬마는 뭐냐?"

뒤늦게 자신을 따라 나온 레번의 목소리가 들리자 유이와 티로의 얼굴에선 희비가 교차되었다.

"티로는 꼬마가 아니야. 꼬마가 아니야."

마치 까마귀가 까악거리는 듯한 목소리에 저절로 인상을 찡그리는 레번을 보며 티로는 또다시 죽은 척을 했다.

"설마 그거… 냐?"

"그거가 아니라 티로… 라고 하던걸요."

어깨를 으쓱거리는 유이를 무시한 채 그는 티로를 번쩍 들어 올렸다.

"잠깐만요! 티로를 어디로 데려가려고 그러세요?"

무엇인가 불길한 예감에 황급히 레번을 불러 세우자 그는 너무나 당연하다는 듯한 표정으로 난간을 가리켰다.

"바다에 던져 버리려고."

"뭐예요?!"

유이는 말도 안 된다는 표정으로 레번에게서 티로를 빼앗았다.

"대신 던져 주려고?"

"무슨 소리예요?! 그런 건 범죄라구요!"

버럭 소리를 지르는 유이를 따라 티로도 입을 열었다.

"범죄야? 티로 버리면 범죄야?"

"괜찮아. 우린 개 안 키우니까. 필요없는 거 버린다는데 무슨 범죄라는 거야? 이건 틀림없는 언데드다."

단호하게 말을 잘라 버리려는 레번에게 유이는 고개를 저었다.

"지금은 어디로 보나 멀쩡한 인간인걸요."

"그럼 이건 뭐냐?"

레번은 유이로부터 재빠르게 티로를 빼앗아 들고는 티로의 삐죽 튀어나온 하얀 날갯죽지를 가리켰다. 검은 망토를 두른―둘렀다기보다 파묻혔다고 보는 게 옳을 듯한―꼬마 아이는 어둠을 닮은 검은 눈동자와 아침 햇살을 닮은 눈부신 천사 같은 외모를 하고 있었다.

　게다가 그의 온몸을 덮을 수 있을 정도로 커다란 날개는 그녀가 인간이 아니라는 것을 확실하게 말해 주고 있었다.

　"설마 인간이 아니니까 버려도 된다고 생각하시는 거예요?"

　"설마 그럴 리가 있겠어?"

　어깨를 으쓱거리는 그를 보며 그녀는 '당신이라면 그러고도 남아'라는 생각이 들었지만 차마 입 밖으로 꺼내지는 못했다.

　"그런데 어째서 아직까지 티로를 들고 있는 거예요?"

　"그야 말했잖아. 던진다고."

　그녀는 레번의 말에 잠시 몸을 휘청거려 댔다.

　"그러니까 그건 범죄라니까요! 절대 안 돼요!"

　"그래?"

　"그래요!"

　레번은 아쉽다는 표정을 지으며 유이를 바라보았다.

　"그럼 한 가지만 약속해."

　"무슨 약속을……?"

　의아한 표정으로 자신을 바라보는 유이에게 레번은 악당처럼 의미심장한 미소를 지었다.

　"이 녀석 주워 가자는 말 하기 없기로."

　그의 말에 유이의 안색이 어두워졌다.

　"그러면 티로를 여기에 버려두고 가자는 말이에요?"

　"역시 주워 가려고 한 거냐?"

　살짝 미간을 찡그리는 그를 보며 유이는 고개를 끄덕거렸다.

　"신전에 데려다 주면 신적 측에서 알아서 할 테니까 거기까지만 함께 가면 안 될까요? 어차피 워프 가루 사용하면 금방인데……."

그녀답지 않게 약간은 저자세로 나오는 유이에게 레번은 고개를 흔들었다.

"역시 이건 버려야겠어."

레번은 다시 그녀에게서 티로를 빼앗기 위해 그녀의 곁으로 다가갔다.

"티로 버려? 티로 버려?"

티로는 유이의 뒤에서 얼굴만 빼꼼 내밀고는 뭐가 그렇게 신나는지 까마귀 같은 목소리로 더욱 까악거려 댔다.

"잠깐만! 잠깐만 기다려요."

유이는 자신의 코앞까지 다가온 레번을 저지하더니 순식간에 워프 가루를 뿌려댔다.

정신 차리고 보니 풍경이 바뀐 것에 티로는 신기한 듯 주변을 두리번거렸다.

"어이… 꼬맹아."

목소리를 낮게 까는 레번을 보며 유이가 뭐라고 변명을 하려고 하는 순간 신전에서 낯익은 여인의 목소리가 들렸다.

"처, 천사님?!"

레번에게 하이 프리티스트를 구해달라고 찾아왔던 그녀였다. 순간 하이 프리티스트의 존재를 떠올린 유이는 레번을 향해 천천히 입을 열었다.

"저기… 하이 프리티스트님은 구해내지 못하신 건가요?"

그녀의 질문에 레번은 자신의 머리 속에서 무엇인가가 뚝 하고 끊기는 것을 느낄 수 있었다.

"그 말은 꼬맹이 너 말고도 또 다른 프리티스트가 있었단 말이냐?"

"네? 전 잡혀 간 적 없는걸요. 레번님께서 워낙 급하게 가신 것 같아 도와드리려고 뒤따라갔을 뿐이에요."

텅 비어버린 워프 가루 주머니를 흔들어 보이는 유이에게 그는 가벼운 한숨을 내쉬었다. 결과적으로는 이것이 잘된 일인지, 그렇지 않은 일인지 판단이 서질 않았던 것이다.

"와―! 천사님이다!"

"천사님이다! 저 하얀 날개 좀 봐!"

우르르 몰려나온 견습 프리티스트들은 저마다 환호성을 지르며 티로의 주변을 에워쌌다. 멍하니 주변을 둘러보던 티로는 사람들이 갑자기 자신을 보며 소리를 지르는 바람에 귀가 아팠던지 잔뜩 미간을 찡그려 댔다.

"이게 무슨 소란입니까?"

나이가 지긋한 프리스트가 견습 프리티스트들을 나무라자 그녀들은 마치 합창하듯 입을 모았다.

"하지만 천사님이에요!"

"천사?"

미심쩍은 표정으로 견습 프리티스트들 사이를 뚫고 지나가던 그는 자신도 모르게 티로 앞에서 무릎을 꿇었다.

"누추한 곳까지 와주시다니 정말 감사드립니다. 저는 쉴드님의 충실한 지팡이 폴입니다. 어서 하이 프리스트님께 천사님이 오셨다고 알려 드리세요!"

그의 명령에 견습 프리티스트들은 우르르 몰려 나갔다.

천사님께서 이 신전에 오셨다는 것을 알리는 영광스런 일을 마다할 사람은 아무도 없었던 것이다.

"티로는……."

"네, 천사님. 말씀하십시오."

아직까지 자신 앞에 공손히 꿇어앉아 있는 그를 티로는 발로 퍽 차 버렸다.

"티로는 천사가 아니야! 티로는 하피야! 티로는 하피야!"

마치 까마귀 울음소리 같은 듣기 싫은 목소리가 그를 향해 날아들었다.

"네?"

씩씩거리며 발을 굴려대는 티로에게 그가 멍청한 표정으로 반문하자 티로는 더욱 언성을 높여댔다.

"까아악! 티로는 하피, 하피야! 천사 따위가 아니야!"

그리고서는 아직도 사태 파악을 하지 못한 그를 마구 괴롭히기 시작했다.

꼬집고, 발로 차고, 손톱을 세워서 마구 할퀴는 것을 어이없다는 듯한 표정으로 바라보던 레번은 안 되겠다 싶었는지 돌멩이 하나를 들어 티로의 날개를 향해 던졌다.

"아얏!"

화들짝 놀란 티로가 돌이 날아든 방향으로 고개를 돌리자 척 보기에도 무척이나 험악해 보이는 레번이 미간을 찡그리고 있었다.

"자꾸 시끄럽게 굴 거냐?"

티로는 그의 말이 끝나기도 전에 바닥에 누워버렸다. 아직까지 멍청하게 레번과 티로를 번갈아 보던 프리스트의 얼굴에는 날카로운 손톱 자국이 선명하게 드러나 있었다.

"여기예요, 천사님께서 계신 곳이!"

다시 한 번 우르르 몰려드는 견습 프리티스트들과 그녀들을 담당하고 있는 듯한 하이 프리스트가 난처한 표정을 지으며 나타났지만 티로는 미동도 하지 않았다.

"천사님, 괜찮으세요?"

"이런, 괜찮으십니까?"

쓰러져 있는 폴과 티로를 발견한 그들은 티로와 폴을 이 지경(?)으로 만들어놓은 범인을 찾기 위해 주변을 두리번거렸다. 이곳에 자신들을 제외한 이방인은 유이와 레번뿐이었지만 자신과 같은 직종에 몸담고 있는 저 연약해 보이는 소녀가 이런 잔인한 일을 하지는 않았을 것이라고 판단한 그들은 일제히 레번을 잡아먹을 듯이 노려보았다.

"이 악당! 당장 신전에서 나가세요!"

한 견습 프리티스트가 용기 내서 소리치자 다른 프리티스트들도 버럭 소리를 질러댔다.

"나쁜 놈! 생긴 것도 악당같이 생겨서는 어떻게 프리스트님께 이런 짓을……!"

레번은 기가 막힌다는 듯 가만히 그들을 노려보았다. 견습 프리티스트들은 그의 날카로운 눈빛에 잠시 움찔했지만 이내 용기를 내서 버럭 소리를 질렀다.

"노려보면 어쩔 거예요?! 지금 위협하시는 거예요?!"

"맞아요! 협박 따위에 굴할 우리들이 아니라구요. 당장 나가세요!"

단 한 번도 입을 열지 않았는데도 이렇게 열렬한 반응을 불러일으킨 레번을 향해 연민의 눈빛을 보내던 폴은 가벼운 한숨과 함께 입을 열었다.

“자매님, 오해하지 마십시오. 이분께서는……”

“말씀하지 않으셔도 괜찮습니다. 그러니까 이 악당이 프리스트님과 천사님을 이렇게 만들었다는 거죠?”

폴의 말을 끊으며 견습 프리티스트가 레번을 잡아먹을 듯이 노려보자 다른 견습 프리티스트들 역시 레번을 공격해 댔다.

“어서 나가지 않으면 실력 행사를 해버릴 테니까 좋게 말할 때 어서 나가세요.”

“정말 뻔뻔스럽기도 하지. 신전에서 프리스트와 천사를 모독해 놓고 무사하길 바라다니……”

거의 레번의 등을 떠밀다시피 신전 밖으로 몰아세우는 데 성공한 그녀들은 신전의 문을 굳게 걸어잠그고는 무척이나 뿌듯하다는 듯이 서로를 바라보며 흡족한 미소를 지어 보였다.

“그러니까 그런 게 아니라……”

폴이 수습을 하기 위해 재빨리 입을 열었지만 불행히도 그의 말에 귀를 기울이는 사람은 아무도 없었다. 하이 프리스트가 티로의 상태를 살피기 위해 무릎을 꿇자 기절한 것처럼 보이던 그녀는 살짝 실눈을 떠 보였다.

“갔어? 갔어?”

하이 프리스트는 천사의 목소리가 마치 까마귀의 목소리처럼 천박하고 거칠다는 것이 의아했지만 이내 그것은 악당에게 저주라도 받은 걸 거라고 생각하고는 상냥하게 미소를 지어 보였다.

“천사님께 위해를 가하려던 사람이라면 저희들이 쫓아냈으니 안심하십시오.”

그의 말에 티로의 눈동자에는 생기가 감돌았다.

그 무서운 사람이 없어졌으니 이곳엔 이제 자신보다 강한 자는 없다
는 생각이 들었던 것이다.

"조심하십시오! 그녀는 천사가 아니라 하피입니다!"

폴이 있는 힘껏 소리치자 티로는 자리에서 벌떡 일어나 하얀 날개를
쫙 펼쳐 들고는 공중으로 몸을 띄웠다.

"꺄악ㅡ!"

천사라고 믿었던 존재가 손톱을 세워 달려들기 시작하자 신전 내는
온통 아수라장으로 변해 버렸다.

"티로는 천사가 아니야. 티로는 하피야, 하피야ㅡ"

마치 노래를 부르기라도 하듯이 소리를 꽥꽥 질러대던 그녀는 우왕
좌왕하는 사람들 곁으로 날아가서는 날카로운 손톱을 세워댔다.

"에헤헤, 티로 재밌어. 티로 재밌어."

그 많은 수의 사람들이 아무도 그녀를 말릴 엄두를 내지 못하자 레
번은 가벼운 한숨을 내쉬었다. 처음엔 별 상관 하지 말고 여관으로 가
버릴까 하다가 이내 신전 안에서 비명을 지르는 사람 중에 유이가 포
함되어 있다는 것을 눈치 챘던 것이다.

그렇다고 굳게 잠긴 신전 문을 부수고 들어갈 수도 없는 노릇인지라
레번은 죄없는 담벼락을 노려보았다.

"조금만 참아, 곧 들어갈게."

"아앗! 안 돼요!"

유이의 날카로운 비명 소리를 신호로 담벼락에 훌쩍 손을 올린 레번
은 다시 땅바닥으로 내동댕이쳐지고 말았다. 손바닥에서부터 시작된
듯한 전류가 머리에서 발끝까지 전신을 훑고 지나간 것이다.

"괜찮아요?! 신전에는 침입자 방지 마법이 걸려 있으니까 조심하

세요!"

유이의 말에 레번은 속으로 '그런 건 좀 빨리 말할 것이지…' 라고 투덜거리면서도 겉으로는 전혀 아무렇지도 않은 듯 무표정한 얼굴로 돌멩이를 집어 들었다. 다시 한 번 담을 손으로 디딘 다음 적당히 티로가 보이는 곳으로 돌멩이를 날린 그는 '따악ㅡ!' 하는 소리와 함께 날고 있던 티로를 바닥으로 떨어뜨렸다.

티로는 담을 짚고 올려다보면 그 위치를 알아볼 수 있을 정도로 낮게 날고 있던 탓에 그리 큰 부상은 입지 않았지만 자신에게 돌을 던진 자가 레번이라는 것을 눈치 채고는 거의 반사적으로 그 자리에 드러누워 버렸다.

그제야 대충 사태를 파악한 견습 프리티스트가 신전의 문을 열자 레번은 살짝 미간을 찡그리며 신전 안으로 발걸음을 옮겼다.

"프리스트님도 참… 그럼 그렇다고 말씀을 하셨어야죠."

"말을 하려고 했지만……."

"괜히 애꿎은 사람만 의심했잖아요."

불쌍한 폴은 견습 프리티스트로 인해 발언권을 뺏기고는 조용히 구석으로 사라져야만 했다.

"이거 참 어떻게 감사를 드려야 할지……."

하이 프리스트가 모두를 대신해 고개를 숙이자 레번은 생긋 미소를 지어 보였다. 유이는 그런 레번을 보며 겉보기와는 달리 무척이나 착한 사람이라고 생각했다.

"그렇게 미안해할 필요 없습니다. 어차피 저건 당신들이 맡을 몫이니까 익숙해지는 훈련을 했다고 생각하십시오."

냉정한 표정을 짓는 그를 보며 유이는 작은 한숨을 내쉬었다.

크로우 레번…….

그는 결코 악당이 아니다.

그러나 결코 착해 빠진 기사도 아니다.

받은 것은 꼭 이자 쳐서 갚는 흔히 말하는 성격 더러운 남자.

그것이 바로 나이트 크로우 레번 경인 것이다.

"저걸… 우리보고 맡으라는 말입니까?"

신전에선 썰렁하다 못해 추울 정도로 차가운 바람이 일고 있는 것만 같았다.

"천사는 신전에서 보호할 의무가 있는 것 아닙니까?"

견습 프리티스트들의 눈에는 그의 미소가 자신들을 조롱하는 악당의 비열한 미소처럼 느껴졌다.

"…하지만 저것은 천사님이 아니라 하피지 않습니까?"

하이 프리스트가 기가 막힌다는 듯 레번을 향해 물었지만 그는 여전히 미소를 지우지 않았다.

"그럼 마을에 방치해 두시면 되겠군요. 어차피 악당인 제가 관여할 일이 아닐 테니 전 신경을 끄도록 하겠습니다. 이 신전 밖으로 제가 발을 디디는 그 순간부터 저것에 대한 도움은 기대하지 말아주십시오."

그의 말에 폴이 항의하듯 소리쳤다.

"저것을 데리고 온 자는 당신이지 않습니까?!"

얌전한 성격의 폴이 박력있게 소리치는 모습에 자극을 받은 듯 견습 프리티스트들 역시 언성을 높였다.

"저것은 신전에 어울릴 만한 것이 아닙니다. 도로 가지고 가십시오!"

"하피랑 같이 살아야 하다니 정말 끔찍한 일이에요."

“아, 정말 저거 좀 어떻게 해봐요.”

‘천사님’ 이라는 호칭에서 순식간에 ‘저거’ 라고 바뀌는 것에 레번은 한심하다는 생각이 들기 시작했다.

“레번님.”

웅성거리는 사람들 사이에서 조용히 침묵을 지키고 있던 유이가 처음으로 입을 열자 레번은 평상시의 무표정한 얼굴로 되돌아와 있었다.

“티로는 제가 데리고 돌아가도록 하겠습니다.”

그녀의 말에 썰렁했던 신전은 안도감으로 다시 한 번 술렁거렸다.

“역시 버리고 왔어야 했는데…….”

죽은 척하고 있는 티로를 보며 그는 살짝 미간을 찡그렸지만 유이의 표정은 단호했다.

“이곳에 부탁을 하려고 했었지만 그건 현명한 생각이 아니었던 것 같군요. 죄송하지만 역시 티로를 데려가는 것 말고는 별다른 방법이 없습니다.”

겉으로는 투덜거리고 있는 레번이었지만, 이곳 사람들이 마음에 들지 않기는 그도 마찬가지였다. 그렇지만 언제 이노르에 도착할지도 모르는 상태에서 하피까지 끌고 다니긴 무리였다. 게다가 낮이야 하피에 대한 제재가 가능하다지만 야행성인 하피를 밤까지 감시하기엔 너무나 피곤한 일이었다.

“워프 가루만 있으면 이노르까지 순식간이니까 걱정하시지 마세요. 티로를 데려간다면 신전에서 기꺼이 제공해 주실 테니까 말입니다.”

그렇다면 여기서 작별 인사를 하는 것이나 다름없었다. 레번은 갑작스럽게 다가와 버린 이별에 쓸쓸함을 느꼈지만 무표정한 얼굴로 고개를 끄덕거렸다.

“음… 그렇군.”

“워프 가루라면 하이 프리티스트님을 구해달라고 당신들께 드렸던 그것이 신전의 마지막 가루였습니다만…….”

하이 프리스트가 조심스럽게 끼어들자 유이와 레번은 순간 당황한 듯했다.

“그러고 보니 하이 프리티스트님은 어디에 계시는 겁니까?”

레번은 폴의 질문에 뭐라고 대답할지 난감한 표정을 지었다. 그 순간 죽은 척하고 있던 티로가 마치 노래하듯 입을 열었다.

“그녀는 레니가 잡아먹었어. 꿀꺽 잡아먹었어.”

다시 한 번 신전은 썰렁한 바람이 이는 듯했다.

“티로, 그게 정말이야?”

걱정스런 표정으로 유이가 질문하자 티로는 깔깔거리며 웃기 시작했다.

“거짓말이야. 킥킥. 티로는 거짓말 잘해. 티로는 거짓말쟁이.”

레번은 말 대신 살기를 담은 눈으로 매섭게 티로를 노려보았다.

“까아악! 그렇지만 죽은 건 사실이야. 티로는 알아. 배에 타면 프리티스트만큼은 살려두지 않아. 티로는 알아.”

그녀의 말에 신전은 찬물을 끼얹은 것처럼 고요해졌다. 레번은 가벼운 한숨을 내쉬며 유이를 향해 밖으로 나가자는 듯 턱짓을 해 보였고 유이는 티로를 챙겼다.

티로의 말을 듣고도 신전에서 그녀를 맡아줄 거라고 생각할 정도로 어리석지 않은 레번이기에 그는 유이가 하는 대로 잠자코 내버려 두었다.

신전 밖으로 나오자 사람들의 눈이 커졌다.

티로를 보며 천사 어쩌고저쩌고하는 것을 들은 레번은 머리가 욱씬 거렸다.

"야! 너 한 번만 더 날뛰면 죽여 버린다."

냉기가 풀풀 날리는 그의 말에 티로는 연신 고개를 끄덕거렸다.

아직 헤어지지 않아도 된다고 생각하니 이상하게 마음이 놓이는 레 번이었다. 아크레에 대한 죄책감은 여전히 무거웠지만 우습게도 그 배 에 다녀온 이후 잠시 접어둘 수 있을 것 같았다.

"그럼 다음 마을에서 워프 가루를 부탁해야 하는 건가?"

레번의 질문에 유이는 가볍게 고개를 흔들었다.

"그렇게 흔한 가루가 아니니 쉽게 내주지 않을 거예요. 이곳에서야 자신들이 저지른 게 있으니까 어쩌면 받아낼 수도 있을 것 같아 말해 본 것뿐이에요."

그녀의 말에 레번은 미안한 듯한 표정을 지어 보였다.

"그렇다면 워프 가루 사용했을 때 이노르로 돌아갈 수 있었다는 이 야기군."

생각하지도 못한 그의 지적에 유이는 순간 멈칫했다.

"그땐 그런 생각을 못했어요. 뭐, 알았다고 해도 달라질 건 없을 테 지만……."

이내 생긋 미소를 짓는 그녀에게 레번은 의아한 표정을 지었다.

"달라질 게 없어?"

"…레번님은 절 어떻게 보시는 거예요? 일행이 죽을지도 모르는데 혼자서 도망갈 것처럼 보였다면 실망이군요."

새침한 표정으로 눈을 가늘게 뜨는 유이에게 레번은 미안한 듯한 미 소를 지어 보였다. 말은 그렇게 했지만 유이 역시 자신의 변화에 약간은 당황하고 있었다.

냉정하다는 소리를 들을 정도로 사태 파악이 빠른 유이였지만 이번 만큼은 자신이 무엇 때문에 레번을 따라갔던 것인지 도저히 감이 잡히지 않았다.

그의 실력이라면 죽지는 않을 것이라고 생각했다. 그렇지만 머리 속으로 그런 생각을 하기도 전에 몸이 먼저 행동했다. 단순한 의리라고 하기엔…….

'프리티스트로서 당연한 행동을 했을 뿐이야.'

유이는 옆에 있는 레번을 흘깃 바라보았다.

정말 보기 드문 녹색의 눈동자는 날카롭게 치켜 올라간 데다 험상궂어 보이기까지 해서 신비한 이미지를 전혀 살려내지 못하고 있었다. 약간 곱슬한 금발 머리도, 주근깨도 악당 같아 보이는 그의 얼굴에 아무런 도움이 되지 못했다.

그런데 어째서일까?

유이는 이제 그의 얼굴에서 악당 같아 보이는 면을 전혀 발견해 낼 수 없었다. 험상궂게 생기긴 했지만 그는 결코 추남은 아니었다. 그렇다고 해서 눈이 확 튀어나올 정도로 잘생긴 꽃미남도 결코 아니었다.

굳이 말하자면 남자답게 생겼다는 소리를 들을 정도랄까.

"내 얼굴에 뭐 묻었냐?"

조금 전부터 시선이 느껴진다 싶어 주변을 두리번거리던 레번은 자신의 바로 옆에서 유이가 거의 뚫어질 정도로 자신을 노려보고 있음을 깨달았다.

"알면 좀 닦아요."

"닦아. 닦아."

티로가 유이의 뒤를 쫄레쫄레 따라오며 놀리듯 반복하자 무안해진 그는 소맷자락 끝으로 얼굴을 닦았다.

"이렇게 된 거 서둘러 출발해야겠군요."

유이는 티로를 바라보며 생긋 미소 지었다.

*

*

상상력에는 한계가 없지만 표현력에는 한계가 있다

*

"여어— 도착한 거야?"

라이더가 작은 목소리로 속삭이자 가까운 곳에서 피란트와 한스의
대답이 들려왔다.

"피란트 여기 대령이오!"

"쉿! 목소리가 너무 큽니다."

라이더는 대충 그들이 있을 것 같은 곳으로 조용히 걸음을 옮겼다.

"그렇게 도둑고양이처럼 숨어서 뭘 어쩌겠다는 건가?"

조용하지만 위엄있는 중년 남자의 목소리가 날아들자 그들은 순식
간에 굳어버렸다. 기척을 없애는 마법을 걸지 않았지만 완벽에 가까울
정도였기에 이렇게 빨리 들킬 것이라고는 아무도 상상하지 못했던 것
이다.

"그럼 들어가겠습니다."

그들은 아무도 입을 열지 않았다. 그렇다는 것은 자신들 외에 또 다른 누군가가 있다는 뜻이었다. 그들은 동시에 소리가 나는 방향으로 고개를 돌렸다.

'알데히드?'

피란트는 학자풍의 연약한 분위기의 그가 뭔가 비장한 표정으로 자신을 지나쳐 가는 것을 보고는 문득 호기심이 발동해 버렸다.

"지금 이곳이 현재의 네가 있어야 할 곳이라고 생각하는가?"

조용히 책망하는 듯한 그의 목소리에 알데히드는 아무런 변명을 할 수 없었다.

그는 말 한마디로도 사람의 마음을 움직일 수 있었다. 그런 그에 비한다면 알데히드는 너무나도 보잘것없는 존재였다.

그러나 여기까지 와서 그냥 물러날 순 없었다. 그에게 꼭 묻고 싶은 게 있었다.

"제가 있어야 할 곳이 그곳이라고 생각하신 겁니까?"

"죗값을 판단하는 것은 그 죄를 지은 본인에게 있는 것이지, 네가 무엇 때문에 그런 짓을 저질렀는지 알지도 못하는 나에게 판단하라고 하는 것은 무리한 것일세."

한스는 마치 엘프나 드래곤이 내뱉을 법한 인간으로서는 이해하기 힘든 말을 내뱉는 그를 보며 호기심을 느낀 듯했고, 라이더 역시 섣불리 움직이지 않았다.

"저에게는 죄가 없었습니다."

과거형으로 대답하는 그에게 중년의 남자는 무덤덤한 목소리로 그의 말을 받았다.

"무지(無知)도 때론 죄가 되는 법이지만, 기만(欺瞞)은 그보다 더 큰 죄일세. 자네는 더 이상 무지한 인간이 아닐 텐데……?"

그의 말에 알데히드는 가만히 몸을 떨었다.

"그럼 묻겠습니다. 비록 어머니는 다르다 하지만 자신의 동생을 해치려 한 인간은 그 죄를 어떻게 갚아야 하는 것입니까?"

그의 말에 피란트는 미간을 찡그렸다.

'일을 저지른 건가?

"목숨에는 목숨으로 보상할 수밖에 없겠지."

알데히드는 그의 말에 가벼운 한숨을 내쉬었다. 이미 예상하고 있던 말이었다.

"멍청하게 자살을 떠올리지 말게나."

이어지는 그의 말에 알데히드는 뜨끔한 표정을 지었다.

"세상에서 제일 멍청한 짓이 자살일세. 자신이 빼앗은 목숨의 몫까지 짊어진 주제에 스스로 죽어버린다면 복수를 꿈꾸는 자에게도, 죽어버린 자에게도 실례지. 살아남은 자는 어떻게든 살아가야 해. 그것이 살아남은 자의 의무일세. 아주 최소한의 의무지."

그의 말에 씁쓸한 미소를 짓던 알데히드는 그를 정면으로 바라보았다. 그들에게 호기심을 느낀 피란트는 어느새 반쯤 열려진 문틈 사이로 느긋하게 그들을 지켜보려 했다.

"역시 아버님께서는 모든 문제의 답을 알고 계신 겁니까? 역시 현명하신 분이군요. 과연 너무나도 크리스티아 백작님다운 말씀이라 뭐라고 반박할 수가 없습니다. 자식을 방치해 둔 아버지답지 않은 훌륭한 충고셨습니다."

그답지 않은 말투와 크리스티아 백작의 정체에 대해 더욱 강한 호기심을 느낀 피란트는 좀 더 그를 가까이에서 보기 위해 앞으로 다가갔다.

"경험에서 나오는 충고는 훌륭할 수밖에 없지, 알데히드!"

위엄있는 그의 목소리는 알데히드에 대한 애정과 신뢰가 가득 담겨 있었다.

"네 여동생들의 불행도, 너의 불행도 나로 비롯된 것이지. 무척 미안하게 생각하네. 자, 나를 그만 편안하게 해주겠나?"

알데히드는 그의 말에서 그가 원하는 것을 직감했다.

목숨은 목숨으로 갚는다.

'저 인간은 자식을 뭐라고 생각하는 거야?!'

라이더는 기가 차서 아무런 말을 할 수 없었다. 그리고 아무런 말을 할 수 없었던 것은 그뿐만이 아니었다.

"…제가 당신의 도구라고 생각하시는 겁니까?"

"도구라……. 그렇게 생각해도 할 말 없군. 그렇지만 자네는 내 부탁을 들어주기 위해 날 찾은 것 같은데 내 예상이 틀린 건가?"

그의 말에 알데히드는 자신의 허리로 시선을 떨구는 듯했다. 그의 레이피어 역시 허리춤에서 흔들렸다.

"당신은 아직 편안해져서는 안 됩니다. 저는 당신의 도구가 되지 않겠습니다."

나약하게만 보였던 알데히드의 존재가 그 앞에 당당하게 서 있을 정도로 뚜렷해졌다. 피란트는 이해할 수 없을 정도로 복잡해 보이는 이 사연의 원흉인 크리스티아 백작의 얼굴을 보기 위해 그의 곁으로 바짝 다가갔다.

그의 얼굴을 바라본 그 순간 피란트의 머리 속은 깔끔하게 정리되었다.

크리스티아 백작의 얼굴은 그가 아주 잘 알고 있는 자의 얼굴이었던 것이다.

"그런가? 나는 아직 꿈에서 깨어날 수 없다는 말이로군."

크리스티아 백작은 허공으로 시선을 고정시키며 알 듯 모를 듯한 말만 남기고는 알데히드를 향해 시선을 돌렸다.

아무것도 없었지만 크리스티아 백작의 시선이 멈춘 곳은 피란트가 서 있던 자리였다. 그리고 분명히 피란트와 그는 한 차례 시선을 주고 받았다.

"여기서 나가야겠어요. 다들 문 앞으로 나와주세요."

라이더와 한스는 머리 속에서 울리는 피란트의 목소리에 재빨리 문 앞으로 모였다. 그들의 기운을 느낀 피란트는 캐스팅도 없이 워프 게이트를 열어 그들을 밀어 넣고는 다시 한 번 크리스티아 백작의 얼굴을 바라보았다.

"좋은 꿈 꾸시기를……."

귀에 들리지 않을 정도로 작은 목소리였지만 그는 틀림없이 알아들었으리라.

*　　　*　　　*

"그러니까 포인트는 어디까지나 삼류깡패 같아야 해요. 건들건들거리면서 '아가씨, 참 예쁜데~ 시간있어?' 같은 대사 있잖아요."

덩치 좋은 청년 셋이 진지하게 고개를 끄덕거리자 안경을 낀 소녀는 흡족한 표정으로 미소를 지었다.

"그런데 궁금한 게 있어."

"뭔데요?"

　눈을 반짝이며 자신을 바라보는 소녀에게 청년은 머리를 긁적거렸다.

　"우리 중에는 이쁜 아가씨 역을 할 사람이 없잖아."

　"맞아, 맞아. 이런 떡대로 여장을 해봐야 어울리지도 않을 테고……."

　"혹시 아는 예쁜 언니라도 있는 거야?"

　세 명의 청년이 동시에 눈을 반짝이자 소녀는 생긋 미소를 지었다.

　"걱정 말아요. 예쁜 아가씨 역할 할 사람 여기 있으니까."

　청년은 주점을 두리번거리며 가벼운 한숨을 내쉬었다.

　"어이, 여기서 여자라고는 저기 저 푸짐한 아줌마밖에 없어."

　"숨겨둔 딸이 있다면 또 모를까, 아줌마에게 아가씨라고 할 순 없잖아?"

　그의 말에 소녀는 부들부들 떨리는 입가의 근육들을 억지로 진정시키며 최대한 상냥한 얼굴로 대답했다.

　"잘 찾아봐요. 여기 분명히 아리따운 아가씨가 있다니까요."

　그의 말에 청년들은 탁자 밑으로 고개를 숙였다가 소녀를 향해 따지듯이 항의했다.

　"어이, 설아야, 이쁜 아가씨가 도대체 어딨다는 거야?"

　설아라고 불린 소녀는 두 손으로 탁자를 쾅! 소리가 나도록 내려치더니 오른손 검지를 치켜들었다. 청년의 시선은 자연스럽게 그녀의 손가락을 따라 움직였다.

　설아의 손가락은 공중을 몇 번 오기더니 이내 자신을 가리키며 멈춰섰다.

　"…어디 있다는 거야?"

‘설마…’ 하는 불안한 표정으로 설아를 바라보던 그들은 이제 그녀의 입술을 주시했다.

“나예요.”

전혀 아무렇지도 않다는 듯이 생긋 미소를 짓는 그녀와는 달리 청년들의 얼굴에는 굵은 땀방울이 맺혔다.

“저기 설아야, 그러면 설정이랑 어긋나는데?”

“뭐가요?”

설아는 예의 반짝거리는 눈초리로 청년을 바라보았다.

만약 그녀가 마스터의 VIP 고객만 아니더라도 살짝 들어다가 밖으로 던져 버렸을 것이다.

아무리 봐도 설아라는 소녀는 작은 키에 동글동글한 얼굴로 굳이 말하자면 귀여운 이미지이긴 하지만 평범하기 짝이 없는 외모의 소유자였다. 아무리 그녀의 의뢰를 받아들여야 하는 입장이라지만 그녀가 시키는 일이란 황당하기 짝이 없는 일들이었다.

이 구역 내에서 최고라고 불리는 자신들을 데리고 건달이라고 부르기도 힘든 역할을 맡기다니 어이가 없었지만 재미는 있었다.

그녀의 기분을 거슬려서 좋을 것은 하나도 없었다. 마스터의 명령은 절대적인 것이다. 그런 마스터가 이 소녀의 말에는 절대복종이란 명령을 내렸다.

소녀는 자신을 ‘윤설아’ 라는 이상한 이름으로 소개하더니 자신을 편하게 대해달라는 부탁을 했다.

마스터의 VIP 고객이라는 사실보다 철없는 평범한 소녀라는 사실이 더욱 와 닿는 그들은 마른침을 꿀꺽 삼켰다.

“예쁜 아가씨에게 시비를 거는 건달과 그녀를 구해주는 용감한 기사라는 설정에서 제일 중요한 게 뭐라고 생각해?"

청년의 말에 설아는 생긋 미소 지었다.

"그거야 잘생긴 기사겠죠?"

그녀의 말에 그들은 또다시 굵은 땀방울이 흘러내렸다.

"예쁜 아가씨에게 시비 거는 건달에게 제일 중요한 건 뭐겠어?"

"그거야 당연히 그 아가씨가 얼마나 예쁘냐겠죠?"

"그러니까 설정에 어긋나는 건 따를 수 없어."

"좀 더 쉽게 설명해 봐요."

생글생글 미소를 짓고 있던 설아에게 짓궂은 인상의 청년 역시 피식 미소를 지었다.

"네가 어디가 그렇게 이쁘다는 거냐? 게다가 우린 꼬맹이는 취급 안 해."

"오호호. 꼬맹이? 누가 꼬맹이라는 거죠?"

한 손으로 입을 가리며 우아하게 미소 짓는 설아의 발은 짓궂어 보이는 청년의 다리를 사정없이 밟고 있었다. 청년은 고통으로 일그러진 표정을 지으면서도 끝까지 할 말을 다 하려고 애썼다.

"너 말이야, 너."

순간 우지끈하는 소리와 함께 설아가 그를 질질 끌고 가는 장면이 남은 두 청년의 눈에 들어왔다. 그리고 사라져 간 방향에서 돼지 멱따는 듯한 괴성과 퍽퍽 하는 소리가 들렸다. 그 소리들이 대충 무슨 소리인지 깨닫기까지는 그리 오랜 시간이 걸리지 않았다.

"자, 불만있는 사람?"

별거 아니라는 듯이 손을 탁탁 털며 걸어 들어오는 그녀의 미소 띤 얼굴을 보며 그들은 어색한 미소를 지었다.

“아무리 그래도 말이야.”

또 다른 청년이 설아의 말에 토를 달자 그녀는 상냥한 표정을 지어 보였다.

“뭔가 불만이라도 있으세요?”

살짝 목을 돌리는 그녀에게서 우두둑 우두둑 하는 소리가 들려오자 그는 비굴해 보이는 미소를 지었다.

“그럴 리가. 그럼 이제 슬슬 준비해야겠군. 흠! 흠!”

다른 청년이 한심하다는 듯한 표정으로 그를 바라보자 그는 얼굴을 붉히며 헛기침을 해댔다.

“네— 그럼 잘 부탁해요.”

생긋 미소 짓는 그녀를 보며 그들은 진실보다 주먹이 가까운 현실을 실감하고 있었다.

‘어째서 주인공 일행들이 여관 근처에서 건달들이랑 많이 부딪치는지 알 것 같다. 화장실에서 부딪치는 것도 웃기고, 시장에서 장 보다가 부딪치는 것도 웃기고. 역시 여관이 있는 주점이나 으쓱한 뒷골목이 좋다니까. 헤헤.’

전형적인 코스를 밟는다고 생각하며 그녀는 또다시 생긋 미소를 지었다.

*　　　　*　　　　*

“그러니까 지금 아데가 없어졌다는 거냐?!”

‘쾅!’ 하는 소리와 함께 탁자가 부러지는 요란한 소리가 들려왔다.

“그렇습니다. 얼마 전부터 설아님을 찾으시는 것 같더니 뮤까지 없다고 칭얼거리셔서……."

"설아님이 어디 계신지 알려줬단 말이지?"

그는 미간을 잔뜩 찡그리며 자신의 부하를 질책했다.

"면목없습니다."

여러 가지 바쁜 일정 때문에 뮤와 설아가 없어진 것을 알고 우울해하는 아델라이데에게 별 신경을 쓰지 못했었다. 그렇지만 설마 그 어린것이 혼자서 집을 뛰쳐나가리라고는 상상도 못했건만…….

"일단 설아님께 연락을 해보도록 해. 주변을 뒤지는 것도 잊지 말고!"

"알겠습니다."

그는 가벼운 한숨을 내쉬며 귀여운 아델라이데를 떠올렸다. 무사히 설아를 찾아갔다면 오히려 다행이지만 어린아이가 혼자의 힘으로 그런 일을 해낼 수 있다면 그것은 이미 어린아이가 아닐 것이다.

그가 자신을 걱정하고 있다는 걸 아는지 모르는지 아델라이데는 자신의 작은 가방에서 지도를 꺼내 들었다. 성 밖으로 나온 것까진 좋았는데 어린 그녀가 보기엔 아무 짝에도 쓸모가 없는 것이었다. 그녀는 지도를 꾸깃꾸깃하게 집어넣고는 주변의 돌을 집어 들었다. 그리고는 그것을 힘껏 던졌다.

"저기다."

아델라이데는 생긋 미소를 지으며 그 돌을 향해 뒤뚱뒤뚱 달리기 시작했다.

"메리, 최고야."

돌멩이에 이름까지 붙여주고는 혼자서 신나게 달린 것까진 좋았는데 문제는 그 돌멩이가 떨어진 곳에 도착하자마자 아델라이데를 골치 아프게 했다.

자신이 메리라고 이름 붙인 돌이 어떤 건지 찾을 수가 없었던 것이다.

"메리야? 메리야?"

아델라이데는 애처롭게 메리를 찾았지만 돌이 대답 같은 걸 할 수 있을 리가 없었다.

"아앗!"

그 와중에 누군가의 발이 자신의 메리 후보를 밟고 말았다. 아델라이데의 비명 소리에 놀란 듯 그 자리에서 멈칫한 커다란 발은—아델라이데에게는 그 발이 마치 자신보다 크게 느껴졌다—여전히 메리 후보 위에 올려져 있는 상태였다. 아델라이데는 그것이 메리라고 확신해 버린 듯 커다란 목소리로 울어대기 시작했다.

"우에엥—! 메리가 죽었어—! 우에엥!"

때 아닌 어린아이의 울음소리에 당황한 듯 아이에게 다가간 그는 아델라이데를 살짝 안아 들었다.

"우에엥! 메리야! 우에엥—!"

"왜 울고 계시는 겁니까?"

무뚝뚝한 목소리이긴 했지만 아델라이데는 메리의 죽음을 따지기 위해 눈물로 엉망이 된 얼굴로 그를 노려보았다. 태양 빛에 반짝이는 검은 머리카락은 누군가를 떠올리게 했다. 날카로웠던 그녀의 눈이 스르륵 풀리면서 그녀는 더 더욱 서럽게 눈물을 쏟아냈다.

"우에엥! 언니! 우에엥! 설아 언니이—!"

목 놓아 서럽게 울어대는 그녀를 보며 그의 루비 빛 눈동자가 반짝거렸다.

"…혹시 언니라는 분이 검은 단발에 안경을 끼고 있지 않으신가요?"

그의 말에 아델라이데는 자신이 언제 울었었냐는 듯이 울음을 뚝 그쳤다.

"우리 언니 알아요?"

눈을 동그랗게 뜨는 그녀를 천천히 살펴보던 그는 가벼운 한숨을 내쉬었다.

"친언니는 아니시죠?"

그의 질문에 고개를 끄덕인 그녀는 초롱초롱한 눈을 반짝이며 그의 옷자락을 잡아당겼다. 이 사람이라면 틀림없이 자신을 설아에게로 데려다 줄 것이란 생각이 들었던 것이다.

"언니한테 가요."

"설아님은 지금 어디에 계시는 겁니까?"

그가 설아를 찾는 수고를 덜게 해준 이 기특한 꼬마에게 생긋 미소를 지어 보이자 아델라이데 역시 그를 따라 생긋 미소를 지어 보였다.

"몰라요."

너무나 천진난만하게 웃는 그녀를 보며 그는 그대로 굳어버렸다.

"아데도 언니한테 가요."

여전히 생글생글 미소를 지어 보이는 그녀를 바닥으로 내려놓은 그는 다시 무뚝뚝한 얼굴로 되돌아갔다.

"동행하자는 말씀이시라면 거절하겠습니다."

정중하게 거절하는 그에게 아델라이데는 고개를 갸웃기렸다.

"동행이 뭐예요? 아데는 오빠랑 같이 갈래요. 동행은 안 해도 돼요."

그의 옷자락을 붙잡고 있는 아델라이데는 최대한 진지한 표정을 지어 보였다.

고집스럽게 입을 삐죽거리는 그녀의 모습은 꽤나 귀여웠지만, 불행히도 그는 어린아이를 그다지 좋아하지 않았다.

어린아이를 다루는 것에 무척이나 서툴렀던 것이다.

그는 아델라이테와 제대로 된 대화를 나누기 위해서는 자신의 눈 높이를 그녀의 수준으로 낮추거나 그녀의 정신 연령을 자신의 수준으로 끌어올리는 수밖에 없다는 것을 깨달았다.

"싫습니다."

그는 아델라이테의 수준으로 내려와 단호하게 말을 끊어버렸다.

"아데랑 같이 가요—!"

거의 바닥에 주저앉아서 떼를 쓸 것만 같은 그녀를 못 본 척하며 그는 그녀가 있는 반대 방향으로 몸을 획 돌려 버렸다.

아델라이테는 자신의 말을 가볍게 씹어버리는 그를 사납게 노려보더니 이내 눈물 한 방울 흘리지 않고 울어대는 놀라운 재주를 부리기 시작했다.

"에에엥—! 오빠 나빠! 에에엥—!"

빽빽 울어대는 것이 신전의 종소리보다 크게 느껴지자 무표정한 그의 얼굴에도 당황한 듯한 기색이 역력했다.

"에에엥—! 에에엥—!"

주저앉아서 발버둥을 치는 그녀의 커다란 목소리에 사람들이 힐끔힐끔 그들을 곁눈질해 댔다.

"쯧쯧, 생긴 건 멀쩡하게 생긴 총각이 애를 울리고 다니면 쓰나."

"그런데 저 꼬마는 왜 울고 있대요?"

사람들의 관심이 자신들에게 쏠려 있다는 것을 깨달은 아델라이테는 더욱더 큰 목소리로 울어대기 시작했다.

"우에엥—! 언니 찾아줘! 우에엥! 오빠 나빠!"

거의 악을 쓰듯이 소리를 질러대는 아델라이데와 너무나 당황한 나머지 그 자리에서 완전히 굳어버린 그를 번갈아 바라보던 사람들의 시선은 시간이 지나감에 따라 점점 험악해져 갔다.

"저 남자가 바람피운 모양이네. 에구, 잘생긴 것들은 꼭 인물값을 한다니까."

"들었어요? 저 남자가 바람피워서 아내가 가출을 했다는군요."

"저런 몹쓸 놈을 봤나! 글쎄, 허우대는 멀쩡하게 생긴 녀석이 바람을 피운 것도 모자라서 도박에까지 손을 댔다는군."

"오호라, 그래서 아내가 잡혀갔다는 거야?"

"그렇지. 아내가 미인인 모양이야. 도박 빚 대신 끌려간 걸 보면……."

수군수군…….

그는 '언니, 찾아줘!' 와 '오빠 나빠!' 라는 말만 가지고도 이 정도의 소문을 만들어내는 사람들을 향해 어이없다는 표정을 지어 보였지만 이미 철저하게 나쁜 놈이 되어버린 그의 표정 따위야 그곳에 모인 사람들에게는 아무런 감흥도 주지 못했다.

"뭐 하는 건가, 어서 그 아이를 데리고 아내를 찾으러 가지 않고?!"

성격이 급해 보이는 중년의 남자가 버럭 소리를 지르자 마을 사람들은 그의 말에 동의한다는 듯 다들 한마디씩 거들어댔다.

"울지 마라, 아가야. 형부가 언니를 데리고 올 거야."

"어서 가지 않으면 자네는 평생 이 마을에 한 발자국도 들여놓지 못할 줄 알게."

으름장을 늘어놓는 마을 사람들과 귀가 아플 정도로 빽빽 울어대는 아델라이데에게 휩쓸린 그는 얼떨결에 다시 그녀를 안아 들었다.

그리고는 인적이 뜸한 곳으로 쏜살같이 달리기 시작했다. 인간처럼 시끄러운 종족은 감당하기 힘들었던 것이다.

마을 사람들은 이곳에 저런 미남이 살고 있었냐고 뒤늦게 자기들끼리 수군거려 댔지만 이미 의문의 미청년은 마을 사람들의 시야에서 사라진 지 오래였다.

"이제 언니한테 가는 거죠?"

아델라이데는 얼굴 가득 '내가 이겼어!' 라는 표정을 짓고 있었다.

그는 가벼운 한숨을 내쉬며 아델라이데의 머리에 손을 가져다 댔다.

"저는 라드니르라고 합니다만 당신은……?"

라드니르는 지혜롭다는 비프론즈답게 정중한 목소리로 눈앞의 꼬마를 대했다. 그의 손에서는 눈에 보이진 않지만 뭔가 이질적인 기운이 풍겨졌다. 그 기운들은 아델라이데에게로 녹아들었다.

"특이한 이름이군요. 전 아델라이데예요. 아데라고 불러주세요. 저도 라르 오빠라고 불러 드릴 테니까요."

생긋 미소를 짓는 그녀에게선 혀 짧은 소리 대신 맑은 목소리가 흘러나왔다.

"라드니르라고 제대로 불러주십시오."

"음… 역시 라니 오빠라고 부르는 게 좋을까요? 그 편이 더 귀여우려나?"

고개를 갸웃거리는 그녀를 보며 라드니르는 또다시 가벼운 한숨을 내쉬었다.

“당신은 이제 20대의 지적 능력을 갖추었으니 이해하시리라 생각합니다. 알지도 못하는 어린아이를 목적지도 불분명한 곳으로 이리저리 끌고 다니는 것은 꽤 무거운 범죄니까 말입니다.”

“라니 오빤 고지식하구나. 납치라는 건 동의없이 아데를 끌고 가는 것이에요. 아데는 아데가 데려가 달라고 한 거니까 납치가 아니라구요.”

그것도 몰랐냐는 듯 어깨를 으쓱거리는 아델라이데를 보며 라드니르는 설레설레 고개를 저었다.

“18세 이하의 꼬맹이 동의 같은 건 솔직히 있으나마나입니다만······?”

“잘됐네요. 제가 나중에 아빠한테 들켜도 엉덩이를 두들겨 맞지 않아도 된다는 의미니까. 자, 아무리 꼬맹이가 귀찮더라도 마을 밖으로 나온 이상 버려두진 못하겠죠?”

라드니르는 저 고집 센 꼬맹이를 정말 버려두고 가야 하는 건지, 집까지 데려다 줘야 하는지에 대해 심각하게 고민하기 시작했다.

“게다가 전 설아 언니가 대충 어디쯤에 있는지 알고 있다구요.”

“조금 전에 저에게 모른다고 하셨던 거 같습니다만······?”

이것이 무슨 자다가 남의 다리 긁는 소리냐는 듯한 표정의 라드니르를 보며 아델라이데는 생글생글 미소를 지었다.

“지도를 가지고 있어요.”

“그게 뭐가 어떻다는 겁니까?”

라드니르가 별거 아니라는 듯이 반응하자 아델라이데는 입을 삐죽거려 댔다.

“언니가 어디에 있는지 표시가 되어 있어요. 지도를 볼 줄 모르니까 모른다고 했던 건데 필요없다면 혼자 갈래요.”

멋있게 뒤돌아서서 성큼성큼 그에게서 멀어지는 자신을 상상한 것과는 달리 그녀는 뒤뚱거리며 위태롭게 걷고 있었다. 그것도 얼마 가지 못해 라드니르에게 잡히고 말았지만 스스로는 꽤 멋있었다고 위안하는 아델라이데였다.

"그 지도 좀 볼 수 있을까요?"

"나 데리고 가는 거예요?"

아델라이데가 초롱초롱한 두 눈을 평소보다 많이 반짝거리자 라드니르는 졌다는 듯 가벼운 한숨을 내쉬었다.

"그러도록 하죠. 지도를 보여주십시오."

그녀는 가방에서 꾸깃꾸깃해진 지도를 꺼내 들었다.

"이, 이건……."

라드니르는 식은땀을 삐질삐질 흘려댔다. 동그라미가 쳐진 지도는 겹쳐져서 찍혀 있었다. 그는 지도를 아델라이데에게 내밀었다.

"둘 중에서 어떤 건지 알 수 있겠습니까?"

"으음……."

미간을 찡그리며 지도를 바싹 들여다본 그녀는 이내 고개를 흔들었다.

"몰라요."

"…이건 생각 좀 해봐야겠군요."

라드니르의 냉정한 목소리에 아델라이데는 고개를 갸웃거렸다.

"멀 생각해 본다는 거죠?"

"지도가 정확하지 않으니 굳이 아델라이데님을 데려갈 필요가 있을까 하는 문제 말입니다."

그의 말에 아데는 팔짱을 끼며 씩씩거렸다.

"사람이 한 입으로 두말하면 나중에 대머리가 된다고 해도 할 말 없을 거예요. 그래도 좋아요?”

“누가 그런 말을……?”

“설아 언니가 그랬어요.”

너무나 당당하게 외치는 그녀의 목소리에 라드니르는 또다시 가벼운 한숨을 내쉬었다.

‘설아님 때문에 망가지는 사람이 여기 또 한 명 늘었구나’ 라는 생각을 하며.

“어쨌거나 여긴 서로 정반대 방향이니 잘 생각해 보십시오. 잘못 선택했다가는 시간 낭비가 꽤 심할 겁니다.”

진지한 표정으로 그를 바라보던 아델라이데는 주변을 두리번거리더니 이내 작은 돌멩이 하나를 주워 들었다.

“메리 2호 가랏!”

아델라이데가 던진 돌은 오른쪽 방향으로 날았다.

“그렇게 장난 삼아 결정할 만한 일이 아니라고 생각합니다만……?”

그의 말에 아데는 진지한 표정으로 대답했다.

“장난 아니에요. 자! 왼쪽으로 가서 이프로 가는 배편을 알아보자구요.”

“오른쪽이 아니라 왼쪽입니까?”

“당연하잖아요. 메리는 언니에게 볼일이 없는걸요.”

“그게 무슨……”

어이없어하는 그를 두고 아델라이데는 저만치 앞서서 걷기 시작했다.

라드니르는 그녀와 대화가 통하지 않았던 것은 단지 그녀가 어리기 때문에 그런 것만은 아니라는 것을 깨달았다.

"정말… 믿어도 되는 걸까?"

가벼운 한숨을 내쉬며 아장아장 걷고 있는 그녀를 어깨에 올린 라드니르는 이쪽으로 오면서 얼핏 봐둔 항구로 걸음을 옮겼다. 지금까지는 혼자서 텔레포트를 쓰면서 움직였던 터라 햇볕 아래에서 걷는다는 것이 꽤나 고역처럼 느껴졌다.

죽은 자의 백작이라고 불리는 그가 마계에서 자리를 비워둔 채 적지 않은 시간이 지나간 터라 워프같이 눈에 띄는 마법을 사용했다가는 당장 자신이 결제해야 할 일거리를 떠안겨 줄 마족들이 한둘이 아니었다. 클래스가 높은 마법이든 낮은 마법이든 마법을 사용하면 언제나 그 흔적이 남기 마련이다. 꼬리가 길면 밟히는 법인지라 라드니르는 마법 사용을 최대한 자제했다. 덕분에 아직까지는 설아를 추적하는 것에 자유로웠지만 일단 잡히고 나면 언제 돌아올지 장담할 수 없었다.

'어디에 있는지 알 수만 있어도 이 고생은 하지 않아도 될 것을……'

설아를 찾아내고 나면 자기 발로 마계를 찾아가서는 만만한 녀석들에게 그 일들을 공평하게 나눠 주고 올 생각이었다.

끌려 들어가는 것과 스스로 들어가는 것에 무슨 차이가 있냐고 묻는다면 큰 소리를 칠 수 있다는 것과 없다는 것의 차이였다.

어떤 종류의 싸움에도 목소리가 큰 자에게 불리한 적은 거의 없다.

뭐, 지혜롭다는 비프론즈의 머리에서 나올 만한 이야기는 아니지만 말이다.

어쨌거나 그들은 이프로 향했다. 중간중간 아데가 잠든 틈을 이용해 텔레포트로 거리를 단축시킨 덕에 단시간 내에 이프에 도착할 수 있었지만 이프라는 곳 역시 무척이나 번화하고 커다란 도시인지라 사람을 찾기란 그리 쉬운 일이 아니었다.

"뭐부터 해야 할까요?"

아델라이데는 집을 떠나 거의 한 달 넘게 여행을 해온 덕분에 라드니르의 성격을 잘 알 것 같았지만 라드니르는 여전히 그녀를 종잡을 수가 없었다.

"혹시 설아님께서 어디에 묵고 계신지는 알고 있습니까?"

"당연히 모르죠. 라니 오빠 아데에게 바라는 게 너무 많아서 큰일이에요. 뭐, 아데가 똑똑해서 의지하고 싶어하는 마음은 충분히 이해하지만 말이에요."

어깨를 으쓱거리며 잘난 척하고 있는 아델라이데를 보고 있자니 피로가 몰려오는 듯했다.

"일단 숙소부터 정할 테니 한눈팔지 마십시오. 전 당신의 보모가 아니니."

"미아가 되면 찾지 않겠다고 이야기하려는 거죠? 그런 이야기라면 벌써 열 번도 넘게 들었어요. 지겨울 정도로 잘 알고 있으니까 그렇게 확인할 필요 없어요."

라드니르의 말을 끊어버린 아델라이데는 주변을 두리번거렸다.

"숙소라면 여기저기 돌아다닐 필요 없이 가까운 곳으로 가요."

그녀가 손가락 끝으로 가리킨 곳은 '요금은 선불입니다' 라는 간판이 무척이나 인상적인 여관이었다.

"어쩐지 내키지가 않는군요."

라드니르는 가벼운 한숨을 내쉬며 여관 문을 열었다.

'딸랑' 하는 종소리가 손님이 왔음을 알리자 카운터로 누군가가 달려왔다.

“어서 오세요.”

상냥한 아주머니의 목소리에 아델라이데는 생긋 미소를 지었다.

“얼마나 묵게 될진 모르겠지만 일단은 요금부터 계산해 두도록 하겠습니다.”

라드니르가 건네는 금화를 보며 그녀는 숙박계를 내밀었다.

“방은 2층 왼쪽에서 세 번째에 있는 것을 사용하시고 식당은 지하에 있습니다. 필요한 게 있으시면 언제든지 불러주세요.”

그녀는 열쇠를 내밀며 영업용 미소를 지어 보였다.

그들은 방에 짐을 풀어두고는 식사를 하기 위해 지하로 내려갔다.

“어이! 아가씨.”

건들건들거리는 청년 하나가 라드니르를 향해 수작을 걸어왔다.

“시간 좀 있어? 이 오빠랑 한잔할까?”

그의 일행으로 보이는 또 다른 청년이 그의 곁으로 스스슥 다가오자 아무런 반응이 없는 라드니르를 대신해 아델라이데가 그들의 옷자락을 잡아당겼다.

“아저씨들이 그 유명한 호모예요?”

‘푸풉!’ 하는 소리가 식당 한구석에서 들려오자 라드니르는 살짝 미간을 찡그린 채 그쪽으로 고개를 돌렸다. 빨간 머리의 보기 드문 엘프와 파란 머리의 수려한 소년과 인상 좋게 생긴 청년 하나가 미안한 듯 손을 들어 보였다.

아델라이데는 그들과 라드니르를 번갈아 보더니 뭔가를 깨달았다는 듯 고개를 끄덕이며 손뼉을 쳤다.

“흐음… 아저씨들 보는 눈이 꽤 높으시군요. 우리 라니 오빠가 좀 예쁘긴 예쁘죠. 그럼 잘해봐요.”

이번에는 ‘우당탕!’ 하는 소리와 함께 사람 좋아 보이는 청년이 뒤로 넘어져 버렸다.

“도대체 뭘 잘하라는 겁니까?”

아델라이데는 등 뒤에서 느껴지는 검은 오로라에 흠칫했지만 이내 아무 일도 없었다는 듯 세 명의 청년들이 있는 테이블로 아장아장 걸음을 옮겼다.

“아이 참! 라니 오빠도 데이트를 하는데 저만 심심하게 있을 순 없잖아요. 저도 작업하러 가요.”

또다시 ‘우당탕’ 하는 소리가 들려오자 빨간 머리의 엘프가 걱정스런 표정으로 인상 좋은 청년을 일으켜 세웠다.

“한스, 괜찮아?”

“아, 감사합니다.”

한스라 불리운 청년은 다시 자리를 바로잡았다.

“안녕하세요. 전 아델라이데라고 해요. 오빠들은 이름이 어떻게 되세요?”

‘크면 눈이 뒤집힐 정도로 미인이 될 것임’ 이라는 보증 마크라도 붙어 있는 듯한 귀여운 꼬맹이를 보며 피란트는 생긋 미소를 지었다.

“아델라이데 양이시군요. 저는 피란트라고 합니다. 뵙게 되어 영광이군요.”

그녀는 예의 바른 피란트의 태도에 만족한 듯 이번에는 빨간 머리 엘프에게로 시선을 돌렸다.

“아아, 이게 아니잖아!”

귀에 익은 여인의 목소리에 라드니르와 아델라이데의 얼굴이 가운데 테이블로 시선을 돌렸다.

1. 라이더 일행이 식사하러 주점에 내려오길 기다린다.

2. 깡패들이 설아에게 시비를 걸어온다.

3. 정의의 기사―라이더 일행―가 설아를 구해준다.

4. 그 인연으로 자연스럽게 파티에 끼어든다.

이것이야말로 설아의 '라이더 일행에 끼어가기 프로젝트' 였건만 초반부터 완전히 어긋나고 만 것이다.

'쳇! 이렇게까지 틀어져 버리면 계획을 바꾸는 수밖에 없잖아.'

속으로 한참을 투덜거리던 설아는 험상궂은 청년들을 향해 버럭 소리를 질렀다.

"연약한 오라버니 괴롭히지 말고 썩 물러나요!"

"그런 말은 이쪽에 와서 하는 것이 좀 더 효과가 있을 것 같은데……."

라이더가 설아를 향해 말을 걸어오자 그녀는 주변을 둘러보았다.

라드니르는 이미 주변을 깨끗이 정리해 버리고는 자신을 바라보고 있었고, 아델라이데는 자신을 흘낏 바라보더니 다시 작업에 들어갔다.

"으으으……."

결과는 대실패였다.

"설아님, 아무 말도 없이 사라지셔서 걱정했습니다."

"아, 그게 말이죠……."

미안한 듯한 표정으로 미소를 지어 보이는 설아를 보며 고개를 갸웃거리던 피란트는 마침내 그녀를 떠올리고는 자리에서 벌떡 일어났다.

"우아앗! 넌……!"

"저를 아세요?"

겉으로는 눈을 동그랗게 뜨면서 모르는 척했지만 설아의 머리 속은 점점 엉키고 있었다. 피란트가 이렇게 빨리 일행들과 합류하게 될지는 미처 예상 밖의 일이었던 것이다.

'계산이 틀린 건가?

설아는 속으로 가벼운 한숨을 내쉬며 그들이 이프까지 도착하는 데 걸렸을 날짜를 계산해 보았다.

"피란트, 여긴 우리만 있는 게 아니야. 목소리 좀 낮춰."

라이더는 자신들에게 집중되고 있는 시선들이 귀찮았는지 피란트를 향해 약간의 짜증 섞인 주의를 주고 있었다.

"…한 가지만 묻자."

피란트는 약간 위협적인 눈빛을 보내며 설아를 정면으로 바라보았다. 그러나 설아의 모습은 이미 그의 시야에서 사라져 있었다. 대신 그녀가 서 있던 자리에는 라드니르가 서 있었다.

"설아님께 무슨 볼일이 있으신지는 몰라도 함부로 반말을 내뱉지 마십시오."

조용히 살기를 드러내는 라드니르를 보며 한스는 재빨리 자리에서 일어났다.

"이런, 실례했습니다. 제가 대신 사과를 드리겠으니 마음 푸십시오. 만약 다른 선약이 없으시다면 이쪽으로 합석하시겠습니까?"

예의 사람 좋아 보이는 미소를 지으며 자리를 권하는 그에게 라드니르는 무표정한 얼굴로 대답했다.

"죄송하지만 중재하는 것과 무례하게 나서는 것의 차이를 모르시는 분과 합석을 하고 싶진 않습니다. 무엇보다 당신의 사과를 받을 이유가 없으니 제가 물러설 이유도 없다고 생각합니다만 불만이라도……?"

차갑게 무안을 줘버리는 라드니르를 향해 라이더는 피식 미소를 지었다.

"잘됐네."

모두의 시선이 '뭐가 잘됐다는 거야?' 라고 묻는 듯하자 그는 자리에서 벌떡 일어나 순식간에 라드니르의 앞까지 다가갔다. 자연스럽게 뒤로 물러난 한스와 피란트는 저 엘프가 또 무슨 말을 하려고 저러나 싶은 의아한 눈빛만을 보낼 뿐이었다.

"잘됐다고. 나도 당신이 마음에 안 드니까 결국 합석하는 일은 없을 것 같아서 잘됐다고 하는 거야. 밥은 좀 편하게 먹고 싶거든. 이미 입맛을 좀 버리긴 했지만."

귀를 좌우로 터는 라이더를 보며 라드니르는 살짝 미간을 찌푸렸다.

"요즘 엘프들은 상태가 영 엉망이로군."

그의 말에 울컥한 것은 라이더가 아닌 피란트였다.

"정말 열받게 만드는군."

여차하면 주먹질이라도 할 것 같은 분위기에 설아는 난감한 표정으로 주변을 두리번거려 댔다. 그리고는 자신과 그리 떨어지지 않은 곳에서 자신을 바라보고 있는 아델라이데를 발견해 냈다. 그녀는 상냥하게 미소 지으며 아델라이데에게 이리 오라고 손짓을 해 보였고, 아무것도 모르는 아델라이데는 좋아라고 달려왔다.

순간 설아는 아델라이데를 꽈악 꼬집었고 아픔을 참지 못한 그녀는 커다란 목소리로 울음을 터뜨렸다.

"우에엥―! 우에엥!"

살벌했던 분위기가 순간 움츠러들자 설아는 기회를 놓치지 않고 버럭버럭 소리를 질렀다.

"거봐요! 자꾸만 살기를 내뿜으니까 애가 놀라서 울잖아요!"

"우에엥—! 우에엥!"

너무나 서럽게 울어대는 아델라이데를 보자 한스는 미안한 생각이 들었던지 그녀를 안아 들고는 달래기 시작했다.

"아이가 있다는 걸 그만 깜빡 잊고 말았군요. 자, 자, 울지 말아요. 뚝!"

"우에엥—! 우에엥—!"

뭔가 억울하다는 듯 계속해서 울어대던 아델라이데는 검지로 설아를 가리키며 얼굴을 한스의 품에 파묻었다.

"우에엥—! 언니가 꼬집었어—! 우엥엥! 때찌해 줘! 에엥—!"

순식간에 네 명의 어이없다는 듯한 시선이 설아에게 행했고, 그녀는 잽싸게 의자에 앉아 그들에게 앉을 것을 권했다.

"자자, 그렇게 서 있지 말고 앉아요."

뭔가 은근슬쩍 넘어간다는 생각이 들긴 했지만 이미 한스가 자리에 앉아 버린 탓에 어쩔 수 없이 다들 자리로 가서 앉았다.

"여기 맛있는 걸로 잔뜩 부탁해요!"

그녀의 주문에 써빙을 보는 아주머니가 고개를 끄덕거렸고 그리 오랜 시간이 지나지 않아 테이블엔 푸짐한 음식들로 가득 찼다.

엘프를 위한 싱싱한 과일과 샐러드류, 그리고 각종 고기 요리와 고소한 맥주와 우유는 보는 이들의 식욕을 자극할 법도 한데 아델라이데를 제외한 아무도 요리에 손을 대지 않았다. 라이더와 라드니르는 아직도 눈싸움 중이었고, 한스와 피란트는 설아를 관찰하는 듯했다. 설아 역시 그들의 시선에 부담을 느꼈는지 요리에 손을 대지 않았다.

"에구, 이렇게 불편해서야 소화나 되겠어요? 전 윤설아라고 해요. 설아라고 불러주세요. 그리고 제자리도 찾지 못해서 남의 무릎에 올라가 있는 꼬맹이는 아델라이데인데 그냥 아데라고 부르세요. 마지막으로 제 옆에 있는 분은 라드니르……"

"라니 오빠라고 부르세요."

아델라이데가 얼른 설아의 말에 끼어들자 라드니르는 가벼운 한숨을 내쉬었다.

"라드니르라고 부르십시오."

"에엣! 라니라는 애칭이 절대로 절대로 귀엽다구요."

"제가 귀엽게 보여야 할 이유라도 있습니까?"

"그렇게 떽떽거리는 남잔 여자에게 인기없는 법이에요."

"고작 다섯 살 남짓 되어 보이는 아이에게 그런 말 듣고 싶진 않습니다만……"

라드니르의 말에 아델라이데는 입술을 삐죽거려 보였다.

"저기 말이죠. 그 꼬마 입 좀 막아주실래요?"

설아는 눈은 살기로 넘치고 입은 웃어 보이는 묘기를 선보이며 아델라이데에게 더 이상 떠들면 나중에 쥐어박아 버린다는 무언의 압력을 행사했다.

"이젠 저희 차례로군요. 전 한스라고 합니다. 이노르 출신이죠. 이쪽 엘프이신 라이더님도 마찬가지고. 피란트님은 여행 도중에 만나서 동료가 됐습니다."

그의 말에 아델라이데는 눈을 초롱초롱하게 빛냈다.

"와! 아데도 이노르 출신인데……"

"아델라이데님, 남이 이야기하고 있을 때 끼어드는 것은 나쁜 버릇입니다.”

“우우— 라니 오빠 잔소리쟁이.”

한스는 아델라이데와 라드니르를 보며 예의 사람 좋은 미소를 지어
보였다.

“그런데 설아님들 역시 여행 중이십니까?”

“네.”

짤막한 그녀의 답변에 한스는 여전히 사람 좋아 보이는 얼굴로 감탄
한 표정을 지었다.

“아직 어려 보이는데 정말 대단하군요.”

“뭐, 보호자 동반 여행이니 그리 대단할 것도 없어요. 그쪽이야말로
대단해 보이는걸요. 파티 구성도 화려하고.”

설아 역시 생글생글 사람 좋아 보이는 미소를 지어 보였다.

“엘프가 좀 보기 드물긴 하지. 인간들과 어울려 살기엔 워낙 섬세한
종족이거든.”

라이더가 사과를 한입 베어 물며 설아의 말에 수긍을 하자 라드니르
는 얼음이 쏟아져 내릴 것 같은 차가운 목소리로 그의 말을 받았다.

“섬세한 종족답게 예의에도 좀 신경을 써주십시오.”

“아아, 다들 저보다 연세가 많으시니까 말씀들 낮추셔도 괜찮아요.”

“설아님!”

“아아, 괜찮아요. 인간은 노인 공경을 우선시하는 법이거든요.”

생긋 미소를 짓는 그녀의 말에 피란트와 라이더는 발끈한 듯 서로
버럭 소리를 질러댔다.

“누가 노인이라는 거야?!”

“말씀 낮추시는 거 싫으세요? 왜들 화를 내시는 건지 모르겠군요.”

약간은 겁먹은 듯한 그녀의 표정에 한스는 씩씩거리고 있는 그들을 달랬다.

"자자, 레이디를 겁주는 행동은 신사답지 못한 겁니다."

"게다가 음식을 앞에 두고 소리치는 건 아주 몰상식한 행동이에요. 침이 튄 음식을 누가 먹고 싶겠어요?"

따끔한 일침을 놓는 아델라이데를 보며 설아는 라드니르를 흘끗 바라보았다.

"무슨 짓을 했길래 애가 저 모양이 된 거예요?"

"저건 천성인 것 같습니다만……."

라드니르는 설아의 시선을 살짝 피하며 맥주잔을 집어 들었다.

"실례되는 질문인지는 모르겠지만 가족은 아닌 것 같고 설아님의 일행은 서로 무슨 관계십니까?"

한스가 조심스럽게 묻자 아델라이데가 씩씩하게 대답했다.

"남자 한 명에 여자 둘이라면 뻔한 거 아니에요? 삼각관계예요. 삼각관계. 나랑 라니 오빠가 애인 사이고, 설아 언니가 가운데 끼어든 거죠."

"푸홋! 쿨럭쿨럭!"

맥주를 마시던 라드니르는 사레들렸는지 연신 기침을 해댔다.

"…로리콘이었던 거냐?"

라이더가 고개를 흔들며 확인 사살을 하자 라드니르는 그 자리에서 돌이 되었다.

"그런 말을 하는 게 요놈의 입이냐?"

인기척도 없이 한스의 뒤로 스스슥 다가간 설아는 순식간에 아델라이데를 들어 올리더니 그녀의 입을 쭈욱 잡아당겼다.

"우엥엥! 아파! 아파!"

“또 떠들어봐. 또 떠들어봐. 그 예쁜 입을 오리 입으로 만들어줄 테
니까.”

순간 테이블 위에서는 찬바람이 부는 듯했다.

저 시끄러운 꼬마의 입을 순식간에 다물게 해버린 설아의 위력에 라
드니르와 라이더는 존경과 감탄 어린 시선을, 한스와 피란트는 동정과
비난의 시선을 보내는 듯했다.

“역시 애들은 실력 행사를 해야 말을 듣는다니까.”

옆구리에 아델라이데를 낀 채 자신의 자리로 돌아간 설아는 이래서
야 끝이 없겠다는 생각이 들었는지 라드니르를 향해 입을 열었다.

“지금 안 바빠요?”

“네?”

난데없는 설아의 질문에 라드니르는 의아한 표정을 지어 보였다.

“보나마나 해야 할 일이 잔뜩 있을 텐데도 날 찾으러 온 거겠죠?”

“아…….”

“찾았으니 이젠 돌아가서 밀린 서류들을 처리하셔야죠.”

“그렇지만 지금은…….”

“자자, 내놔요.”

손을 불쑥 내미는 설아에게 라드니르는 다시 한 번 의아한 표정을
지었다.

“호출기 같은 거 채우려고 한 거 아니에요? 발신기라든지 송신기 뭐
그런 거.”

“그런 거라면 마법을 걸어두면 됩니다만…….”

라드니르는 설아에게 추적 마법을 걸었다.

“자, 그럼 어서 가보세요. 급하면 부를 테니까 지금은 안심하셔도 될

거예요."

"그리 안전해 보이진 않습니다만……."

라드니르가 예의 무표정한 얼굴로 계속해서 버티고 서 있자 설아는 살짝 미간을 찡그렸다.

"내키지는 않지만 그렇게까지 가지 않겠다고 말하신다면 할 수 없죠."

라드니르는 설아가 순순히 물러나자 의아한 표정을 지었다.

자신이 기억하는 한 그녀는 자기가 하겠다고 마음먹은 것은 무슨 일이 있어도 해야지만 직성이 풀리는 성격이다. 이렇게 순순히 물러설 리가 없었다.

"정말정말 치사하지만 명. 령. 입. 니. 다. 부를 때까지 돌아가 있으세요."

"네, 알겠습니다."

라드니르의 입 밖으로 튀어나온 말은 자신이 하려던 말과는 전혀 다른 말이었다.

그리고 놀랍게도 자신의 몸이 주인의 의지를 배반한 채 멋대로 워프 게이트를 뚫어버리더니 그 속으로 들어가 버렸다. 마치 그 모든 것이 자신의 의지인 것처럼 설아에게 건강에 대한 당부도 잊지 않았다.

"아데야."

"네?"

"너 아빠 보고 싶지 않니?"

"아데는 언니가 더 보고 싶었어요. 아빠는 집에 가면 맨날맨날 볼 수 있는걸요. 아데는 언니가 너무 좋아요―!"

말끝마다 애정이 듬뿍 담긴 듯한 아델라이데의 애교 넘치는 목소리에 설아는 생긋 미소를 지었다.

"아데야, 언니도 아데가 너무 예쁘고, 너무 좋단다."

"와아~ 정말?"

"그럼! 그런데 아데야, 넌 언니가 좋아, 여기 있는 잘생긴 오빠들이 더 좋아? 솔직히 말해 봐."

누가 봐도 무척이나 선량하다고 말할 것만 같은 표정으로 생긋 미소를 지어 보이는 설아에게 아델라이데는 생긋 미소를 지었다.

"그거야 당연히 예쁜 오빠들이죠."

조금도 망설이는 기색 없이 씩씩하게 대답한 아델라이데에게 설아는 여전히 상냥한 미소를 지어 보였다.

"미안해서 어쩌지? 아빠가 널 꼭 붙잡아달라고 사람을 보내셨거든."

그녀의 말이 끝나기가 무섭게 주점의 문이 활짝 열리더니 아델라이데와도 안면이 있는 사람이 들어왔다.

"찾아주셔서 감사합니다. 아가씨, 주인님께서 화가 많이 나셨으니 단단히 각오하시는 게 좋을 것입니다."

그는 설아로부터 아주 능숙하게 아델라이데를 받아 올리고는 다시 문 저편으로 사라졌다. 아델라이데는 순식간에 벌어진 일에 이러지도 저러지도 못한 채 설아를 향해 크게 소리를 질렀다.

"설아 언니는 구라쟁이―"

주점 안을 쩌렁쩌렁하게 울리는 아델라이데의 목소리를 무시한 채 그녀는 자신을 바로잡았다.

"이제야 좀 조용해지겠군요. 자, 저에게 궁금한 점이 있다고 하셨나요? 저도 그러하니 서로 질문 하나씩 교환하죠?"

이젠 대화 도중에 끼어들 사람이 없다는 것을 깨달은 그들은 약간은 경계 어린 눈빛을 보냈다.

"질문이라면 저부터 해도 될까요? 저 녀석은 이미 제 정체도 알고 있으니까 말은 잘 통할 것 같거든요."

피란트는 한스에게 양해를 구하듯 눈짓을 해 보였다. 한스는 고개를 끄덕이며 설아를 관찰하듯 바라보았다.

"도대체 네 정체가 뭐냐?"

설아는 그의 말에 어이가 없다는 듯한 표정으로 그를 바라보았다.

"그런 쓸데없는 질문으로 단 한 번밖에 없는 질문 찬스를 놓치다니 아깝지도 않아요? 저야 당연히 인간이죠. 거창하게 정체랄 것도 없이 그냥 딱 보면 알잖아요?"

"흥. 확인해 두고 싶었거든. 그럼 그 소환책은 어디서 난 거야?"

"안됐지만 질문은 한 가지밖에 받지 않아요. 그러니까 제가 묻죠. 피란트님, 이곳에 도착한 지 얼마나 지났죠?"

"너야말로 이상한 걸 묻는구나?"

피란트의 말에 그녀는 생긋 미소를 지었다.

"질문에 대답이나 해봐요."

"한 삼십 분 정도?"

피란트의 말에 설아는 고개를 끄덕거렸다. 역시나 시간이 맞지 않는다. 운 좋게—사실은 매일같이 그들을 끌고 연습 삼아 몇 번째 들어오는 손님에게 '아가씨 어쩌고저쩌고' 하는 시비를 걸어왔던 것에 대한 성과였다—여기까지 왔지만 설아는 불길한 생각을 떨칠 수 없었다.

"그럼 나도 질문 하나 하지. 피란트가 이야기한 소환책은 어디서 구한 거야?"

설아는 치사하다는 듯 피란트를 바라보았지만 그는 생글생글 미소를 지으며 어깨를 으쓱거릴 뿐이었다.

사실 모든 물건들은 뮤가 가지고 있었고, 뮤는 현재 설아의 손에서 벗어나 있었다. 그렇다고 순순히 잃어버렸다고 말하기에 상대는 드래곤이다. 아무런 무기도 없고, 빽도 없이 인간인 자신이 피란트를 상대하기에는 버겁다고 생각한 설아는 여유있어 보이는 겉모습과는 달리 속으로는 조마조마한 심정으로 가벼운 한숨을 내쉬었다.

"이렇게 대단한 물건이 제 것일 리가 없잖아요. 전 잠시 맡아두고 있는 것뿐이라구요. 돌려달라고 하면 찍 소리도 못하고 돌려줘야 해요."

설아의 말에 피란트는 아쉬운 표정으로 입맛을 다셨다.

"내가 사려고 했는데 아쉽게 됐네."

"…이런 걸 팔려고 할 정신 나간 사람이 있을 거라고 생각해요?"

"하긴."

라이더는 의아한 표정으로 피란트와 설아를 번갈아 보았다.

"그런데 두 사람 어떻게 알게 된 사이야?"

"아아, 저 녀석에게 엄청나게 좋은 소환책이 있어서 이 몸이 얼마 전에 잠깐 불려갔었어. 형도 저 녀석이 가지고 있는 소환책이 뭔지 알면 눈이 뒤집힐걸."

피란트의 말에 라이더와 한스는 의외하는 표정으로 그녀를 바라보았다.

"소환사였던 거야?"

"질문은 하나만 받아요. 그리고 이번엔 제가 질문할 차례입니다."

그대로 말을 잘라 버리는 설아를 보며 라이더는 살짝 미간을 찡그렸다.

"한스, 다음 질문 저 녀석 소환사냐고 물어봐."

"그런 건 그다지 중요한 게 아닌 것 같은데요."

한스가 난처한 표정으로 대답하자 라이더는 눈에 힘을 주기 시작했다.

"만약에 저 녀석이 적이라면 그런 정보가 아주 유용하게 쓰일 거야."

"적이라니요? 단순한 여행자들 아니었어요?"

설아가 눈을 동그랗게 뜨고 묻자 한스는 진지한 표정으로 그녀에게 질문했다.

"두 번째 질문입니까?"

"…뭐, 그렇다고 해두죠."

그녀의 대답에 라이더는 가벼운 한숨을 내쉬었다.

"이야기가 길어."

"시간은 얼마든지 있어요."

그녀는 편안한 자세로 우유가 담긴 컵을 집어 들었다.

"네가 보다시피 난 엘프야. 이노르 출신이지. 엘프들의 마을은 대부분이 인간들의 출입을 허락하지 않아. 그건 엘프와 인간은 공존할 수 없다는 것을 뼈저리게 깨달았기 때문이야. 그런 엘프 마을에도 예외적인 존재가 있어. 그게 바로 하이 프리티스트 유이님이시지."

그는 목이 타는 듯 맥주를 들이켰다.

"태어나서 지금까지 줄곧 엘프들과 지내셨으니까 사실 그분이 인간이라는 생각은 아무도 하지 못했었어."

"뭐, 그게 중요한 건 아니었을 테니까요."

설아가 다 이해한다는 표정으로 맞장구를 치자 그는 고개를 끄덕거렸다.

"아크레라고 하는 인간이 눈앞에서 유이님을 납치해 가지만 않았어도 여기까지 오는 일은 없었을 텐데……."

벌컥벌컥.

맥주를 들이키는 라이더를 보며 피란트는 어깨를 으쓱거렸다.

"대충 이렇게 된 스토리야. 더 필요해?"

"혹시 그 아크레라는 사람이 크라크 아크레님은 아니죠?"

그녀의 말에 순간 그들의 표정이 딱딱하게 굳어졌다.

"…혹시 그 사람 얼굴을 똑똑히 기억하고 있어?"

라이더와 설아가 동시에 고개를 끄덕이자 피란트는 어린아이의 손바닥 크기만한 수정 구슬을 내밀었다.

"사람 찾는 데 이거보다 좋은 건 없다고 해서 어렵사리 구해 온 거야."

한껏 폼을 잡는 피란트를 보며 설아는 속으로 코웃음을 쳤다.

'쳇! 그냥 티먼트가 준 거 달랑 받아오기만 해놓고 엄청 생색내고 있어.'

그녀는 수정 구슬을 받아 들었다.

"이거 가지고 어떻게 하면 되는 거죠?"

"간단해. 머리 속에 있는 그의 이미지를 떠올리기만 하면 되니까."

그의 말에 설아는 고개를 끄덕이며 아크레의 특징들을 떠올렸다.

기품있는 20대 초반의 얼굴, 179㎝의 커다란 키, 푸른빛의 눈동자까지 영락없는 동화 속의 주인공 같은 그의 모습을 떠올리자 라이더가 자리에서 벌떡 일어났다.

"이 자식이야! 이 자식!"

흥분한 듯 소리를 지르던 라이더는 그대로 바닥으로 쓰러져 버렸다.

"역시 엘프에게 술은 무리인가……."

설아는 뒤통수를 긁적거리며 미안하다는 듯한 시선을 보냈다.

"라이더님, 괜찮습니까?"

걱정스러운 표정으로 라이더를 일으켜 세우는 한스에게 피란트는
걱정 말라는 듯 손을 저어 보였다.

"이 술주정뱅이는 제가 데려갈 테니까 형은 저 녀석이랑 좀 더 데이
트나 하고 오세요."

그의 말에 한스는 사람 좋아 보이는 얼굴로 난처한 미소를 지어 보
였다.

"그럼 좀 있다 봐요."

손을 좌우로 흔들어 보이는 설아에게 그는 살짝 미간을 찡그려 보였
다.

"금방 올 테니 쓸데없는 수작은 안 부리는 게 좋을 거야."

"네이~"

저만큼 사라져 가는 피란트와 라이더를 걱정스럽게 바라보던 한스
는 천천히 설아에게로 시선을 돌렸다.

"전 아직 질문할 것을 정하지 못했는데 먼저 하시겠습니까?"

"한스 씨라고 하셨죠?"

생글생글 사람 좋아 보이는 미소를 짓고 있는 두 사람에게선 마치
오랜 친구처럼 평온한 분위기마저 맴돌았다.

"네. 성은 없습니다."

설아는 얼굴에서 미소를 지우며 매서운 표정을 지었다.

"당신은 누구죠?"

"네? 그런 질문을 하시다니……. 마지막 질문을 그렇게 사용해 버려

도 되겠습니까? 이번이 마지막 기회일 텐데……."

한스가 걱정스럽다는 말투로 그녀를 말렸지만 설아는 여전히 긴장을 늦추지 않은 채 그의 대답을 재촉했다.

"마지막이기 때문에 질문하는 거예요. 당신은 정체가 뭡니까?"

"그거야 척 보면 알 수 있을 텐데요. 인간입니다, 당신과 같은."

그의 얼굴에는 여전히 사람 좋아 보이는 미소가 걸려 있었다.

"…인간입니까?"

설아의 표정은 매우 어두워졌다.

"그렇습니다만 뭔가 잘못된 거라도……?"

한스가 의아한 목소리로 질문했지만 그녀는 아무런 대답도 하지 않았다.

마치 금방이라도 쓰러질 것같이 핏기없는 얼굴에선 너무나 복잡한 감정이 뒤섞여 있었다.

"…이젠 당신 차례군요."

아무런 말도 하지 않을 것 같았던 설아가 다시 입을 열자 그 역시 입가에서 미소를 지워 버렸다.

"당신의 질문을 그대로 돌려 드리겠습니다. 당신은 누구십니까?"

정중하지만 결코 호의적이지는 않은 정말 처음 듣는 것 같은 생소한 목소리가 설아의 귓가에 들려왔다.

"당신… 바보예요?"

아직 창백하긴 했지만 설아는 자신의 얼굴만큼이나 동글동글한 미소를 지으며 한스를 향해 질문했다.

"네?"

"그 질문이라면 이미 피란트님께서 하신 걸로 기억하는데요?"

"그 대답에 만족하지 못했기에 드리는 질문입니다만……."

한스의 얼굴에선 그의 트레이드 마크 같았던 사람 좋아 보이는 미소의 흔적조차 완벽하게 사라져 있었다. 그것은 눈앞에 있는 소녀의 존재감이 너무나도 비현실적이게 느껴지는 탓이었다.

어쨌거나 그녀의 외형은 소녀였다.

정말 너무나도 평범해서 어디에나 있을 것 같은 그런 소녀였다.

어른인 자신이 위축되거나 겁먹을 필요 따윈 조금도 없었다.

"제가 말씀드렸을 텐데요? 질문은 한 가지라고 말이에요. 하나의 질문에는 하나의 대답밖에 들려 드릴 수 없습니다. 저는 인간이고, 불행히도 한스 씨는 자신이 사용할 기회를 다 써버린 듯하군요."

그녀가 말을 끝냄과 동시에 한스는 더 이상 그녀에게 질문을 할 수 없었다. 마음속에서는 끊임없이 그녀에 대한 의문이 들었지만 그것은 입 속에서만 맴돌 뿐 결코 입 밖으로 새어 나오지 못한 채 사라져 버렸다.

"자자, 데이트는 즐거워야 하는 법이에요. 그렇게 노려봐서야 데이트라고 할 수 있겠어요? 뭐, 어쨌거나 전 지금 무지하게 배고픈데 질문이 끝났으면 이제 식사해도 되는 거겠죠?"

그녀는 말이 끝나기가 무섭게 증명이라도 해 보이려는 듯 와구와구 음식들을 입속으로 밀어 넣기 시작했다. 한스 역시 어색한 미소를 지으며 빵을 집어 든 순간 피란트가 그들 곁으로 다가왔다.

"한스 형, 뭔가 별다른 성과라도 있었어요?"

"면목없군요."

고개를 흔드는 한스를 보며 피란트는 괜찮다는 듯이 고개를 끄덕이고는 설아에게로 시선을 돌렸다.

"그러고 보니까 우리 사이엔 아직 계산이 남아 있었지?"

"무슨 계산이죠?"

사과를 아삭아삭 소리가 나도록 베어 먹으며 건성으로 질문을 건네는 설아에게 피란트는 의기양양한 표정으로 대답했다.

"일전에 계약 말이다. 설마 날 공짜로 부려먹을 생각은 아니었겠지?"

"그 책으로 인해 소환당했다는 것만으로도 대단한 영광 아닌가요?"

설아가 눈을 동그랗게 뜨고 질문하자 피란트는 그녀의 말이 맞다는 듯 고개를 끄덕였다.

"보통은 그렇게들 생각하겠지. 그건 사실 존재하는지 어떤지도 모를 정도로 오래된 전설 속의 책이니까. 그런데 말이야, 난 블루 일족이거든."

"그래서요?"

"영광이 빵 먹여주냐?"

…그랬다.

블루 드래곤은 무척이나 이성적이며 현실적인 사고방식을 지닌 드래곤이었다.

영광은 영광이고, 대가는 대가다.

"으음……. 그래서 뭘 요구하시려고요?"

물론 대가야 지불하는 쪽에게 그 선택권이 있는 법이겠지만 딱히 블루 드래곤에게 줄 만한 무엇인가는 그다지 떠오르지 않는 설아였다.

"아아, 별거 아니야. 아크레라는 사람과 유이라는 프리티스트에 대한 정보 제공."

"헤에? 정말 그런 걸로 괜찮아요?"

설아가 의외라는 표정으로 묻자 피란트는 고개를 끄덕였다.

“네가 적인지 아군인지는 네가 제공하는 정보를 들어보고 판단하겠
어.”

은근한 협박에 설아는 뒤통수를 긁적거렸다.

“그렇게 거창할 거 없어요. 제가 아는 그분께서 당신들이 알고 싶어
하는 사람이라면 이미 돌아가셨으니까. 사실 임플란드 최고의 기사라
고 하면 이 나라에서 모르는 사람이 없을 정도로 유명한 사람이죠. 어
째서 돌아가셨는지에 대해서는 아무런 소문도 들려오지 않더군요. 유
이라는 이름이었던 것 같긴 한데, 확실한지 어떤지는 잘 모르겠지만…
레번이라는 사람이 제 또래의 하이 프리티스트님을 모시고 이노르로
향하는 중이라는 이야기를 언뜻 듣긴 했어요.”

“뭐야, 그렇다는 것은 우리가 지금 안 해도 될 고생을 하고 있다는
거야?!”

피란트의 흥분한 듯한 목소리에 설아는 어깨를 으쓱거렸다.

“그거야 저한테 묻는다고 나올 답이 아니죠.”

“게다가 지금으로선 설아님께서 하신 말씀이 거짓말인지 진실인지
조차 알 수 없으니 그 정보가 얼마나 큰 도움이 될지 알 수 없는 일이
라고 생각합니다만…….”

한스가 그답지 않게 부정적인 반응을 보이자 피란트는 설아와 그를
번갈아 바라보며 의아한 목소리로 질문했다.

“무슨 일 있었어요? 한스 형이 대놓고 사람 의심할 성격은 아니었는
데 너 어지간히 밉보였나 보다?”

“그, 그런 뜻이 아니라 제 말은…….”

당황한 표정으로 버벅거려 대는 한스를 보며 설아는 생긋 미소를 지
었다.

"한스 씨의 걱정은 당연한 거겠죠. 믿건 말건 그것도 그쪽에서 선택할 문제고 말이에요. 노파심에서 하는 말이지만 정 못 믿겠으면 피오네로 가서 주교님을 만나보세요. 아마 유이님을 모시러 왔다고 하면 만나주시지 않겠어요?"

설아의 말에 그의 표정이 약간 어두워졌다.

"그 말씀은 꼭 이 모든 일은 주교님께서 벌이신 일이라는 말씀처럼 들립니다만… 그 말에 책임지실 수 있습니까?"

"설마요. 이봐요, 어디까지나 전 제가 아는 이야기와 의견을 들려준 것뿐이에요. 말했잖아요? 제 말을 믿거나 혹은 믿지 않거나 하는 판단은 그쪽 몫이라고. 책임 역시 제 몫은 아니랍니다."

손사래 치는 그녀를 향해 그쪽이라고 칭해진 그들은 살짝 미간을 찡그렸다.

"무책임하군요."

"당연하죠. 제가 전하는 것은 '정보' 일 뿐이고, '해답' 을 찾는 건 그쪽이 할 일이잖아요? 서로의 역할에 충실하자구요."

다시 사과를 아삭아삭 베어 물던 설아는 자리에서 벌떡 일어났다.

"제 방은 2층 왼쪽 통로에서 다섯 번째 방이에요. 혹시나 물어볼 게 있으시면 그쪽으로 오세요."

가벼운 발걸음으로 주점을 나서는 설아와는 달리 남겨진 자들의 표정은 무척이나 어두웠다.

"라이더님께서 깨어나신 다음에 상의해 봐야 할 것 같습니다만 우선 피란트님의 생각을 듣고 싶군요."

"으음……. 일단 주교를 만나고 나서 생각해 봐야 할 문제 같아요. 형 말대로 저 녀석이 거짓말을 하고 있는 걸지도 모르니까요."

한스 역시 피란트와 같은 생각이었던지 대답 대신 고개를 끄덕였다.

＊　　　＊　　　＊

사실은 믿지 않아요.
단지 마음이 편해지기 위해서죠.
나중에, 아주 나중에
모든 일이 잘못되었을 때
당신에게 왜 날 이렇게 힘들게 만들었냐고
항의할 수 있는 마지막 도피처일 뿐…….

사실은 믿지 않아요.
당신에게 모든 일이 잘 풀리게 해달라고
아주 독실한 신도처럼 기도하는 것도
내 마음을 다잡기 위함일 뿐이에요.

그러니까 기대하지 마세요.
내가 만족할 거라고……
그 자리에 멈춰 선 채 당신께 안주(安住)할 거라고……
난 달려갈 거예요.
난 결코 멈춰 서지 않아요.

그렇다고 당신께 감사하지 않을 정도로
뻔뻔한 존재는 아니에요.

언제나 감사하고 있어요.

그렇지만 난 당신을 믿지 않아요.
난 나를 믿을 뿐이죠.
언제나 최후의 순간에는
나는 나를 믿어요.
내 선택을……
내 최후의 발길을……
난 그것을 믿어요.

미리엘 강의 상류에는 독실한 신도들의 나라 임플란드에서 보기 드문 시가 새겨져 있는 바위가 있었다.
"프리티스트에게 그리 보기 좋은 시는 아니지?"
레번이 커다란 바위를 툭툭 치자 유이는 어깨를 으쓱거렸다.
"뭔가 대단한 사연이라도 있는 건가요?"
"글쎄… 나도 잘 몰라. 하류에 이것과는 반대되는 것이 있다니까 나중에 가서 사람들에게 물어보든지."
유이는 다시 한 번 그 시들을 천천히 읽어 내려갔다.
"같은 사람이 쓴 건가요?"
"그건 아닐걸. 어쨌거나 기껏 이노르까지 다 갔다 싶었는데 다시 한참 돌아 나가게 생겼으니……."
골치 아프다는 듯 미간을 찡그리는 그에게 유이는 괜찮다는 듯한 미소를 지어 보였다.
"이대로 배를 타고 하류까지 가서 이노르로 가게 되는 건가요?"

"아마도."

레번은 이 일의 원흉이 된 티로를 노려보며 가벼운 한숨을 내쉬었다.

하피의 특성은 난폭하고 지저분하다는 점에 있다.

유이가 티로를 씻겨주려 해도 거의 발악에 가까운 반항을 하니 그녀도 어쩔 수 없었던 것이다.

티로가 깨끗했을 땐 사람들이 우르르 몰려와 '천사님, 천사님' 하는 바람에 한바탕 소동이 일어났었고, 티로가 지저분해지자 특유의 악취 때문에 다들 꺼리는 바람에 노숙을 해야만 했었다. 그래도 노숙이라면 그나마 사정이 나았다.

레번이 잠시만 한눈팔아도 노점의 과일을 집어 먹질 않나, 과일을 바닥에 던져서 더 이상 못 먹게 만들어 버린다든지 해서 마을에서 쫓겨나는 일까지 겪은 레번과 유이였다.

덕분에 하이 프리티스트와 깡패, 그리고 하피라는 이상한 파티 구성의 외부인은 받지 말라는 소문까지 나돌고 있는 요즘이었다.

유이가 마지막 화이트 가루까지 달달 털어서 티로의 날개를 감추는 것까지는 성공했지만, 도통 씻지를 않는 바람에 소문의 일행이 하피에서 지저분한 여인으로 바뀌었을 뿐 마을의 출입이 금지된 상황은 변한 게 없었다.

필요한 물건을 사기 위해 유이가 잠시 마을에 들른 것을 제외한다면 거의 도망자의 생활이 연상되는 레번이었다.

하루에도 몇 번씩 '저걸 구덩이에 파묻어 버릴까'를 고민하는 그였지만, 유이 덕분에 번번이 미수(未遂)에 그치고 말았다.

"내가 저놈의 원숭이만 아니더라도 좀 편하게 갈 텐데……."

"티로가 원숭이야? 티로가 원숭이야?"

티로는 깡충깡충 뛰면서 유이에게 질문해 왔고, 난처한 미소를 짓는 그녀를 대신해 레번이 고개를 끄덕였다.

"그래, 이 원숭아!"

"우꺅! 티로는 원숭이래요~ 우꺅! 티로는 원숭이래요~"

어울리지 않는 목소리로 재롱을 떨어대는 티로를 보며 그는 골치 아프다는 듯 고개를 흔들었다.

"어쨌거나 배에 타게 되면 조용히 해라. 네가 시끄럽게 굴면 피해 보는 건 이쪽이니까 말이다."

눈에 살기를 내뿜으며 목소리를 까는 레번을 보며 그녀는 얼른 유이의 뒤로 숨어버렸다. 그리고는 또다시 얼굴을 빼꼼 내밀어 보았다.

"우꺅? 티로 조용히 해?"

"그래. 그만 좀 나불거려라. 저기 배 온다."

강의 특징상 너무 큰 배는 다닐 수 없기 때문에 열 명 정도의 승객을 태울 수 있을 정도의 작은 배를 수시로 운행하고 있었다.

대개의 배들이 손님이 있을 경우 티로를 태우지 않으려 했기에 그들은 지루함을 참아가며 사람들이 없어지길 기다렸다.

"이 배는 시에라를 거쳐 이프까지 가는 배요. 타겠소?"

일상은 험악하지만 항해 경력이 제법 되어 보이는 선장이 레번을 향해 말을 걸었다.

"세 사람입니다."

레번의 말에 그는 살짝 미간을 찡그렸다.

"저 거지도 당신들의 일행이란 말이오?"

거지라는 말을 듣자마자 티로는 순식간에 선장 앞으로 다가가 그의 다리를 발로 차버렸다.

"이게 무슨 짓이냐?!"

"난 너 싫어! 가! 가!"

마치 길가에 굴러다니는 돌멩이를 차듯 선장의 다리를 발로 뻥뻥 차던 티로는 흘낏 레번의 눈치를 살피다 선장에게 목을 잡히고 말았다.

"까아앗! 이거 놔! 까아앗!"

미간을 찡그리던 선장은 거칠게 티로를 들어 올렸다.

"그만두세요."

유이가 얼른 중재에 나서자 선장은 살짝 미간을 찡그렸다.

"보아하니 이 거지가 불쌍해서 도와주려는 모양인데 그만두는 게 좋을 거요. 괜한 동정심은 해를 끼칠 수 있다는 걸 알아야지. 이런 녀석은 다시는 건방지게 굴지 못하도록 버릇을 고쳐야 해."

"까아앗! 아파! 아파!"

티로는 그의 손에서 빠져나가기 위해 발버둥 쳤지만 아무런 소용이 없었다.

"당신의 말이 옳아. 괜한 동정심은 좋지 않은 법이지."

레번은 악당 같은 미소를 지으며 선장의 곁으로 다가갔다.

"흠……. 역시 저 프리티스트님보다 당신이 좀 더 세상 물정에 대해 잘 알고 있군."

그는 레번의 대답이 마음에 들었는지 피식 미소를 지었다. 그러나 그의 미소는 그리 오래가지 못했다.

'탁!' 하는 소리와 함께 팔이 부러질 듯한 충격이 전해져 온 것이다.

"까아앗!"

티로는 얼른 자신을 구해준 레번의 뒤로 가서 숨어버렸다. 선장은 티로를 잡고 있던 왼손을 레번에게 붙들리고 말았다.

“무슨 짓이오?!”

“저 원숭이는 말이야, 시끄럽고, 분위기 파악도 못하고, 지저분하기가 이루 말할 수 없을 정도지만 보호자가 있는 원숭이야. 저걸 구덩이에 처넣고 흙을 덮어도 보호자가 덮어야지 타인이 그런 짓을 하기엔 주제넘다고 생각하지 않아? 어디 대답해 보시지, 선장나으리?”

레번의 눈에서는 어느덧 살기가 넘쳐흘렀다.

“대답해 보시지? 대답해 보시지?”

티로는 레번 뒤에 꼭꼭 숨어서는 얄미울 정도로 약을 올려댔다.

“크윽! 내가 실… 수를 한 것 같군.”

레번은 그의 손을 순순히 놓아주고는 티로의 머리를 ‘픽!’ 소리가 나도록 쥐어박았다. 갑작스런 일격에 티로는 두 손으로 머리를 감싸며 그대로 쭈그려 앉았다.

“아파! 아파!”

항의하듯 소리를 지르는 티로에게 레번은 살짝 미간을 찡그렸다.

“지금 삽이 없는 걸 다행으로 생각해.”

“그렇지만 이번에는 티로가 먼저 시비 건 게 아닌걸.”

티로는 입을 삐죽거렸다.

“누가 잡히래?”

레번은 티로를 향해 다시 한 번 잡아먹을 듯한 시선을 보냈다.

“널 모욕한 사람에게 행패를 부리든 욕을 하든 그건 네 마음이지만 잡히면 그 뒤처리는 내가 해야 하잖아.”

“레번님!”

레번다운 말에 유이는 어이가 없었다.

“하하하! 당신들 정말 특이한 사람들이군?”

선장은 방금 전까지 레번과 자신이 한차례 힘겨루기를 했다는 사실을 잊은 사람처럼 호쾌한 웃음을 터뜨렸다.

"좋소. 금화 두 개에 안전하게 모셔 드리리다."

"금화 두 개라구요? 그건 너무 비싸잖아요. 은화 한 개면 충분히 갈 수 있을 것 같은데……."

유이가 살짝 미간을 찡그리자 티로가 또다시 그녀의 말을 따라 했다.

"비싸— 비싸—"

"에이, 그렇게 말해도 두 사람이면 몰라도 그 원숭이가 있는 한 배를 타긴 어려울 거요. 뭐, 나도 생각 같아선 공짜로 태워주고 싶지만 그래서야 선원들이 불만이 많을 거란 말이지. 당신들을 태우면 손님 받는 건 포기해야 하는데 그랬다간 항해를 끝내고 난 선원들이 죄다 굶어야 할 판이오."

과장이 섞이긴 했지만 그의 말에도 일리는 있었다. 말썽을 피하기 위해서는 손님을 받지 않는 것이 현명한 처사이리라.

그렇지만 손님을 받는 것 외에 별다른 수입원이 없을 그들이기에 그런 손해 보는 짓을 해가면서까지 그들을 자신의 배에 태울 의무 같은 건 없었다.

사실 현재의 그들 입장에선 선장이 달라는 대로 다 주고도 배에서 김빠진 맥주 취급당할 가능성이 컸다.

"뱃사람은 흥정하는 재능이 없다더니 그 말이 사실이었군."

레번은 기분 좋게 금화 세 개를 꺼내 들었다.

"하나는 내가 선원들이 보고 있다는 생각을 못한 무례에 대한 사과이니 거절하면 화낼지도 몰라."

"오, 눈치 빠른 친구로군. 그것에 대한 사과를 빠뜨렸다면 자네는 항해 도중 고기밥이 되었을지도 몰라. 내 부하들이 좀 쪼잔한 면이 있거든. 아무튼 손님들, 어서 타십시오. 마린 호에 오신 것을 환영합니다."

"잘 부탁드립니다."

그는 선장다운 태도로 손님을 맞이했고 손님 역시 그들다운 태도로 배에 올랐다.

＊　　　＊　　　＊

"그런데 이거 어째 묘하게 시간이 안 맞는다?"

혜령은 살짝 미간을 찡그리며 이야기 속 설아와 같은 말을 꺼냈다.

"시간이요?"

"그래. 한스 일행이 이프에 도착한 것과 라드니르 일행이 이프에 도착한 시기가 비슷할 수가 없잖아. 출발한 시기도 다른 데다가 거리도 있는데."

"그거 그냥 마법으로 짠― 해버린 거 아니였어요?"

남주가 의아한 표정으로 바라보자 혜령은 고개를 갸웃거렸다.

"흐음……. 그런가?"

"아마 그럴걸요."

남주의 말에 납득한 듯 고개를 끄덕이던 혜령은 이내 고개를 흔들었다.

"그건 아닌 것 같아. 설아 생각 중에 그런 부분이 있었잖아. 시간이 안 맞는다고. 시스템 오류라도 난 건가?"

"혹시 만일에 하나라도 누가 손을 대고 있는 건 아닐까요?"

남주의 말에 혜령은 가벼운 한숨을 내쉬었다.

"설마. 누구 의심되는 사람이라도 있어?"

"석진 선배는 갇혀 있을 테니 그럴 염려는 없을 테고, 빈이가 그런 짓을 할 리도 없을 테니 남은 한 명은 뻔하잖아요."

남주의 말에 그녀는 고개를 저었다.

"그렇진 않을걸. 내가 알기로는 석진이 주변에 있는 애들은 죄다 문명치라고 들었거든."

"문명치?"

"그래. 혼자서 TV 예약 녹화도 못하는 사람. 그런 사람이 프로그램에 손을 대겠어?"

혜령의 말에 남주의 눈이 커졌다.

"그럼 혹시 우리가 프로그램에 간섭해서 그런 건 아닐까요?"

"응?"

"유이 말이에요. 타이밍이 잘못되는 바람에 시간까지 어긋나게 된 건 아니겠죠? 만약 그런 거라면 다시 손볼 수도 없는 일이잖아요."

"타이밍 잘 잡았어. 그런 걱정은 안 해도 돼."

자신의 실력을 의심하는 듯한 그녀의 말에 혜령은 살짝 미간을 찡그렸다.

"설아에게 무슨 문제라도 생겼는지 어떤지 전화 좀 해보고 올게요."

"그래."

혜령은 건성으로 고개를 한 번 끄덕거려 보이고는 다시 프로그램을 살폈다.

"이상하네."

잠시 후에 전화하고 온다던 남주가 고개를 갸웃거리며 나타나자 혜령은 시큰둥한 얼굴로 그녀를 향해 얼굴을 돌렸다.

"또 뭐가?"

"빈이 녀석 말이에요. 전화를 안 받아요. 어디 간 거지? 기숙사에 안 있고……."

"폰으로 전화해 봐."

"그것도 안 받아요."

"그럼 네가 설아네 방에 좀 가보든지. 아니다, 문 열어줄 사람이 없지?"

혜령의 질문에 남주는 고개를 끄덕였다.

"도대체 어딜 간 거야?"

"이렇게 마음대로 바꿔도 되는 겁니까?"

"당연히 안 되지."

석진은 프로그램 속의 몇 가지를 지워 버리고는 또 다른 것들에 손을 대기 시작했다.

"그럼 뭐 때문에 이렇게……?"

빈은 살짝 눈살을 찌푸리며 석진을 바라보았다.

언뜻 보기에 내용의 큰 변화를 주지 않으면서도 전체적인 영향을 끼치는 것이 시간이란 녀석이다.

"그거야 당연히 설아에게 위기 의식을 심어주기 위해서지. 그 녀석이 시간 설정을 해둔 이유가 뭐라고 생각해?"

"그거야 이야기 속으로 들어갔을 때와 밖으로 나왔을 때의 시간 차이가 벌어지는 것을 막기 위해서겠죠?"

빈이의 대답에 석진은 고개를 끄덕거렸다.

"그래. 그러니까 생각해 봐. 이쪽도 그쪽처럼 시간을 마음대로 조종할 수 있다는 것을 알려주면 어떻게 될 거 같아?"

그의 말에 빈은 그대로 굳어버렸다.

이야기 속에서 하루나 이틀이 지나가 버리는 것은 큰 의미가 없지만 그것이 일 년, 십 년이 흘러버린다면……?

갑자기 백 년이 휙 지나가 버린다면……?

'그건 말도 안 돼.'

빈은 이마에 맺힌 땀을 닦아냈다.

이야기 속에서 점점 시간의 경계가 모호해지고 순식간에 그 시간들이 지나가 버린다면 설아의 이야기를 이루고 있는 인간은 모두 죽어버릴 것이다. 그렇게 된다면 이야기 자체가 형성될 수 없다.

"만일… 그렇게 되면 설아가 위험해지지 않겠습니까?"

한참 동안의 침묵을 깨고 빈이 질문을 해오자 석진은 염려하지 말라는 듯 피식 미소를 지었다.

"걱정하지 않아도 돼."

"그 말은 괜찮다는 뜻입니까?"

"누가 괜찮대?"

"네?"

빈이 의아한 표정으로 석진을 보자 그는 여유 넘치는 얼굴로 다시 한 번 미소를 지어 보였다.

"괜찮을 리가 있냐? 그 녀석이 이야기 속의 영향을 고스란히 다 받겠다고 작정한 이상 이야기 속에서 같이 죽어버리거나 운이 좋다고 해도 할머니가 되어 있겠지. 어쩌면 이야기가 흔적도 없이 사라졌을 때 이쪽으로 튕겨져 나올 수도 있고……."

"네에?! 아니, 그럼 지금 뭘 믿고 이런 일을 벌이시는 겁니까? 잘못했다가는 살인 미수라는 거 모르십니까?"

그는 빈의 말에도 여전히 미소를 지우지 않았다.

"뭘 믿긴 뭘 믿고 이러겠어?"

"…네?"

"아직까지 고집스럽게 자신의 이야기 속에 틀어박혀 있는 그 녀석을 믿는 거지."

그의 말에 빈은 가벼운 한숨을 내쉬었다.

그가 무슨 말을 하는지 이제야 알 수 있을 것 같았다.

자신의 이야기가 무너지는 것이 싫어 친구를 돌려보낸 그녀라면 자신이 그 세계에 남아 있기 때문에 이야기가 무너진다는 것 역시 견딜 수 없을 것이다.

이야기를 지키기 위해서는 그녀 스스로 이야기 밖으로 나와야만 했다.

"내가 장담하건대 얼마 못 가서 설아 스스로 이야기 밖으로 나오게 될 거야. 그것 때문에 네게 시간을 당겨도 그다지 눈에 띄지 않는 부분을 찾아내 달라고 부탁한 거니까 말이야."

석진의 말에 그녀는 아무런 대답도 할 수 없었다.

"슬슬 기숙사로 돌아가 봐. 혹시 알아? 네가 도착할 시간쯤에는 깨어 있을지도 모르잖아."

그의 목소리는 자신감이 넘쳤다.

이야기를 지키려는 한 설아는 반드시 이야기 밖으로 나와야 할 테니까.

외전

Echolalia

Echolalia……。

어쩌면 내가 처음 작가가 되고 싶다고 생각한 건 우리 집의 환경 탓일지도 모른다.

Echolalia(누구나의 목소리를 흉내 내는 유아를 뜻함)라는 단어의 뜻처럼…

고서점(古書店)을 하고 있는 우리 집에선 가장 흔하게 볼 수 있는 것이 책이었다.

"엄마 가게 다녀올 테니까 동생 잘 보고 있어."

"다녀오세요."

제법 의젓하게 인사를 한 다섯 살짜리 남자 아이는 한 살 아래의 동생을 데리고 서재로 갔다. 서재는 그림책과 동화책, 잡지, 만화, 소설,

그리고 어느 나라의 책인지 알 수도 없는 원서들로 빽빽한 곳으로 평상시 우리 같은 꼬맹이에겐 출입 금지 구역이었다.

지금 생각해 보면 몬스터같이 포악한 꼬맹이들에게서—그 당시 우리가 즐겨 하는 놀이는 크레용으로 낙서를 해대는 것이었다. 그것이 벽이든 종이든 닥치지 않고 낙서를 해댔던 것이다—책을 지키기 위해 그랬다는 걸 쉽게 추측할 수 있지만, 그땐 거기가 보물 창고라도 되는 것 같아 틈만 있으면 살금살금 서재로 숨어 들어가고는 했다.

그곳에 무사히 숨어 들어갈 때마다 꼬맹이들은 어쩐지 무시무시한 모험을 성공리에 끝마친 용사의 기분에 젖어 우쭐거리곤 했다.

굳이 설명하자면 '아무나 덤벼— 내가 상대해 주마. 음하하하' 라고 외치고 싶은 기분이라고 할까나.

아무튼 그렇게 으쓱으쓱거리는 어깨를 마주한 채 두 꼬맹이들은 먹이를 노리는 맹수처럼 신중하고도 날카로운 눈빛으로 책장을 훑어보았다.

"오늘은 어떤 걸로 할래?"

"공주님 이야기!"

"또……?"

남자 아이는 질렸다는 표정으로 여동생을 바라보았지만 여동생은 부담스러울 정도의 초롱초롱한 눈동자로 오빠를 바라보았다.

"난 공주님 이야기가 좋아."

동생의 말에 남자 아이는 아주 익숙한 동작으로 얇은 그림 동화책을 꺼내 들었다.

표지에는 '헨젤과 그레텔' 이라는 제목과 함께 남매로 보이는 어린 아이들의 그림이 그려져 있었다.

"헨젤과 그레텔."

남자 아이가 책 제목을 읽어주자 여동생은 입술을 삐죽 내밀었다.

"난 공주님 이야기가 좋아."

"그래그래. 헨젤과 그레텔 공주님."

남자 아이는 동생을 달래기 위해서인지 뒤에 살짝 공주님을 붙여 버렸다.

"헨젤 왕자님이 아니라?"

이상한 것을 전혀 눈치 채지 못한 동생은 또다시 입술을 삐죽 내밀며 오빠에게 딴지를 걸어댔다.

"그래그래. 헨젤 왕자님."

남자 아이는 귀찮은 듯 건성으로 대답하고는 책을 펼쳐 들었다.

사실 이 꼬맹이들은 서재에 들어올 때마다 언제나 같은 책을 집어 들었고, 오빠는 읽어주고 동생은 그 이야기를 듣는 걸 즐겼다(정말 몬스터라고밖에는 설명할 수 없을 정도로 말썽을 피워대는 두 꼬맹이가 놀랍게도 이곳에만 들어오면 마치 어른들처럼 점잔을 빼고 앉아서 책을 꺼내 드는 것이다).

문제가 있다면 이야기의 시작은 남자 아이가 펼치는 장부터라는 것과—그것이 책의 중간이거나 마지막 장이라고 해도—언제나 이야기가 바뀐다는 것이지만 여동생은 책이라는 것이 원래 그런 것인 줄 알고 있었기에 이상하다는 것을 눈치 채지 못했다.

"과자로 만든 거대한 성에 헨젤 왕자님과 그레텔 공주님이 살았습니다."

펼친 페이지에는 커다란 사탕과 비스킷, 초콜릿과 빵 등으로 이루어진 집과 그것을 먹고 있는 헨젤과 그레텔이 그려져 있었다.

남자 아이는 신이 난 목소리로 말했다.

"헨젤 왕자와 그레텔 공주님은 성을 뜯어 먹었습니다."

"성을 먹어? 왜?"

동생의 초롱초롱한 눈을 보며 남자 아이는 잠시 생각에 잠겼다가 이내 작은 목소리로 얼버무렸다.

"…공주랑 왕자는 원래 성 먹고 살아."

"정말?"

의심스러운 듯한 여동생의 목소리에 남자 아이는 그런 것도 몰랐냐는 듯한 얼굴로 고개를 끄덕거렸다.

"그럼 과자는 먹으라고 있는 거잖아. 넌 그런 것도 몰랐냐? 바보같이……."

"으음……. 그래서?"

여동생이 납득한 듯한 얼굴로 고개를 끄덕이자 남자 아이는 다음 페이지로 책장을 넘겼다.

그림은 인자한 얼굴의 할머니께서 헨젤과 그레텔을 마주 보고 서 있는 장면으로 바뀌었다. 여동생은 귀를 쫑긋 세우며 남자 아이의 이야기가 이어지기를 기다리고 있었다.

"공주와 왕자가 성을 뜯어 먹고 다닌다는 소문을 들은 정의의 용사 할머니는……."

"정의의 용사가 어째서 할머니야?"

여동생이 말도 안 된다는 표정으로 남자 아이를 바라보며 또다시 입술을 삐죽삐죽 내밀자 남자 아이는 미간을 찡그리며 목소리를 낮게 깔았다.

"내 마음이야."

"그런 게 어딨어?!"

여동생이 화가 난 듯 버럭 소리를 지르자 남자 아이는 동생보다 더 커다란 목소리로 버럭 소리를 질렀다.

"내 마음이니까 내 마음이지! 자꾸 까불면 책 안 읽어준다!"

책을 덮으려는 것을 여동생이 책 앞으로 두 손을 뻗어 막아버리자 남자 아이는 의기양양한 표정을 지어 보였다.

"아무튼 정의의 용사 할머니는 헨젤 왕자님과 그레텔 공주님이 더 이상 성을 뜯어 먹는 걸 용서치 않았어. 왜냐하면 그 성은 할머니가 만든 거였거든."

"이번엔 요리사야?"

여동생의 말을 못 들은 척하며 남자 아이는 계속해서 말을 이어 나갔다.

"할머니는 마법의 요리를 먹여서 헨젤 왕자님과 그레텔 공주님을 잠들게 했지."

"잠깐만! 공주님은 착한 사람만 있는 거 아니었어? 오빠가 뭔가 잘못 안 거 아니야? 내가 보기에는 할머니가 악당인 것 같은데?! 이 이야기 수상해."

여동생이 팔짱을 끼며 다시 한 번 자신의 이야기에 참견하자 그는 여동생의 머리를 쿡 쥐어박아 버렸다.

"왜 때려?!"

여동생이 양 뺨을 잔뜩 부풀리고는 앙칼진 목소리로 빽 소리를 질렀지만 남자 아이는 눈 하나 깜빡이지 않고 또다시 동생의 머리를 쿡 쥐어박아 버렸다.

"너 때문에 이야기를 못하겠다. 쪼그만 게 매일 귀찮게만 굴고……."

남자 아이가 책을 탁 소리가 나게 덮으며 서재 밖으로 휙 나가 버리자 별것도 아닌 걸로 화를 낸다는 억울함과 이야기의 끝을 알고 싶다는 호기심이 뒤섞여 울어야 할지, 오빠를 찾아 책을 읽어달라고 졸라야 할지 갈피를 잡지 못한 여동생은 아쉬운 대로 책을 집어 들었다.

아직까지 글자는 읽지 못하지만 PC를 이용하면 이야기 같은 것을 얼마든지 보고 들을 수 있는데도 굳이 책을 읽어달라고 오빠에게 조르는 이유는……

자신도 알 수 없었다.

헨젤과 그레텔이라고 쓰여 있는 저 동화에서 오빠가 들려준 이야기는 벌써 열 가지도 넘어가지만 지금처럼 중단되어 버린 이야기도 많았다.

여자 아이는 책을 펼치고는 그 안의 그림을 뚫어져라 바라보았다.

이야기를 알아내기 위해서는 흰색은 종이요, 검은색은 글자 수준의 글보다는 그림 속에서 힌트를 얻어내는 방법이 더 효과적이었던 것이다.

"오빠가 봤던 것과는 다른 이야기인가 봐."

책장은 남자 아이가 성급하게 펼칠 때와는 달리 제대로 된 헨젤과 그레텔의 모습을 보여주었다. 헨젤과 그레텔은 공주나 왕자로 불릴 만큼 화려한 옷을 입고 있지도 않았으며 약간 슬픈 표정을 하고 있었다.

"음……. 이래선 무슨 이야기인지 잘 모르겠다."

여동생이 책장을 한 장 한 장 넘길수록 헨젤과 그레텔, 그리고 책 속의 사람들은 끊임없이 나타났다.

여동생은 언제나 이야기를 듣기만 하던 입장에서 처음으로 이야기를 만들게 되었다. 정의의 용사 할머니는 헨젤 왕자님과 그레텔 공주님께 음식이 나오는 요술 아궁이를 선물하고 그 속으로 사라졌다는…….

“정말 감동적인 이야기구나.”

여자 아이는 책을 조심스레 꽂아두고는 한참이나 그 동화책을 바라보았다.

이야기라면 듣는 것도 좋아하지만 상상하는 것도 좋아했던 여자 아이는 자신이 만들어낸 이야기를 사람들에게 들려주었다. 그리고는 자신도 책을 쓰는 사람이 되고 싶다고 말하고 다녔다. 여자 아이의 부모님께서는 대수롭지 않은 듯 웃어넘겼지만, 그 여자 아이는 지금까지 자신의 말대로 이야기를 쓰고 있다.

그 여자 아이가 바로 나고, 그 남자 아이가 우리 오빠다.

그때 오빠라는 인간도 글을 제대로 알고 있지 않았다는 걸 깨달은 건 그날 뒤부터 글자를 배워보려고 오빠에게 가르쳐 달라고 귀찮도록 조르고, 그러다가 얻어맞고, 엄청나게 싸워댄 뒤였지만.

지금의 오빤 내가 웃으면서 그 이야기를 꺼낼 때마다 자기가 언제 그랬냐고 화를 낸다.

뭐, 정신적으로 한참 더 성숙한 내 쪽에서 정신 연령이 낮은 오빠가 예전이나 지금이나 사소한 데 화를 내는 버릇은 고치지 못했다고 생각하고 너그럽게 넘어가 주는 수밖에.

아무튼 글을 쓰고 싶다고 생각하기 시작한 것은 오빠로부터 비롯된 것이지만, 끝은 분명히 다를 것이다.

현재의 오빠와 내가 가는 길이 다르듯이…….

오늘도 참는다

"눈 좀 떠봐. 어째서 너는 볼 때마다 자고 있는 거야?"

"…이래 봬도 다 뜬 눈입니다만……."

라이더의 구박에 한스는 식은땀을 흘리며 예의 사람 좋은 미소를 지어 보였다.

"좀 더 크게 떠보라니까 그러네."

라이더는 검지와 엄지를 이용해서 한스의 두 눈을 쭉 늘이고는 고개를 끄덕거렸다.

"음… 됐어."

"…남의 눈으로 장난치시면 재밌습니까?"

한스가 한 발짝 뒤로 물러서서 눈을 비벼대자 라이더는 피식 미소를 지었다.

"내가 이겼어. 오늘 식사 당번은 피란트 너다."

"헤에, 한스 형 눈동자 색이 파란색이었구나. 괜히 초록색에 걸어서……."

툴툴거리는 그들을 보며 대충 상황을 짐작한 한스였다.

"매일 보는 얼굴… 눈동자 색 하나 기억을 못하시는 겁니까?"

지끈거리는 머리를 붙잡으며 평상시와 다름없는 표정으로 질문하는 한스에게 라이더는 너무나 당연하다는 듯한 말투로 대답했다.

"보여야 알지."

한스는 라이더를 정면으로 바라보며 의아한 표정을 지었다.

"넌 모르는 모양인데 네 눈은 이렇다니까."

라이더는 검지로 자신의 눈을 실눈처럼 가늘게 만들었다.

"풋!"

피란트가 웃음을 참으려는 듯 고개를 돌리자 라이더는 양손을 들어 보이며 그를 향해 가벼운 핀잔을 주었다.

"이봐, 그렇게 웃는 건 너무하잖아."

"아, 죄송합니다."

미안한 표정으로 사과하는 피란트에게 한스는 괜찮다는 미소를 지으며 가벼운 한숨을 내쉬었다.

'진짜 너무한 쪽은 자기면서 피란트님께 추궁을 하다니… 역시 라이더님이라고 해야 하나?'

"자자, 어쨌거나 식사 준비를 서둘러 줬음 좋겠어. 난 지금 배가 고프거든."

라이더는 피란트의 등을 떠밀고는 자신은 편안한 자세로 나무에 기대어앉았다.

"뭐 하고 있는 거야, 한스? 곧 해가 저물 텐데 계속 그러고 있을 거야?"

“네?”

“야영 준비 안 해? 숲의 저녁은 꽤 쌀쌀할 텐데?”

라이더의 말에 한스는 고개를 끄덕이다 의아한 표정으로 그를 바라보았다.

“라이더님은 쉬시는 겁니까?”

“아니, 난 바빠. 꽤 여러 가지 일을 해야 하거든.”

그의 말에 요리를 준비하던 피란트마저 관심을 보이는 듯했다.

“무슨 일?”

“짐 맡아두기, 자리 맡아두기, 그리고 피란트가 해주는 요리 먹어주기.”

그는 이 정도면 많이 하지 않느냐는 표정으로 어깨를 으쓱거렸다.

“…그렇군요.”

한스는 빠직거리는 자신의 이마를 문지르며 땔감으로 쓸 만한 것들을 찾으러 나왔다. 제법 쓸 만한 나뭇가지와 마른 나뭇잎들을 긁어모으던 그의 귀에 뭔가 아주 처절한 비명 소리가 들려왔다.

“으아아아!”

목소리가 낯이 익다는 생각에 그는 재빨리 비명 소리가 들려오는 방향으로 달려갔다.

“으아아아아! 나보고 이걸 먹으라고?!”

이번엔 분노에 찬 목소리였다.

“무슨 일이죠?”

가져온 장작을 한쪽에 내려놓으며 한스는 아무 말 못하고 있는 피란트를 바라보았다.

“이 녀석이 잡아 온 것 좀 봐!”

기가 막힌다는 듯한 표정으로 그가 검지로 가리킨 것은… 돼지였다.

"아… 엘프는 육식을 하지 않았죠. 과일이라면 근방에서 쉽게 구할 수 있을 테니 제가 찾아보도록 하겠습니다."

한스의 말에 라이더는 미간을 찡그리더니 손가락을 까딱해 보였다.

"거기서는 잘 안 보이나 본데 이리 와봐."

그의 말에 한스는 다시 한 번 돼지를 살펴보았다. 돼지는… 돼지였다. 불행히도 몸은 인간, 머리는 돼지인 오크라는 것이 문제였지만.

"으음… 이 정도라면 저도 먹긴 힘듭니다만……."

한스가 기막힌 듯한 표정으로 피란트를 바라보자 그는 변명하듯 입을 열었다.

"그렇지만 주변에 사냥감이라고는 이런 것밖에 없었어요."

풀이 죽은 듯한 그의 모습에 한스는 심각한 표정으로 생각에 잠긴 듯했다.

"무슨 생각해?"

라이더가 미간을 찡그리며 질문하자 한스는 대수롭지 않은 말투로 대답했다.

"그래도 고생해서 잡아 오셨을 텐데 먹을 수 있는 부위가 있을까 생각해 봤습니다만……."

"…진심이냐?"

라이더의 말에 한스는 생긋 미소를 지어 보였다.

"역시 아무리 생각해도 먹을 수 있는 부위는 없군요."

'진심… 이었군.'

라이더와 피란트가 식은땀을 흘리는 동안 한스는 왔던 길을 되짚어 나갔다.

“식사 전에 오크는 치워주십시오.”

멀리서 들려오는 한스의 외침에 ‘오드득오드득’ 하는 소리와 함께 커다란 천둥 소리가 들려왔지만 한스는 식사 매너에는 간섭하지 않는 주의라 나무 열매 따는 것에만 주위를 기울였다. 열매들을 제법 모은 한스는 일행들이 기다리고 있는 곳으로 향했다.

“어쨌거나 요리 담당은 피란트니까 니가 알아서 해.”

라이더가 빨간 열매를 씹어 먹으며 피란트에게 핀잔을 주자 모닥불을 피우던 그는 가벼운 한숨을 내쉬었다.

“과일 가지고 무슨 요리야. 그냥 먹어.”

“난 제대로 된 요리를 먹고 싶다고. 불에 굽거나 삶은 요리가 그리워.”

투덜거리는 라이더를 향해 한스는 의아한 표정을 지었다.

“사실은… 엘프가 육식을 했었던 겁니까?”

그의 말에 라이더는 고개를 저었다.

“먹으려면 먹겠지만 거의 안 먹는 편이지.”

그의 말에 한스는 사과에 대거를 꽂더니 그대로 구워버렸다.

“으아아! 뭐 하는 거야?”

“구운 요리가 먹고 싶다면서요?”

한스의 말에 라이더는 할 말을 잃었다.

‘그렇다고 그걸 굽냐?’

표정이 그가 할 말을 대신하고 있었던 듯 한스는 머쓱한 표정으로 피란트를 바라보았다. 피란트는 한스를 향해 잘 보라는 듯 과일들을 모닥불 속으로 던져 넣었다.

“이게 더 빨리 구워져요.”

“아… 그렇군요.”

두 사람의 태평스런 대화에 라이더는 입에 거품을 물며 운디네를 불러냈다. 반쯤 타다 만 과일이 재와 물과 뒤섞여 엉망이 되어버리자 피란트는 자신의 이마를 툭툭 치더니 피식 미소를 지었다.

"저렇게 굽는 게 아니었나?"

"…혹시 감자나 고구마랑 헷갈린 거야?"

라이더의 말에 피란트는 가볍게 손뼉을 쳤다.

"아! 고구마랑 감자는 과일이 아니지."

의아한 표정으로 라이더와 피란트를 바라보던 한스에게 그들은 씨익 미소를 지으며 그의 어깨에 손을 얹었다.

"이렇게 됐으니 부탁해."

"……?"

한스가 의아한 표정을 짓자 라이더는 최대한 불쌍한 표정을 지으며 자리에 쭈그리고 앉았다.

"…배… 고… 파."

좀비 같은 그의 목소리에 한스는 가벼운 한숨을 내쉬었다.

"다녀오겠습니다."

대충 식사를 마친 그들은 주변을 정리하며 기분 좋은 포만감을 느꼈다.

"피란트 쥬린 블루의 이름으로 어둠을 밝힐 한 줄기의 빛을……. 라이트닝!"

눈부신 빛의 구가 떠오르자 피란트는 주변을 둘러보고 오겠다는 말만 남기고는 가버렸고, 한스와 라이더는 어느새 별빛이 가득한 하늘을 바라보며 서로 다른 생각에 잠겼다.

'지금쯤이면 모두들 뭐 하고 있을까? 형이랑 엘리님께선 나한테 거

는 기대가 클 텐데 난감하군.'

라이더가 모닥불에 마른 잎들을 던져 넣으며 가벼운 한숨을 내쉬자 한스는 기운 내라는 듯 그의 어깨를 가볍게 토닥거렸다.

"라이더님께선 별명이나 애칭 같은 거 없으십니까?"

"갑자기 웬 별명?"

라이더의 말에 한스는 대답 대신 생긋 미소를 지으며 그의 말이 이어지길 기다렸다.

"별명이라면 주니어… 정도일까……."

"네?"

한스가 의아한 표정을 짓자 그는 살짝 미간을 찡그렸다.

"형을 따라다닐 때니까 한참 어렸을 때 붙었던 별명이야."

장신인 라이더에게 주니어라는 별명이라니. 어쩐지 쉽게 수긍이 가지 않는다는 표정의 한스에게 그는 정색을 해 보였다.

"나에게는 어린 시절이 없었을 거라고 생각해? 아니면 어렸을 때도 이렇게 키가 컸을 거라고 생각한 거야?"

"하하."

대답 대신 웃음으로 얼버무리는 한스에게 라이더는 눈을 가늘게 떠 보였다.

"네 별명은 뭐였어?"

보나마나 눈에 관련된 것일 거라는 생각에 그는 속으로 '실눈, 단추 구멍 눈, 뜨다 만 눈' 등을 떠올렸지만 한스는 어깨를 으쓱거릴 뿐이었다.

"그다지 기억에 남는 별명은 없었습니다만… 굳이 떠오르는 거라면 무법자 한스일까요."

"뭐……?"

"아! 사형 집행인 한스라는 별명도 있었군요."

사람 좋은 얼굴로 씨익 웃어 보이는 한스를 보며 라이더는 식은땀을 흘려댔다.

"도대체 어떻게 하면 널 그렇게 볼 수 있지? 너같이 물러 터진 녀석이 어디에 있다고……."

그의 말에 한스는 또다시 사람 좋아 보이는 미소를 지어 보였다.

"뭐, 젊었을 때니까요. 어릴 때는 누구나 그런 별명 하나 정도는 가지고 있지 않나요?"

"그런 별명은 가지고 있는 쪽이 이상한 거라구."

라이더의 말에 한스는 생긋 미소를 지어 보였다.

"농담이었습니다만."

라이더는 그럴 줄 알았다는 듯이 피식 미소를 지었다.

"무법자 한스라니……. 누군가를 속이고 싶으면 좀 더 그럴듯한 말을 해야지."

자신의 말에 그저 사람 좋은 미소를 지어 보이는 한스를 보며 괜히 불안해지는 라이더였다.

'같은 말이라도 한스가 하는 말은 농담으로 느껴지지 않는다니까.'

선량한 외모 탓이 아닐까라는 생각을 하며 그는 모포를 꺼내 들었다.

"오늘 불침번은 피란트지?"

"네. 피란트님 오실 때까지 제가 깨어 있도록 하겠습니다."

"그럼 부탁해."

최근 일주일 동안 혼자 불침번을 섰던 탓인지 라이더는 유난스럽게 피곤한 오늘이었다. 한스는 자리에 눕자마자 잠에 빠지는 그를 보며 피식 미소를 지었다.

"제가 말한 대로 하셨어요?"

인기척도 없이 나타난 피란트를 보며 한스는 마치 예상하고 있었던 사람처럼 아무런 표정의 변화 없이 고개만 끄덕거렸다.

"잘했어요."

"믿지 않는 눈치였습니다만……."

그의 말에 피란트는 살짝 미간을 찡그렸다.

"그건 형이 너무 착하게 생겨서 그래요. 형에게 무법자라는 별명은 역시 무리였나 봐요."

피란트의 말에 그는 생긋 미소를 지어 보였다.

"사형 집행인 한스는 어울리나요?"

"…누가요?"

"그야 당연히 저죠."

그의 말에 피란트는 머리가 아프다는 듯한 표정으로 자신의 이마를 만지작거렸다.

"형."

"……?"

"그런 말은 저라도 안 믿겠어요. 뻥에도 정도라는 게 있지."

그의 말에 한스는 생긋 미소를 지어 보이며 모포를 꺼냈다.

"그럼 수고해요."

"걱정 말고 쉬세요."

피란트는 모닥불에 마른 나뭇가지를 집어넣으며 붙임성 좋게 대답했다.

타닥 타다다닥—

라이더와 한스가 잠든 이후 풍경은 모닥불 타 들어가는 소리를 제외한 모든 소리가 사라진 평화로운 숲이었지만, 라이더의 꿈자리는 사납기만 했다. 무엇 때문에 쫓기는지 그 이유도 모르는 채 검은 로브를 걸친 남자에게 꿈속에서 내내 쫓기고 있다가 얼핏 그의 얼굴을 보게 되었는데… 그 사람이 한스였던 것이다.

"한스?"

도망가던 것을 멈추고 한스에게 다가간 라이더는 그에게서 뭔지 모를 묘한 위화감을 받았다. 평상시와 다를 것이 없는 그였지만 어딘지 모르게 차가운 느낌이 들었던 것이다.

"제 별명이 뭐였는지 아십니까?"

사람 좋은 얼굴로 생긋 미소를 지어 보이는 그에게 라이더는 살짝 미간을 찡그렸다.

"갑자기 별명은 왜?"

퉁명스러운 그의 말투에도 한스는 여전히 온화한 미소를 지으며 그 특유의 여유로운 목소리로 대답했다.

"알려 드려야 할 것 같아서 말입니다."

"뭘?"

"제가 눈을 뜨는 날이면 제 별명의 이유를 아실 수 있을 거라는 것을."

마치 수수께끼를 내는 듯한 그의 말에 라이더는 마음에 들지 않는다는 표정으로 그를 바라보았다.

"그게 다 뜬 눈 아니었어? 뭐야, 그럼 지금까진 눈을 감고 다니기라도 했다는 말이야?"

약간은 비아냥거리는 듯한 그의 말에 한스는 진지한 표정으로 고개를 끄덕거렸다.

"제가 참지 못할 정도로 화가 났을 때 1/4의 확률로 눈이 떠지는데 그때는 눈이 뒤집힌다고 해야 할까요? 뭐, 그 정도로 이성이 없어진다고 하는 게 맞는 말일 것 같군요. 사람들은 그때의 저를 사형 집행인 한스라고 부릅니다."

한스의 말에 라이더는 미심쩍은 표정으로 그를 바라보았다.

"그런 말을 누가 믿어?"

순간 라이더의 말에 한스는 음침하게 웃더니 눈을 번쩍 떠버렸다.

얼굴의 1/3로 차지할 정도로 한스의 커다란 눈이란… 라이더에게 있어 공포 그 자체였다. 슬금슬금 뒷걸음질치는 그의 눈에는 한스의 등 뒤로 거대한 낫이 보이는 것만 같았다.

"라이더님."

씨익― 음침한 미소를 짓던 한스는 순식간에 라이더의 곁으로 다가가 롱 소드를 겨누었다.

"절 화나게 하셨습니까? 그럼 안됐지만 저도 어쩔 수가 없습니다. 짧은 시간이었지만 즐거웠습니다."

그리고 또다시 씨익― 음침한 미소를 짓는 한스였다.

"으아아아!"

커다란 비명 소리와 함께 자리에서 벌떡 일어난 라이더의 눈에 깜짝 놀란 표정으로 롱 소드를 꺼내 드는 한스가 들어왔다.

"으아아아!"

라이더가 다시 한 번 소리를 지르자 피란트와 한스는 주변에 인기척을 살피다 이내 아무도 없다는 사실을 깨닫고는 검을 집어넣었다.

"형, 무슨 일이야?"

피란트의 목소리에 그것이 꿈이었음을 알아차린 라이더는 머쓱한 목소리로 대답했다.

"악몽을 꾼 것 같아……."

식은땀을 흘리는 그의 모습에 한스는 걱정스런 표정을 지었다.

"무슨 꿈을 꾸셨던 겁니까?"

"…아주 끔찍한 꿈이었어."

그리고는 이내 아무렇지도 않다는 표정을 짓는 그를 보며 피란트와 한스는 어깨를 으쓱거렸다.

"한스, 눈 크게 뜨지 마. 평소에는 거의 감고 다니면서 요즘 들어서는 왜 그렇게 크게 뜨고 다니는 거야?"

평소와 다름없는 눈 크기이건만 난데없이 시비를 걸어대는 그를 보며 피란트는 고개를 흔들었다.

"라이더 형을 보고 있으면 요즘 엘프들의 수준을 의심하게 돼. 잘 자다가 형 때문에 일어난 사람에게 왜 심술을 부려?"

"뭐야?!"

"자, 이제 그만 다투고 다시 주무세요. 불침번은 제가 서겠습니다. 두 분 모두 조금씩 참아주세요."

상황을 정리하는 한스의 말에 다들 조용히 입을 다물었다.

이런 순간이야말로 서로의 마음이 가장 잘 통한다는 것을 그들은 알지 못했다. 마음속으로 세 명이 모두 한 마음이 되어 외치는 것을.

'으휴… 정말 오늘도 내가 참는다, 참아.'

〈제4권 끝〉

설정집

안녕하세요! 빈입니다. 드디어 제 차례가 왔네요.

'그들만의 어드벤처' 재밌게 보고 계신가요?

그럼 보다 즐겁게 어드벤처를 즐길 수 있도록 제가 안내해 드리도록 하겠습니다.

1. 인비지빌리티(Invisibility):자신의 모습을 사라지게 하는 마법. 시전자 혼자 혹은 그의 일행 전원을 사라지게 할 수 있으며, 주로 방어용으로 사용하지만 소리까지 없애주는 것은 아니므로 박쥐처럼 소리에 의해 적을 알아채는 유형의 몬스터에게는 전혀 효과가 없어요.

2. 슬립(Sleep): '잠재움' 이라고 불리며 한 번에 여러 명의 상대를 잠들게 할 수 있습니다. 상대에게 직접 해를 주지 않는 전투용 마법으로 유명하죠. 단 언데드와 같은 불사의 몬스터에게는 효과가 없죠.

3. 플라이(Fly):하늘을 나는 마법입니다.

4. 패스 월(Pass Wall):벽을 통과할 수 있는 마법이죠.

5. 폴천 (Falchion):70~80㎝ 정도로 짧은 길이에 폭은 3~4㎝ 정도의 외날 곡도(曲刀)로, 무거운 베기용 검입니다. 폴천의 특징은 뭐니 뭐니 해도 날

이 완만한 호(弧)를 그리되 등은 똑바로 뻗었다는 점입니다. 종종 만도(灣刀)처럼 보이는 것도 있지만, 이런 특징은 사실 색스─전투용 나이프─를 기원으로 한 것입니다. 외날 도검류의 기원은 중동 근방이며, 이것이 십자군을 거쳐 유럽에 도입되었다는 설과 북유럽에서 유래했다는 설 두 가지가 있습니다. 단검 색스가 서유럽 외날도 검의 원조라는 것을 보면 아무래도 후자 쪽이 타당성이 있는 것 같군요. 폴천은 베는 데 위력이 있고, 칼 몸이 짧아 비좁은 장소나 난전을 치를 경우에도 꽤 유리한 검이랍니다. 단순히 내려치기만 하면 되니까요. 뭐… 그것이 역으로 단점이 될 수도 있습니다. 내려쳐서 베는 것은 그 동작이 클 경우 방어에 허점이 생기죠. 또 천장이 낮은 곳에서 사용하기는 좀 무리가 따릅니다. 효과적이지 못하니까요. 게다가 장시간 전투를 치르기엔 너무 무거운 검인지라 약이 될지, 독이 될지는 모든 검이 그렇듯 사용하는 자의 기량에 달려 있습니다.

6. 힐링(Healing):큐어 라이트 운즈(Cure Light Wounds)라고도 불리는 치료 마법입니다. 이동 중이나 전투 중에도 걸 수 있는 마법으로 강력한 것에는 체력을 모두 회복시키나 죽은 캐릭터를 살릴 수도 있습니다.

7. 나이프(Knife):나이프의 종류는 날이 직선인 것, 부드럽게 휜 것 등 다양한 만큼이나 용도 또한 다양합니다. 놀랍게도 빌라노반 문명에서(Villanovan culture, 이탈리아 볼로냐 부근에 남아 있는 초기 철기 시대의 유정을 중심으로 그 근방에 퍼진 철기 문화입니다. B.C 11세기경에 전성하기 시작하여 B.C 4세기에 갈리아에 멸망당할 때까지 지속되었죠) 우리가 흔히 볼 수 있는 면도칼 역시 나이프라고 할 수 있죠. 작은 것은 흔히 가정에서 고기를 썰거나 야채를 다듬거나 하는 용도로 쓰였고, 큰 것은 사냥이나 야전에 이용되고 있습니다. 일

반용으로도 사용이 가능하지만 베기, 찌르기 어느 것으로도 사용이 가능한 만큼 공격용으로 쓰이기도 합니다. 보편적으로 직선형에 외날 나이프가 많이 사용되죠.

8. 오우거(Ogre):오우거는 영어식 발음입니다. 원명은 오그르, 여성 명사형은 오그레스(Ogress)죠. 오우거는 오크와 마찬가지로 로마의 죽음의 신 오르쿠스에서 유래되었다는 설과 북구의 주신 오딘의 별명 중 하나인 이그(Yggr, 두려운 자)에서 유래되었다는 설이 있습니다. 이들은 거인족으로 몸의 크기를 바꾸거나 폴리모프를 할 수 있다고 합니다만 마법을 능숙하게 사용할 정도로 머리가 좋지는 않습니다. 한 가지 놀라운 점은 바로 프랑스 작가 페로의 동화 '장화 신은 고양이'에 나왔던 거인이 바로 오우거라는 점입니다. 서양과 동양식—특히 영국과 일본—몬스터는 서로 유사한 점이 많습니다만(ex, 드래곤과 용과 같은) 다른 점도 많습니다. 동서양에서 부르는 이름은 같지만 이미지가 확연히 달라지는 경우도 있는데 어느 쪽이 맞는 것인지 따지기보다 그 특성을 알아두시는 쪽이 좋을 듯합니다. 상상 속의 생물에겐 100% 들어맞는 정답도 100% 어긋나는 오답도 찾아낼 수 없을 테니까요. 뭐, 개인적인 생각일 뿐이지만 말입니다.

9. 4대 정령에 대해:16세기 연금술사인 파라켈수스가 '요정의 책'에 저술한 불의 정령 사라만다, 땅의 정령 놈, 물의 정령 운디네, 바람의 정령 실프를 일컫는 말입니다. 이 세상의 물질이 대지, 물, 불, 바람의 4대 원소로 이루어져 있다는 생각은 많이 있어왔는데 이것을 총정리한 사람이 이 파라켈수스라는 사람입니다. 그전에는 운디네를 닉스, 네크, 메로우 등등 다양한 호칭(나라에 따라)으로 불렀습니다. 이들 4대 정령은 지성은 있되 영혼이 없으며 후

자들은 인간과 사랑을 나누면 영혼이 생긴다는 말을 하기도 합니다. 각자의 속성에 걸맞는 마법을 사용합니다. 4대 정령과 인간 사이에서 태어난 아이는 머리도 좋고, 매우 아름답다고 전해집니다.

10. 야스미:하나의 줄기에 여러 송이의 꽃을 함께 피웁니다. 꽃잎들이 서로 부딪치면서 아주 미미한 음파를 만들어내는데 이것은 인간의 귀에는 전혀 들리지 않지만 주변 생명체의 의욕을 떨어뜨리는 데 효과적이라고 해요. 그리고 수면화의 향기는 아주 고약한 데다가 매우 먼 거리까지 퍼집니다. 그 향을 일정 시간 이상 맡고 있을 경우 기억 상실이 되어버린다고 합니다. 그러나 적당히 사용한다면 진통제 등의 약초로 사용할 수도 있다고 하는군요. 위에 이어 설아가 만들어낸 것입니다.

11. 골렘(Golem):영혼이 없는 인위적인 인형입니다. 골렘을 만들기 위해서는 신성한 의식(금식이나 기도 등)을 치른 다음 진흙이나 점토를 반죽해서 인형을 만듭니다. 신이나 생명을 뜻하는 주문을 외고 그 이마, 혹은 입술 아래나 가슴에 Emeth(진리) 또는 Schem-hamphoasch(신의 이름)라는 문자를 쓴 양피지를 붙이면 그 조각상은 생명을 얻게 됩니다. hffpa은 나날이 성장하기 때문에 결국은 부숴야 하지만 Emeth라면 오를Schem—hamphoasch라면 Schem라는 문자를 지우면 저절로 부서진다고 합니다. meht '죽음' 이란 의미처럼…… 단순히 양피지를 벗겨낸다면 골렘은 움직이지 않습니다. 물론 다시 양피지를 붙이면 정상적으로 움직이죠. 점토나 진흙 외에 청동이나 다른 금속으로도 골렘을 만들어낼 수 있습니다.

12. 턴 언데드(Turn Undead):미이라, 좀비, 스켈레톤 등의 언데드 계 몬

스터를 쫓아냅니다. 사용자가 이동하지 않고 정신 집중을 하고 있는 동안은 다가올 수조차 없습니다. Dispel의 Evil과 유사한 마법입니다.

13. 텔레포트(Teleport):마법사 자신이나 다른 대상자를 같은 고도, 같은 차원의 목적지로 순간 이동시켜 줍니다. 안전하게 도착할 확률은 시전자가 그 지역에 대해 얼마나 잘 알고 있느냐에 달려 있습니다. 어떠한 생명체이든 지 고형 물체 안으로 순간 이동되면 즉시 사망입니다. 반드시 목적지는 아무 것도 없는—즉 비어 있는— 공간이어야 합니다.

이곳을 이해하는 데 참고가 되셨으면 좋겠습니다.
그럼 다음 권에서 뵙죠.
즐거운 여행되세요.